フランク・デリク 81歳 素晴らしき普通の人生

J・B・モリソン

近藤隆文＝訳

三賢社

フランク・デリク81歳　素晴らしき普通の人生

装丁：西　俊章
装画：ハラアツシ

僕の母《フォー・マイ・マム》に——
たとえこの三語しか
読めないとしても

プロローグ

私は八十一歳だ。

どうもこのところ、そう言う機会が増えている。

おやおや、あなたはなんて人だ。いったい、おいくつですか？

私は八十一歳だ。といった具合に。

ときには訊かれるのさえ待たない。

私は八十一歳だ。

五歳のころのように、何かにつけて得意げにその情報を口にする。

たぶんバッジをつけるべきなんだろう。たとえば、バースデーカードについてくる数字が書かれたバッジだ。八十一歳のバースデーカード――なんてものがあるとしたら。だいたい、業者はそんなものをつくるだろうか？　八十歳ならまだしも、八十一歳のカードを？　むしろ〝81〟とプリントした風船《バルーン》を玄関の上に吊したらいいのかもしれない。でも八十一歳の誕生日バルーンも需要はないだろう。だからひたすら言いつづけるはめになる。

私は八十一歳だ。

さあ入って。かけなさい。私を子供扱いして見下した話し方をしたらどうだね？　私の力を品定めすればいい。うるさいくらいの赤ちゃん声で話しかければいい。申し込み用紙に記入させるのだ。なんなら、そっちが代わりに記入したらどうか。とにかくサインさせるのだ。たぶんこっちは目が悪くて細かい説明書きは読めやしない。欲しくないものを売りつければいい。骨董品を物色すればいい。下見していけばいい。

私は八十一歳だ。

さあ、かかってこい、そこまで強いという自信があるのなら。

1

THE EXTRA ORDINARY LIFE OF FRANK DERRICK, AGE 81

フランク・デリクは八一回目の誕生日に牛乳配達車《ミルクフロート》に轢かれた。プレゼントを自分で選べるなら図書カードかカフスボタンがよかったが、大事なのは気持ちではある。

ミルクフロートが時速八キロで走行中、配達人がどういうわけかこののろのろ走る車のコントロールを失った。車は狭い舗道に乗りあげて停止したが、宙に浮いた車輪が、ある家の庭の正面に建つ低い石垣に引っかかり、牛乳ケースと空き瓶、箱入りのクリーム、卵二、三ダースが後部から舗道にすべり落ちた。

きたる〈花ざかりの村《ヴィレッジズ・イン・ブルーム》〉大会の主軸と目されていた庭をめちゃめちゃにしたうえに、牛乳配達人はフランクにも情けをかけてくれなかった。フランクは車の下敷きになっていた。外から見えるのは右腕だけで、ミルクフロートの下から突き出され、上を向いた手のひらには、フルウィンド・フード&ワインで買ったばかりの牛乳一パイントがしぶとく握られていた。それはまさしく、この場面になくてはならないもの――ミルクの追い討ちだった。ひっくり返ったミルクフロート、突き出た年金生活者の腕、道路わきの溝をとめどなく流れていく乳製品。まるで『ふたりのロニー』〔BBCテレビで一九七一～八七年に放映されていた人気コメディ番組〕でオチの決め台詞を待ついんちきニュース映像みたいだった。

フランクは三日間入院した。脳震盪を起こし、腕を折り、左足中足骨の急性骨折と診断された。

「サッカー選手に多いけがですよ」と医師が言った。「サッカーはなさいますか？」

「もうやらないな。中足骨を故障したから無理だね」

「まあ、いいでしょう。ごく簡単な自己療法がよく効きますよ。ＲＩＣＥ療法です」

「アイス療法？」

「いいえ、ライスです」

「ライスは好きじゃないな。ぜんぜん好きになれない」

「いや、ＲＩＣＥ。頭文字です。安静《レスト》、冷却《アイス》、圧迫《コンプレッション》、挙上《エレヴェーション》」

「頭文字？」

「そうです」

「脳梗塞のあれのような？」

「脳梗塞のＦＡＳＴのような」と医師が言った。「リーフレットを見つけておきましょう」

フランクは足の指も骨折していた――親指のとなり、童謡で〝家にいたこぶたちゃん〟と歌われる指で、フランクも予後は家にいることになると言いわたされた。それから、切り傷がいくつかとタイヤの痕と打撲もあって、顔はつぶれた果物みたいだった。見た目としては、よく新聞に無残な写真が載っている強盗にあった年金生活者に近い。

「顔の傷はひとつふたつ、痕が残るかもしれません」と医者は言った。

「この歳になると傷は全部痕が残るがね」

フランクの右腕は手首から肘をすぎたところまで石膏で覆われていた。角度をつけて固められた状態だった。まるでマンガだ。六週間は曲げたまま動かせない。いつも誰かれかまわず握手をしたがっているように見えた。この腕を肩から切り落として放り投げたら、ぐるっとまわって戻ってくるだろう。

退院前にフランクはミニメンタルステート検査《イグザミネーション》で認知機能をチェックされることになった。襟が無地で左の腋にだけ汗の染みがあるストライプのシャツを着た若い医者が、疲れきった顔でプラスチック製の椅子をフランクのベッドのわきに引き寄せ、Ａ４のメモ帳を開いた。

「さて、フランク」と医者は言った。「これは標準的な検査です。質問のなかには、少々簡単に思えるものもあるだろうし、そうでもないものもあるでしょう。準備はいいですか？」

医師はフランクに質問した。今年は何年ですか、いまの季節は何ですか、何月何日ですか、何曜日ですか。フランクは全問正解した――でも医師はそうは言わず、ただ答えを書きとめ、つぎの質問に移った。

「ここは何という国ですか？」

「イングランド」

「何という都市《シティ》ですか？」

「厳密には、町《タウン》だな」

「ご機嫌ななめのようですね、ミスター・デリク」

「牛乳屋に轢かれたんだ。きみのほうはどうなんだね？」

「ああ、なるほど」

「MMSEに感染するまえに家に帰りたいんだが」

「それはミニメンタルステート検査《イグザミネーション》のことですよ、ミスター・デリク。いまやっているこの検査です。あなたが言っているのはMRSAですね」

「それは何の略だね？」

「ここで大きく息を吸って」と医師は言い、大きく息を吸った。「メチシリン耐性黄色ブドウ球菌《レジスタント・スタフィロコッカス・アウレウス》」世界一長いあのウェールズの駅名をうまく発音できたとばかりににんまりした。「さあ、本題に戻りましょうか？」

　医師はフランクに、ここはどこですか、何病院ですか、何病棟かわかりますかと質問した。フランクは病棟の名前だけパスした。これが『マスターマインド』〔BBCテレビで一九七二年から放送されている長寿クイズ番組〕なら、クイズ王のトロフィーはもらったも同然だ。置き場所はマントルピースの上、焼き物のペンギン三体のとなりにしようか。あのペンギンどもはどうも好きになれない。きっと真ん中のペンギンがクーデターを企てている。

「では、フランク、いまから三つのものの名前を挙げるので、復唱して記憶してください。いいですか？」

　フランクは首を縦に振った。頭ががんがんした。

「リンゴ、ペン、テーブル」と医師が言った。

「リンゴ、ペン、テーブル」

医師がフランクにWORLDを逆さまにしたらどうなりますかと訊き、フランクはそれこそ逆回転の世界にちがいないなどと答えた。つぎに、一〇〇から七を引き、その答えからまた七を引いて、その引き算をストップと声をかけるまでつづけてください、と医師が言った。フランクは五一までつづけたところで、もうけっこうですと医師から言われ、ちょっとがっかりした。もともと数学は得意ではなかったから、頭を打ったのがかえってよかったのかもしれない。

「いまの首相は誰か言ってもらえますか?」

フランクは医師に首相の名前を言い、あの男はばかだと思うし、自分としてはまちがっても票を投じていないと答えた。それはこの際、大事なことではありませんと医師が言った。

「いやいや、とても大事なことだよ」

「すばらしい」と医師は言ったが、本気ですばらしいと思ったわけではない。医師は質問をふたつ飛ばして検査を早めに切りあげようとしていた。彼もフランクには帰ってもらいたかったのだ。自分も家に帰りたかった。病院の誰もが帰りたがっている。病院にいたがる者などいるだろうか?

「先ほど復唱してもらった三つのものをおぼえていますか?」医師は言った。

「リンゴだの、ペンだの、テーブルだののことかね?」

医師は自分の腕時計を指差し、これは何ですかとフランクに尋ねた。

「いかにも安っぽい腕時計に見える」

医師はフランクを殴ってやりたかった。職業上、大ひんしゅくを買わずにすむなら、そうしていた。

　そのあとフランクはさらに質問をいくつかと身体的なテストを二、三受けた。たとえば、紙を折りたたんでから、また開き、その紙に文を書くといったことだ。フランクが書いたのは、「もう帰らせてくれませんか？」

　その日のうちにフランクは退院した。病院の職員に車椅子でエレベーターまで運ばれていくとき、看護師から渡されたのは、置いていくつもりだった歩行用のステッキと、紙パックの牛乳が入っている買い物袋だった。牛乳は冷蔵庫から出して三日たち、ぬるくなって、たぶんカッテージチーズかクロテッドクリームに変わっている。フランクは看護師に礼を言い、袋は帰りの救急車に置いていこうと考えた。

　事故のあと、娘からいますぐ取るものもとりあえずアメリカから世話をしに帰ると言われたが、フランクは、それにはおよばない、おまえにはもっと大事な用事がある、自分の生活がある、自分の家族の面倒を見なきゃならない、こっちはじきによくなる、たいして痛いところもない、だいたい遠すぎる、ばかなことを言わないでくれ、費用だってかかりすぎる、などとでまかせを並べ立てた。本音をいえば、電話を切ってタクシーで空港に駆けつけてほしかった。

「せめて面倒を見てくれる人を手配させて」と娘は言った。

「自分の面倒くらい見られるさ」

「ちょっとネットで調べてみる。電話もかけなきゃ。どういうやり方があるか確かめたいから」

「ほんとに、いいんだよ。ひと財産かかるぞ。私なら平気だ。もっとひどい二日酔いになったこともある」

「お父さん」

「アメリカには犯罪再現番組はないのか？　犯人は私を椅子にしばりつけて年金を盗むだろうな」

「お父さん」

「連中はうちの貯水槽をトイレ代わりにするんだ。そうか、ホシは水道屋かもしれんぞ」

「せめて調べるくらいはさせて。安心したいのよ、お父さん。ちゃんと食べているかとか、トーストを焼こうとして火事になってないかとか心配したくない」

「私がどれだけ苦労して連中を追い払っているかわかるか？　うわさはすぐに広まる。女装したロビン・ウィリアムズを家に入れて、椅子にしばられ骨董品を盗まれでもしたら、ボイラー保険のセールスマンや資産解放《エクイティリリース》業者の列が道路にできるだろうよ」

「お父さん」

「回転ドアをつけないといけないな。きっと列に並んだなかに、それを売ってくれる人間がいるだろう。それで、うちのフラットに入りたがる連中を全員家に入れたとしたら、屋根の上に登りたがる連中はどうすると思う？　列は何マイルも先まで延びるぞ。おまえもカリフォルニアから出なくたって列のいちばん後ろに並べる」

それは本当だった。業者たちはフランクの家の屋根に上がりたがっていた。彼のフラットにはこのフルウィンド＝オン＝シーの村ではめずらしいものがついている――階段。一四段の階段だ。

おかげでフランクは階段リフト会社や窓クリーニング業者、雨どい清掃人、煙突掃除屋、屋根職人の恰好の標的になっていた。その一四段を下り、玄関で舌打ちしながら首を振る男に応対しなくてすむ一週間はめったにない。

「お宅の屋根がいまにも落ちそうなのを知っていますか?」舌打ち。

「煙突が左に傾いてますね」首振り。

「雨どいがどれだけつまってるか、見たことあるのかい?」舌打ち。首振り。

たしかに屋根は崩れ落ちそうなのかもしれないが、誰かを登らせるとしたら、様子を見に道路の五〇メートル先まで高倍率の双眼鏡を持っていかないといけない。本当に修理しているかどうか知れたものではないからだ。新聞を読んだり、昼寝したり、ただ一万五〇〇〇まで数えてから下りてきてまた舌打ちしたあげく、一〇〇万ポンドの請求書を見せたりするかもしれない。

フランクが助けはいらない理由や他人を家に呼びたくないわけを延々と言いつづけるあいだ、ベスは口をはさまなかった。文句を言わせておいたほうが、気が晴れるとわかっていたからだ。結論は決まっている——娘の望みどおりにするしかないと。この場合、彼女が望んでいるのは父親の無事と健康だった。

さらにもう少しわめき散らしてからフランクは言った、「片づけはせんぞ。キャンドルもつけないし、淹れたてのコーヒーも用意しないからな」

「わかってる」

翌日、ケア事業者の男がやってきて、耳障りな口笛を吹きながら、フランクのフラットの外壁にキーボックスをねじで取りつけた。男はそのボックスに玄関の鍵を入れ、フランクの誕生日を組み合わせ錠の暗証番号に設定した。それから三日、観測史上一、二を争う暑い春のさなか、フランクがようやく電飾やぴかぴか光る紙片を屋根裏部屋にしまってひと月もたたないうちに、クリスマスがフルウィンド＝オン＝シーにやってきた。

THE EXTRA ORDINARY LIFE OF FRANK DERRICK, AGE 81

2

　ケリー・クリスマスは青の小型車を初めてフランクのフラットの向かい側に駐めようとしたとき、片側のタイヤ二本を道路脇の芝地に乗りあげ、芝地への進入を防ぐ白いコンクリート製の車止めにぶつかった。それは、イングランド南部でもめずらしいほど多い〝囚われの観衆〟の目の前での出来事だった。

　その日、シー・レイン沿いでは大勢の人が在宅していた。大勢のせんさく好きな住民や退屈した年金生活者たちだ。彼らが家にこもっていたのは、広場恐怖症だったり、外出するには暑すぎたり、人工股関節置換術を控えた身だったり、シニアカーがフル充電されていなかったり、セインズベリーズの大型店舗に行く無料バスは毎月曜日に走るわけではないからだった。ケリーがギアをリバースに入れようとしたときにガリガリと騒音が響きわたり、これが起床ラッパとなって誰もがワードサーチ・パズルや昼間のオークション番組の途中で窓に向かったのだった。

　この通りでただひとり階段に恵まれているフランクは、特等席から眺めることができた。シー・レインのほかの家はどれも平屋建てだった。住人たちは三等席——じつは値が張る席——で首の筋をひきつらせながら立ち見用の台になるものを探し、こんな騒音をあげて芝生にタイヤの痕を残しているのはいったい誰なのか、見極めようとしていた。もし〈花ざかりの村〉の審査員が抜き打ちでやってきたら、フルウィンドが入賞する見込みも危うくなる。

フランクは青い小型車が向かい側の芝地をバックしたり前進したりしたすえにコンクリートの車止めにぶつかるのを見ていた。そのあとハンドルを握っている者は車を駐めることに飽きたようだ。いや、これが精いっぱいと観念したのかもしれないし、ガソリンが切れただけかもしれない。

ドライバーの顔はまだ見えなかった。わかったのは顔があるということくらいだった。フランクはそれが女性だと九〇パーセント確信した。いや、九五パーセントか。女は首を縦に振りながら、何やらカーステレオでかかっている曲をいっしょに歌っている。ルームミラーをのぞいて髪をチェックし、やがてそのかたちに満足した様子でチェックを終えた。

一一時四五分、車のドアが開いてドライバーが芝生に降り立つと、カーテン越しののぞき屋やヴェネシャンブラインド越しの見張り屋たちは家具につまずき、置換したての股関節を鳴らしながら、その正体を見ようとした。二階の高みからフランクが見物していると、彼女は〈訪問介護中《ナース・オン・コール》〉の札を車のフロントガラスに置き、ドアをロックして道路を渡った。

フランクの家の門にたどり着くころには、鏡でチェックしていた髪が見えるようになった。前髪がまっすぐ切りそろえてある。これが頭を強調する下線となって、彼女の顔に注意を引きつけた。予想とはちがってロビン・ウィリアムズには似ていない。ましてマーガレット・サッチャーや、ジェイムズ・ボンド映画の靴にナイフを忍ばせたあの女のような、フランクが予期したホームヘルパーのイメージに合致する人物ともちがっている。ここ五日間つづけてきた不潔闘争《ダーティ・プロテスト》がとたんに悔やまれてきた。

たしかに、フランクはベスが人を雇い、三か月にわたって週一回、片づけをしたり、鎮痛剤をちゃんと飲んでいるかチェックしたり、体温計を口に挿したり（口であってほしい）しにきてもらうことは承知した。でも、そのヘルパーが快適なあまり長居し、財布を盗むか、やかんにうんちをするのを全力で阻止しないとは言っていない。

それからの五日間、フランクは服を着たまま寝た。ひげは剃らず、伸びた白髪はドレッドロック状に固まりはじめた。入れ歯はバスルームのコップに放置し、汚れた皿を流しに積みあげた。ケーキやビスケットのかすをわざとリビングのカーペットに落とした。床にはケースから出したままのＤＶＤを何枚も転がしておき、そして――とどめに――トイレの水を二日間流さずにいた。

ケリーが初めてフランクを見たのは、廊下にいる姿だった。たまったフリーペーパーやダイレクトメールの山を彼女がどうにか玄関のドアで押しのけるまえに、彼がトイレを流しにいこうとして、バンビみたいに転んだあとのことだ。階段をのぼりきったケリーが踊り場に現れたとき、フランクはちょうど立ちあがったところだった。息が切れて汗だくになり、服は寝起きのままで、乱れた髪にひげ面と、まるで毎週郵便受けにたくさん届くチャリティ募金レターの白黒写真さながらだった。

「ミスター・デリク？」ケリーが言った。「ケリーです」と薄手の青いアノラックをちょっと開け、青い制服の前につけている名札をもちあげてみせた。そして名前を読めるくらいの間をおいてからこうつづけた。「あわてさせてしまいましたね。座りましょうか?」彼女はフランクのいいほうの腕に手をかけた。そのふれ方はやさしく元気づけるようで、しっかりしていながら思いやりを感じさせ、穏やかでいて有無をいわせない。そんな何もかもがつまっていた。さしずめ、銀行立てこもり事件で人質を解放させるネゴシエイターか、荒馬をなだめるカウボーイだ。ケリー、年金生活者にささやく者。彼女はフランクを静かにリビングへと連れていってくれた。

「肘掛け椅子にしますか、それともソファに?」彼女が言った。

「肘掛け椅子に頼むよ。こんなありさまで申し訳ない」とフランクは、リビングのカーペットと同じく自分のことについても言った。

「わたしのフラットを見せたいくらいです。泥棒が入ったんじゃないかと警察に通報したくなりますよ」

フランクは腰をおろした。息があがっていた。

「ちょっと座っていてくださいね。お茶を淹れましょう。それともコーヒー? どっちがいいですか?」

「ああ」フランクは言った。「ありがとう。お茶を頼むよ」どこに何があるか教えようと申し出たが、ケリーから大丈夫ですよと言われた。

「みなさん、だいたいキッチンの同じ場所に置いているんです」

ケリーがキッチンにいるあいだ、フランクは肘掛け椅子にもたれて、散らかっていることを詫びつづけた。

「交通事故にあったんだ」と大声で言った。入れ歯がないと、うまく話せない。たぶん見た目と同じでしゃべり方も酔っ払いみたいだと思われただろう。

「承知しています」ケリーがキッチンから大声で返した。「ミルクとお砂糖は？」

いまのはミルクがらみの事故に引っかけて笑いを誘っているのだろうか、とフランクは思った。

「ミルクだけで、ありがとう」

お湯を沸かしているあいだに、ケリーはリビングにやってきて汚れた皿とカップを集めた。

「片づけるきっかけがなくてね」フランクは言った。

「いいんですよ」ケリーが言い、汚れた食器をキッチンに運んでいった。フランクは入れ歯をバスルームへ取りにいってトイレを流したかったが、頭がふらふらしていて、また転ぶんじゃないかと思えた。彼女が戻ってきて、カーペットの上に散らばっているDVDのケースをテーブルに置いた。

「これをしまうのはおまかせしますね」彼女が言った。「決まったやり方がありましたら」

フランクには決まったやり方があった。

アルファベット順に並べたDVDコレクションは、フランクの人生で唯一、整然とした部分だった。この整理を終えるにはしばらくかかった。いちばんの理由は、並べ替えながら、それぞれの映画に出てくる俳優のものまねをするのに相当な時間が取られたからだ――つまり、『アルフィー（*Alfie*）』のコクニーをしゃべるマイケル・ケインから、『ズール戦争（*Zulu*）』の上流風《ポッシュ》なマイケル・ケインまで。

ケリーがフランクにカップに入れたお茶を運んできて、肘掛け椅子のとなりのテーブルに置いた。自分はソファに腰かけ、A4のメモの束をバッグから取り出した。

「ケアプランを見ておきましょうね」

メモを読みながら、彼女はフランクに質問した。退院してからお加減はどうですか、なんとかやっていけると感じますか、娘さんとまだお話しがついていないことでとくにお手伝いが必要なことはありますか。

何も思いつかない、とフランクは答えた。

「ちょっと片づけものをしてベッドを整えますので、そのあいだに何か思いつくか考えてみてください」ケリーが言った。

彼女が部屋から出ていき、フランクは座ったまま、消してあるテレビの画面に映った自分の姿を見た。まるで晩年のハワード・ヒューズだ。ハワード・ヒューズは一〇年の歳月と何百万ドルもの財産を費やしたすえにこんな見てくれになった、とフランクは思った。こっちは努力しなくても一週間とかからなかったし、金もまったくつかっていない。

ケリーが寝室で歌を口ずさんでいるのが聞こえてきた。衣装戸棚の扉を閉めてカーテンを引くのが聞こえ、枕をふくらませるような音もしたし、これは壁をふたつ挟んでいるからどう考えてもありえないのだけれど、彼女がキルトをはためかせてベッドに敷いたあとに空気が揺れたように感じた。彼女は三回くしゃみをし、つづいて一〇秒の間があって、四回めのくしゃみをこらえているのだろうとフランクが想像していると、もう一回くしゃみをした。リビングに戻る途中、彼女はトイレの水を流した。

「きょうは花粉の量が多いみたいで」と言いながらケリーがリビングに引き返してきた。そして、フランクをひとりにしても大丈夫、なんの問題もないともう一度確認したあと、持ち物を集めて帰り支度をはじめた。

「今度来るとき、何か必要なものがあったら、お店に寄ってきてもかまいませんよ」とケリーが言い、そのわきでフランクは彼女が来た証しとして勤務時間シートにサインをした。骨折した腕で書いたせいか見え透いた偽造サインみたいで、インクの線が大嘘つきのポリグラフよろしく紙面を上下に揺れている。彼女がシートをバッグにしまった。

「来週も同じ時間にうかがいますね、ミスター・デリク」

「ああ、ありがとう。またきみが来てくれるのかね？」

「はい」とケリーが言った。「わたしでよければ。毎週、これから――」日誌をバッグから取り出してページをめくり――「一二週間」

何か質問とか、つぎの訪問時にこうしてほしいといった要望があったら、事業所に電話してくださいね、とケリーはフランクに伝えた。そして日誌やほかの書類をバッグにしまい、さよならを告げて去っていった。

彼女が出ていくのを見て残念な気持ちになり、フランクは自分でも驚いた。フラットは彼女が来るまえよりからっぽになったように感じられた。いつもこんなに静かだっただろうか？　テレビのスイッチを入れて静寂を埋め、そこに映っていた自分の姿を消した。

　おそろいのフリースを着た母と娘がオークションで家宝を売って損するのを眺めながら、フランクは思った。入れ歯さえつけていれば、ケリーがいるあいだもっと自由に話せたのに。ふだんはもっとひょうきん者なんだと彼女に言いたかった。散らかしているのをもう一度謝りたかった。そして、これから毎週来てくれるなら、フランクと呼んでもらわないといけないと言いたかった。ミスター・デリクと呼ばれるのはいやだったからだ。そう呼ばれると、キツネの〝ゆかいなバジル〟の共演者になった気がしてくる〔一九六〇年代に放送を開始した子供向けテレビ番組で、キツネのパペット・バジルは共演者の俳優デリク・ファウルズを「ミスター・デリク」と呼んだ〕。

3

THE EXTRA ORDINARY LIFE OF FRANK DERRICK, AGE 81

火曜日、フランクは真っ暗なうちに目が覚めた。何時間眠ったのか、いま何時なのか、まるで見当もつかない。腕時計はベッドサイドテーブルの上にあったが、それは一〇〇マイルの彼方に思える。ガトウィック空港を発つ最初の飛行機がフラットの上空を飛ぶ音が聞こえるまで待つことにした。それは午前五時くらいだから、ベッドから出てもまあいい頃合いだ。昼間の暇つぶしの時間は増やしたくない。いまのままでも充分きつかった。

きのうは午後六時三〇分にもなると、夕食が消化されるのを待つほかに起きている理由がほとんどなくなった。フランクはこのところベッドに入る時間が早くなっていて、外がまだ明るいということもよくあった。チャリティショップで厚めのカーテンを買って、日差しに眠気をそがれるのを防ぐ始末だった。

ベッドのなかで飛行機を待ちながら、フランクは目が覚めるまで見ていたひどく退屈な夢のことを考えた。夢のなかの彼はスーパーマーケットでレジの列に並んでいた。エイリアンもスーパーモデルも出てこなかった。買い物かごのなかの商品が話しかけてくることも道路を追いかけてくることもない。まったく夢らしくなかった。

これは夢だと知る確かな手がかりはひとつ、そのなかでは自分が若いということだった。買い物かごはたいして重く感じなかったから、スーパーの床に置いてレジの列が進むたびに足でじりじりつつかなくてもよかった。履いているのはスリッパではなかった。かごに入っているのはラガービールの缶四本。スパゲッティの缶詰も、やわらかくて消化しやすい一人用の料理もない。これが夢だと知る手がかりらしきものはもうひとつあった——買って帰ったものをいっしょにしまう人間が家で待っているという感覚だ。フランクがかごをカウンターに置くと、レジ係がラガーの缶とフランクを見比べて言った、「パーティですか?」

そこでフランクは目が覚めた。夢は終わっていた。

でもまだ若い気がする。

買ったものをいっしょに包みから出してくれる者はいない。

でもまだ若いと感じる。

フランクは永遠の命の秘密を見つけたのだ。

それにはずっとベッドにいればいい。

ベッドから出て体をきしませたり筋をちがえたり、うめいたりもたついたり、おならをしたり咳きこんだり、息を切らしたりつばを飛ばしたりして、よろよろとバスルームに行かないかぎり、若いままでいられる。バスルームの鏡に映る顔や洗面台の横のグラスに入れた歯を見ずにさえいれば、若いままでいられる。

ベッドから出なければいいし、あわてて動きすぎないだけでもいいし、バスルームに行ったり、息を深くしすぎたり、硬いトフィにかぶりついたり、音楽専門ラジオを聴いたり、土曜の夜七時以降にテレビを見たりしなければいい。いつまでもベッドで若いままでいられるのだ。

数えて六機めの飛行機が上空を通過し、フランクは、みんなどこに行くのか、どこから来たのかと考えた。自分もまた飛行機に乗ることはあるのだろうか。あるとしたら、どこに行く？　もう有効なパスポートはもっていない。この歳の人間は無料で乗れないのだろうか？　調べておこうと心にメモした。テレビの無料ライセンスとバスのパスはもうもっている。ただ、テレビで見たい番組もバスで行きたいところもない。歳をとればとるほど無料でできることが増えるが、歳をとりすぎるとその権利を存分には使えなくなる。七機めが頭上を飛んでいった。フランクは目を閉じてさっきの夢に戻ろうとした。もう一度眠りかけたところで玄関のベルが鳴った。

ここで応対に出るとしたら、階段をゆっくり、苦労しながら下りなくてはならない。そもそも来客の予定は（あったためしが）ないのだし、わざわざ出るのはやめておこう。フランクは目を閉じた。またベルが鳴った。ため息をつき、そろそろベッドから出るくらいはしてもいいかと思い直した。体を動かそうとして、両脚がしびれているのに気づいた。猫が脚の上で寝ていたみたいに。これか？　こうやって終わりがはじまるのか？　脚のしびれから？　それが全身に広がって。麻痺のあとに死が待っているのか？　と、そこでフランクは、自分は猫を飼っていて、それが脚の上で寝ていたのだと思い出した。猫を床に追い払って立ちあがり、いいほうの手を壁について バランスをとった。しょっちゅうめまいがするようになったのはいつからだろう？　ミルクフロート事故のまえ、それともあとだったか？

猫のあとを追ってキッチンへと、体をきしませたり筋をちがえたり、うめいたりもたついたり、おならをしたり咳きこんだり息を切らしたりつばを飛ばしたりして、よろよろと入っていった。キッチンで流しの下の食器棚からキャットフードの缶を取り出し、開けるのに悪戦苦闘した。電動缶切りを使っても、片手がギプスで固められていると簡単には開けられない。フランクは猫を見おろした。

「私は隠居生活に向いてないよな、ビル？」ビルという名前で猫を呼ぶのがこんなにばかばかしいとは、ベンがまだ生きていたころは思ってもみなかった〔ビルとベンは一九六〇年代に人気のあった英国の子供番組『フラワーポット・メン』（The Flowerpot Men）に登場する小さな植木鉢人間の名前〕。「ゴルフか庭いじりでもやったほうがいいかな」キャットフードの缶が缶切りの磁石からはずれて床に落ちた。腰を曲げて缶を拾うと、かがむときも起きあがるときもうめき声が出た。「世界一周クルーズに出てもいいし、自家製ビールを醸造してもいい。せめて市民菜園の順番待ちリストに登録したっていいだろう。聞くかぎりでは、いま申し込んでも、リストのトップになるころには作物を育てる時間がなくなりそうだが。ちがうかい、ビル？」

ビルがフランクを見あげた。自分にできるたったひとつの顔つきをしている。ビルの表情はえさを待っているときもトイレに盛っているときもまったく変わらない。紙のお面を雑誌から切り取り、輪ゴムを二本くっつけて耳に引っかけたみたいだ。朝、庭に出してやるときも、夕方に戻ってくるときも無表情で、その心中はうかがい知れない。一日じゅう何をしていたのか、ビルの顔はおくびにも出さなかった。ネズミや鳥を追いかけていたのか、どこの縄張りにマーキングしたのか、あるいはどの猫とデートしていたのか、まったくヒントをくれない。フランクは『ドリトル先生不思議な旅』も『ドクター・ドリトル』も何度となく観たし、サントラの歌詞も知っているから、たぶんサイとだって話せるし、チンパンジー語で会話もできるだろうが、それでもビルが何を言おうとしているかはさっぱりわからなかった。この場合、それは——

正直言って、フランク、あんたの隠居生活がどうだろうが知ったこっちゃない。さっさと朝めしをつくってくれ。

フランクはキャットフードを開けると、いやな臭いのする肉をすくって皿に盛った。食器棚からカップを取り出し、ティーバッグを入れ、ミルクを注ぎ、電気ケトルのスイッチをひねってから、新聞を取りにゆっくりと階段を下りていった。階段がきしむのはいつものことだったが、いまはどこまでが階段のきしみで、どこからが体のきしみなのかよくわからない。

玄関ドアのすりガラスの向こうに人影がふたつあった。半分寝ぼけたままのフランクがドアを開けると、スーツ姿のふたりの青年がにっこり笑っていた。一〇分前にベルを鳴らした二人組がまたやってきたらしい。それとも、まだ帰っていなかったのか。

「おはようございます」と左側の青年が言った。「ごく簡単な質問をひとつよろしいでしょうか?」

答えを待たずに右側の青年が言った。「この世界にあふれる死についてどう思われますか?」

フランクは準備できていなかった。メモをとっていなかった。服に着替えていない。小便だってまだだ。いま何時だろう? 飛行機でいったら七機過ぎにはなっている。

玄関のステップに立ったまま、話を聞き流しながら、ときどきうなずき、「ああ」「もちろん」「なるほど」といった短い返答をかわるがわる口にしては、後ろの階段を心配そうに振り返った。

朝食がこげそうだとか、大事な件ですぐ戻らなくてはならないとばかりに。腕時計をつけていたら、ちらちら見ることもできたのだが、そばに立つこの二人組にはまったくメッセージが伝わっていない。

二人組が小さなファンクラブマガジンを見せた。表紙は庭園か森にいるトラの絵で、この世のものではない木や花が描かれていた。トラは子供たちと遊んでいる。絵のなかの誰もが異様に楽しそうだった。二人組の青年は話しつづけ、フランクはまた何度かうなずいては心配そうに階段を振り返った。どうしても重要な会議に戻らなくてはならないと。

フランクは、この体には拳をつくってふたりを殴り、追い払う力がまだあるだろうかと思った。そんなことをしたら、来世を天国ですごせなくなるのだろうか？　庭園にいるあの笑顔のトラや楽しそうな子供たちと遊べなくなるだろうか？　そういうことをこのふたりが信じているかどうかさえ、フランクにはわからなかった。こっちが殴りつけたら、彼らは左の頰も差し出すのだろうか？　その手の一派なのか？　彼らからは何年もまえから同人誌をたくさん受け取ってきたが、じつは一冊も読んだことがなかった。今度、図書館に行ったら、インターネットで調べてみようと肝に銘じた。そう、フランクはインターネットの使い方を知っていた。eメールも送れるし、携帯電話の使い方も知っていた。やろうと思えば携帯メールの最後に顔文字をつけて送ることだってできる。ただ、顔文字つきの携帯メールを送る相手がいなかったし、そもそも娘以外にメールする相手がいるわけでもなかった。図書館のコンピュータにある彼の受信箱も、階段や浴室のリフト業者の入り口でしかない。

二人組が話をつづけるあいだに、フランクは考えた。仮に拳を握れたとして、実際にまた誰かを殴るなんてことはあるのだろうか？　べつに人を殴りたいのではなく――ここにいるふたりだって例外じゃない――人を殴ることも、もう二度とできないのではないかと思っただけだ。たとえば、走ることやトランポリンのお城で跳ねること、ガムを噛んだり、トウモロコシにかぶりつくことみたいに。くたばるまえにやることを棺おけリストにまとめておかなくては。そういう映画を観たことがある。

そうこうするうち二人組は話をやめ、フランクは彼らのファンジンを受け取ってドアを閉めた。階段を半分くらい上ったところで、こう聞こえてきた。「車がバックします、車がバックします」。フランクはごみを出していなかった。まだ二人組がすりガラス越しに見える。ドアを開けて二度目のチャンスを与えるのはごめんだった。なぜあの連中はきまってのろのろしているんだ？　待っていると、やっと彼らは回れ右してぐずぐず門までの道を歩きだした。だが、ようやくいなくなったころには、清掃員たちも消えていて、収集されなかった四週間ぶんのごみが庭の端に残ることになった。村の公報の編集者からまた手紙が届くだろう。去年送られてきた一通には、名前（フランク）こそ挙げないものの、こんなふうに書かれていた。一部の方がもう少し園芸好きで、前庭に放置した古い冷蔵庫をもう少し減らしてくださったなら、わが村は〈花ざかりの村〉でもっと健闘できるのではないでしょうか。

冷蔵庫はあったとしても一台だけだった。

それももうない。

4

THE EXTRA ORDINARY LIFE OF FRANK DERRICK, AGE 81

ケリーの二回目の訪問は、女王の来訪みたいに迎えた。

フランクはまずフラットの面積を広げた。それには、リビングのマントルピースとサイドボードの上のチャリティショップで買った装飾品や小物のまわりから、ほこりを払うだけでよかった。DVDは全部元のケースに戻してアルファベット順に並べ、手を休めてマイケル・ケインのものまねをすることもなかったし、バスルームでは浴槽と洗面台を掃除してタオルをきちんとかけ直した。トイレのわきに積みあげた古い新聞と雑誌をホールの戸棚に移し、便器にあの青い洗浄剤をひとつ放り込んだ。キッチンでは冷蔵庫の外側を拭いて、シンクはぴかぴかに磨いたから、ケリーは電気ケトルに水を入れながら前髪のかたちをチェックできるだろう。ケトルも磨いた。フランクは掃除機をフラットじゅうの部屋に、それこそキッチンとバスルームのリノリウムにもかけ、片づけるまえの掃除機にも掃除機をかけた。

掃除が終わると、フランクは身づくろいをはじめた。事故以来となるひげ剃りに取りかかり、まず古い電気シェーバーを使ったが、バッテリーがなくなり、なまくらな刃にあごの先がはさまったので、もうひとつだけもっていたかみそりに切り替えた——明るいピンクの女性用使い捨てかみそり。セーターの毛玉を取るために四本パックをチャリティショップで買ったものだった。フランクは長く伸びたシルクのような白髪を櫛でとかした。この髪のおかげで年齢を当てられにくい。人呼んでケニー・ロジャーズの髪だ。

リチャード・ハリスの髪。

魔法使いガンダルフの髪。

エミルー・ハリスの髪。

ラプンツェル、ラプンツェル、おまえの髪を垂らしておくれ。

白くなってはいるけれど、フランクのようなやわらかい長髪が似合いそうなのは、もっと若い男の頭だ——いや、正確には、女の子か。

一度、チャリティショップにいたら小学生たちが何やらくすくす笑いだしたことがある。フランクが目をやると、彼らは素早くそっぽを向いた。古本の立ち読みに戻ると、小学生たちはまた笑いだす。古い鏡越しに彼らの姿が見えた。フランクとおもちゃの棚を交互に指差していた。なかでも、七色のしっぽと長い銀白色のたてがみをもつピンクのかわいい《マイリトル》ポニーを。

ともあれ、フランクははげてはいなかった。科学的にははげて当然かもしれない。研究によると、父親がはげている人は、抜け毛を経験する見込みが二・五倍になるそうだ。フランクの父親は見事なはげだった。

刑事コジャックのはげ。

ユル・ブリンナーのはげ。

シネイド・オコナーのはげ。

フランクは友人のスメリー・ジョンに父親と並んで立っている写真を見せて、こう言われたことがある。「あんたと親父さんは血がつながってるのか？」スメリー・ジョンはつづけて、父親が仕事で留守にしているすきに牛乳屋がしょっちゅう配達にきてたんじゃないか、といった古いジョークを一〇〇個は並べた。その牛乳屋の髪はどうだった？　牛乳屋と並んで撮った写真はないのか？　フランクは、けががが治ってスメリー・ジョンに会いにいけるようになっても、事故の詳細を話すのは気が進まなかった。


月曜の朝、フランクは窓辺に座ってケリーを待っていた。髪にはまた櫛を通しておいた。櫛をブリルクリームにつけて横分けにしてある。教会への迎えを待っているみたいな恰好だった。

一一時一五分、ケリーが車から降りると、フランクは足を引きずってリビングの肘掛け椅子に座り、何気ないふうを装った。深呼吸をすると肋骨に激痛が走った。椅子の肘掛けを握りしめ、ぐっと食いしばり、ぼったくりの屋根職人のように歯の隙間から息を吸いこんだ。入れ歯が動いた。安定剤が切れているから、薬局に行かないといけない。ケリーに買ってくるよう頼んでもよかったが、見栄っ張りなのでそれはできずにいた。きょうは頼んでみようか。玄関扉が開く音がした。

「こんにちは？」ケリーが階段の下から呼びかけた。「ミスター・デリク？」

階段を上がってリビングに入ってきた。

「おはようございます」彼女が言った。「きょうも気持ちのいい日ですね?」

「きみの気持ちは知らんが、こっちはミルクフロートに轢かれたみたいな気分だよ」練習した台詞ではなかったが、何か気の利いたことを言おうと思っていた。ケリーがギャグのきっかけを出してくれたのがうれしい。

「きょうはますますお元気そうですよ」と彼女は言った。そしてアノラックを脱いで窓際の椅子の背にかけた。道の向かい側のおせっかいな住人たちは早速、「フランク・デリクのフラットの窓にまたあの若い女」が見えたなどと話しはじめているだろう。「あの女、コートを脱いでいたよ」「それにあれはフランクの娘じゃあない。たぶん合い鍵をもってるね」真向かいに住む自警団《ネイバーフッド・ウォッチ》の首領、ヒラリーは「事件簿」に書きとめていることだろう。

ケリーが小さな紙袋をフランクの座った肘掛け椅子のわきのテーブルに置いた。

「痛み止めです」と彼女は言った。「足の具合はどうですか?」

「まだけっこう痛いな」

「そうですか」

彼女はソファからクッションを取り、フランクの肘掛け椅子の前のカーペットの上に置くと、そこに足をのせて休めるようにと言った。

「頭痛はどうですか? まだ鈴みたいな耳鳴りがします?」

「いまはむしろブザーかな。頭のなかでトラックがバックしてるみたいだよ。この車はバックします。この車はバックします。ついついごみを出したくなる」これこそフランクがリハーサルした台詞だった。朝のうちにビルを相手に二、三回試したときは、グルーチョ・マルクスやウディ・アレンの声色のつもりが、むしろカエルのカーミットに似ていた。ケリーの顔に見えた反応は、ビルの無表情な眼差しより満足がいくものだった。

「つま先の手当てをしましょうね」彼女が言った。「アイスパックはありますか？　お湯を沸かしましょうか？」

ケリーはどちらの答えも待たずにホールを抜けてキッチンに入り、ケトルに水を注いだ。

「冷蔵庫に賞味期限をだいぶ過ぎた食品がありますね」彼女がキッチンから大声で言った。たぶん実際に頭を冷蔵庫に突っ込んでいるのだろう。

「あれは期限というか目安だよ」フランクは大声で返した。

お湯が沸きはじめた。ケリーは声を高くした。「このソーセージなんか古すぎて、あと二か月でひと回りした期限になります。捨てていいですか？」

「そうだな。もう懐かしさしかない。もとのパッケージがなかったらなんの価値もないよ」

ケリーが冷凍エンドウの袋をティータオルにくるんでリビングにやってきた。フランクの前にしゃがみ、タオルに包んだ豆の袋をつま先にあてた。

「どうですか？　冷たすぎません？」

「いや、大丈夫だよ。ありがとう」

ケリーがキッチンに戻った。「春の大掃除をしたんですか？」ケトルの音がけたたましくなり、彼女は負けじと声を張りあげた。

フランクはリビングを見まわした。ほこりとクモの巣のコレクションが全滅している。新しい趣味を見つけなくては。

「いや、べつに」と彼は答えた。

「すごくきちんとしていますね」とケリーが大声で言った。「わたしのやることが残ってないくらい」ケトルの音にかき消されないように、いまやほとんど叫び声になっていた。「シンクにわたしの顔が見える」まるで風洞の奥から話しているみたいだ。「それにケトルも。わたしの仕事をねらってます?」

ねらっているはずがなかった。定年はとうに過ぎ、片手はギプスで固定されているし、彼女の輝く青の制服を着たらきっと滑稽に映る。

ケリーはカップに入れたお茶を運び、フランクのわきのテーブルに置いた。バッグから取り出したカスタードクリームビスケットの包みの半分をカップの横に置くと、フランクがやり残した家事はないか探しにいった。キッチンの水切り台を拭き、フランクのベッドを整え直し、二、三回くしゃみをしながらキルトをはためかせて上にかけた。ゴム製の着脱式シャワーを使って、もともと汚れひとつない浴槽を水で洗い、石鹸皿の石鹸を回転させて消えかけたロゴの向きを正しくした。そしてリビングに戻るとソファのクッションの位置を直し、フランクが食べこぼしたビスケットのくずを拾って、空になったカップを洗った。

帰るまえに彼女は冷凍エンドウを冷凍庫に戻し、ティータオルをキッチンの入り口のフックにかけた。部屋から部屋へとふたりで叫びあうあいだに、もう一杯フランクにお茶を淹れると、持ち物をまとめ、フランクが彼女の勤務時間シートにサインするあいだに、アノラックを窓の前で羽織った――近所の連中に当てつけるかのように。フランクはサインしたシートを彼女に渡した。そのサインは相変わらず嘘発見器の印字みたいだったが、ギプスにも慣れてきたせいか、今回はたわいない嘘をついた者のポリグラフになっていた。ケリーがタイムシートをバッグに入れ、さよならを言って家を出た。

玄関ドアが閉まるとフランクは窓のほうに向かった。ガラスから離れて座ったから、彼女が顔を上げても見られることはない。眺めていると、彼女が車に乗り込んで〈訪問中〉の札をはずした。彼女がエンジンをかけると、ポップミュージックが鳴りだし、がたぎしいうギアの音とともに、またひとつ車止めを道連れにしかけて走り去る彼女を見送った。

フラットはまたもや空っぽで静かに思えた。でも、どことなく、まえほど空っぽじゃない。今回は彼女が何かを残していってくれたかのようだ。カスタードクリームと薬が入った紙袋だけでなく。別の何かを。

5

THE EXTRA ORDINARY LIFE OF FRANK DERRICK, AGE 81

フランクはつづく三日間にセールス電話を一五本受けた。もしやこれは新記録ではなかろうか。対応の仕方はまちまちだった。けっこうですと丁寧に断ったり、何も言わずに切ったり、ええご《エーングレーシュ》は話せないと言い張ったり、一五本めでは「妻と話してくれ」と電話をソファの眠っている猫のわきに置き、五分間、猫にのどを鳴らさせておいてトイレに行ったりした。

金曜日、フランクは〝アルカトラズからの脱獄〟を図った。

準備は永遠に終わらないかと思った。曲がった腕《ブーメラーム》を上着の袖に通そうとするのはフーディーニの向こうを張った逆脱出芸で、うつろな顔の猫一匹よりもっと大勢の観客にふさわしい。腕をジャケットの袖に通すときに首をちがえた。つづいて裏地の穴に指が引っかかった。やっとジャケットを着たと思ったら、ジッパーが途中で動かなくなった。そのあとはリビングに行って腰をおろし、息を整えないといけなかった。誰かに一部始終をピアノ弾きの伴奏を入れた白黒映画に撮ってもらえばよかった。来週はピアニストの生演奏つきで高層ビルの前面の壊れた時計にぶら下がり、木造の家を頭の上に落としてもらおう〔ハロルド・ロイド、バスター・キートンの名作の一シーン〕。

これで残る生涯、この上着を着てギプスを隠すはめになるのだとフランクは観念した。それは不恰好な青のジャケットで、ジッパーがこわれて裏地はすり切れているし、取り外し式のフードもなくなっていて、昔から好きになれない。ただ、青いキャンバス地は濃紺のデッキシューズと合ってはいる。いつ『タトラー』誌にファッションスナップを撮られてもおかしくない。

フランクは事故以来、赤のスリッパ以外のものは履いていなかった。まず右足で試してみたところ、言うことを聞かない腕のせいで難儀したが、少なくとも右の靴は足に心地よくフィットした。左の靴はもっと面倒で、サイズがちがっているのかと思えるほどだった。ひもをほどいて靴をできるだけ横に広げても、まだ締めつけがきつくて痛い。引っ張られたひもも、結ぶには短すぎる。フランクは立ちあがった。

「舞踏会に出かけるとしよう」とビルに言ったが、いまだかつてビルが助けようと前足を貸してくれたためしはない。フランクは再利用袋《バッグ・フォー・ライフ》をブーメラームにかけた。一生ものの袋《バッグ・フォー・ライフ》。チャリティショップが布製の買い物袋にそうプリントしているのも、利用客の平均年齢を考えればあながち安請け合いとはいえない。フランクはホールの鏡に映った姿を見て、ああやっぱり、ひどい見かけだと思いなし、病院で渡されたステッキを手に取ると、看守を買収してビルを脱走させ、のろのろと庭の通り道を進みはじめた。誰かがフラットの外の芝地にひっくり返した車止めをよけて歩きながら、あの重いコンクリートの塊を拾い起こそう、と心に誓った。ギプスが取れしだい。

ステッキをついて出かけるのは初めてだったし、ステッキを使ってどう歩けばいいのか、まだ要領がつかめなかった。寄りかかればいいのか？　それとも目の不自由な人みたいに前方の地面をなでるのか？　ステッキを使って廊下を歩き、足の引きずり方をいくつか試し、リビングでチャーリー・チャップリンのようにステッキを振りまわしたりはした。壊れた卓上ランプと首を刎ねられた白鳥の焼き物がその証拠だ。でも、本来意図されたとおりに使うのは、別の問題だった。踊りながらシー・レインを歩き、ステッキを放り投げて一回転してからキャッチするフレッド・アステアの真似事はできるかもしれない。願わくは、生意気な子供の二人組が走り去り際、こっちをばかにして、うすのろ呼ばわりしてきたら、ステッキを振り向け、「おい《ホワイ》、やる気か《アイ・オータ》」と叫んでやれるのだが〔"Why, I oughta"はコメディトリオ、三ばか大将のツッコミ役モーの決まり文句〕。

そもそも、たいしたステッキというわけでもなかった。フランクとしては柄に犬の頭か水晶玉がついたものとか、宝石をちりばめた杖とか、リチャード・アッテンボローが『ジュラシック・パーク』で使っていたような蚊を閉じ込めた琥珀の柄のステッキのほうがよかった。内側に剣を隠したステッキとか、せめて買い物にいく途中で疲れたら椅子にもなるものなら気に入っただろう。フランクのステッキは先端がゴムになった退屈な機能本位のアルミ製で、直角のプラスチック製の柄と〈ウェストトサセックス医療トラスト所有〉と書かれたステッカーがついていた。

シー・レインを歩いていくと、BBCのラジオ3と4が建ち並ぶきれいな平屋の開いた窓から流れてきた。きたる〈花ざかりの村〉に向けて園芸の肥料に使われている海草のにおいがする。プロペラ機が一機、上空を飛び、鳥たちがさえずり、モリバトたちが得意の「プー、プー、プーフ」をやっていた。

そんなこんなでフランクが思い出したのは、モンキーズの〈プレザント・ヴァリー・サンデイ〉だった。気づくとハミングまでしていた。そう、フランクはモンキーズを知っている。ヴェラ・リンとマックス・バイグレイヴズだけじゃない。アークティック・モンキーズのことも聞いたおぼえがある。たぶん曲はひとつも知らないけれど。

シー・レインの突き当たりで、小ぶりの〈売り家〉という看板が二枚、引き抜かれて地面に倒れていた。白い石の車止めがまたひとつ横倒しになっている。フランクがチャリティショップに入ると、誰もが前夜に村を席巻した数々の犯罪の話をしていた。寸足らずの〈売り家〉の看板が三枚、根こそぎにされ、コンクリート製の車止めは、フランクのフラットの外のものも含めて十数個ひっくり返され——村のワラジムシ社会に大損害をおよぼし——レニス三日月《クレッセント》路の角の道路標識が改竄された。これでは犯罪が多発するサウスセントラルＬＡよりひどい。

チャリティショップのおばあさん連中はこぞってミス・マープルのものまねをしていた。

「子供たちのしわざね」ひとりのおばあさんが、カーディガン数枚に値をつけながら推理した。

「子供たちに決まっている」もうひとりのミス・マープルが、ダン・ブラウンの棚を補充しながら同意した。

「子供たちよ」とレジでニットパターンの代金を払っている客が言った。

誰もが同感だった。それはとなりの郵便局の切手待ちの列でも同じだった。

「子供たちだ」と切手の列に並ぶ男は言った。

「子供たちでしたよ」防犯ガラスの奥にいる女性職員も言った。

ひとり、チャリティショップのすみにあるカーテンの奥でネグリジェを試着中のおばあさんだけは、もう少し証拠が見つかるまでは決めつけまいとしていた。「おそらく子供たちでしょう」

と彼女はカーテンの奥で言った。

どうしていつも子供たちなんだ？　フランクは思った。どうして若者が心ない破壊行為を独占する？　たまにはほかの人間が電話ボックスを壊したり公園のベンチに落書きしたらいけないのか？　どうしていつも子供たちでなきゃならない？

ニットパターンの支払いをしている女性がフランクの心を読んで答えを口にした。

「退屈しているのよ」

退屈している。ほう。そうか。退屈している。連中はこの言葉の意味など知らないだろうに。フランクは退屈について教えてやってもよかった。いったい子供たちが何に退屈しているんだ？彼らにはすべり台もブランコもあるし、コンピューターゲームにサッカー、キス鬼ごっこだってある。走ったりジャンプしたり、スキップ、ホップ、前転や側転をしたっていい。拳骨を握ってパンチできる。ガムを嚙める。専用のテレビチャンネルもあるし、ラジオ局はほとんどなんでも来いだ。インターネットに自転車、携帯電話、スケートボードもある。そんなに退屈しているというなら、二〇〇日つづけて午後に『ジェシカおばさんの事件簿』の再放送を見てすごしたらいい。そうすれば何が退屈なのかわかるだろう。物を壊したいのは年寄りのほうだ。

いまフランクがチャリティショップにあるグリーティングカードの回転ラックを押し倒しても、誰にも責められる筋合いはない。チャリティショップの真ん中にある背の高いガラス棚を飛び蹴りでひっくり返し、そこにダイヤモンド〈ピンク・パンサー〉みたいに保管されている貴重そうな東洋の壺の上で飛び跳ねたっていい。それを不思議に思う判事はこの国にひとりもいないはずだ。退屈すると人がどうなるか見せてやる。
今度スメリー・ジョンに会いにいったら、あいつが住んでいる介護付き住宅施設のドアを軒並み叩いてダッシュで逃げよう。エレベーターに乗って全部の階のボタンを押す——一階と二階の。そしてエレベーターのなかで飛び跳ね、階の途中で停止させて管理人に技師を呼ばせてやるのだ。みんなが連続犯罪の噂話をやめて小物とDVDの支払いが済んだら、早速、車止めを押し倒しにいこう。不動産業者が村じゅうをまわって〈売り家〉の看板を立て直し終わったら、また全部引っこ抜いてやる。

ヒラリーはもっと大部な事件簿が必要になるはずだ。

フランクはマントルピースに置く飾りとDVDの料金を支払った。買ったのはゆで卵立てと魚、小さな磁器のキリン二頭。これでキリンは一二頭になる。ひとつのものをたっぷり買い集めれば、それはコレクションになり、日本かアメリカで買い手がつくだろう。DVDは二枚買った——『大脱走』と『ガタカ』、どちらもすでにもっている作品だった。

チャリティショップを出たフランクは、となりのフルウィンド・フード&ワインに行った。ここで買ったのは、スライスした小さなパン、スパゲッティの缶詰三個、牛乳一パイントだ。

「この組み合わせじゃあ、『レディ・ステディ・クック』〔BBCテレビの料理番組〕に出ても勝てないね」とレジの男が言った。これではフランクが見た夢そのままだ。のそっと買い物に行くとレジのカウンターに嫌味な知ったかぶりがいる。一刻も早く目を覚まさなくては。

でも夢とはちがい、まるで若さを感じなかった。むしろいつもより若干老けた気がする。フランクは店を出て、家へと引き返した。一生ものバッグをあける手伝いをしようと待ち受ける者もいない家へ。

フラットに戻ってきたフランクは、道路べりの倒れた車止めをよけて通った。

「子供たちか」と独り言を口にし、門をくぐって前庭に入ると、男が突っ立って屋根を見あげ、舌打ちしながら首を振っていた。

フランクは頭のなかで病院用ステッキの内側から剣を抜き、「構え《アン・ガルド》！」と叫んで屋根職人を突き刺した。ステッキをチャリティショップに置き忘れたと気づいたのはそのときだ。ビルに猫の砂を買ってくるのも忘れていた。

6

THE EXTRA ORDINARY LIFE OF FRANK DERRICK, AGE 81

一年前、フランクの八〇回めの誕生日にアメリカにいる娘からバースデーカードが送られてきた。封筒にはカードといっしょにぼけ防止についてのリーフレットが入っていた。やっぱり図書カードのほうがよかったのだけれど、まあ、しょうがない。

リーフレットの表に老人の漫画が描かれていた。新聞のクロスワードパズルを解いているところだ。老人はペン先を噛んで何やら考え込んでいる——たぶんクロスワードの手がかりについてだろう。絵の上にはこうあった。〈使うか、失うか〉。アメリカ人め。これは老人の正気《マーブルズ》のことを言っている。使わなければ、失うというわけだ。

リーフレットによると、健康的な食事と定期的な運動、体と頭を活発に保つことが肝心だということだった。楽器を演奏しよう、とそこには書いてあった。外国語を習おう、とも。そのつぎにチャリティショップに行ったとき、フランクはスペイン語の語学カセットを買った。家に帰ってから、再生する装置がないことに気づいた。カセットプレーヤーをもっていないことを忘れたのは、正気を失っている兆候なのだろうか。リーフレットにそのことは書いていない。フランクはあまり悩みすぎないことにした。カセットプレーヤーがチャリティショップで売りに出されたら買えばいい。サキソフォンかバンジョーかドラムセットが店に出てきたら、それも買うことにしよう。

リーフレットを開くと、このアメリカの正気男《マーブルズ・マン》の漫画がもうひとつ描かれていた。この男をロンと呼ぶことにしよう。ちょっとアメリカ人風だろう？　ロンはいま自宅で座っている。アパートメントだ。ロンは自宅のアパートメントで座っている。椅子の肘掛けにリンゴが置かれ（健康的な食事）、椅子のとなりのテーブルのわきにテニスラケットが立てかけられている（定期的な運動）。ロンは本を読んで頭も活発に保っている。

ロンの部屋の壁にはふたつの時計とカレンダーがかかっている。本人も大きな腕時計をつけている。日付と時刻を認識することは認知症を食い止めるのに役立ちます、とリーフレットは言っていた。

フランクのキッチンの壁には階段リフト業者からもらったカレンダーがあるし、リビングには迷い犬保護団体のカレンダーがかかっている。リビングの机の上に日めくりカレンダーも置いてある。朝に前日の日付をはぎ取り、新しい日付を声に出して言うのが日課だ。それから階段を下り、寄付を募る手紙や扉付き浴槽《ウォークイン・バス》とか階段リフトのちらしに埋もれた新聞を取りにいく――階段の上り下りはまだまだ余裕で、事故以来、動作はずいぶん遅くなっているが、できることに変わりはない。階段を下りきって新聞を取ると、第一面の上、宝くじの番号や輝く太陽かふわふわした雨雲の小さな絵の横を見て、日付を声に出して読む。たまにグラスゴーかリヴァプールかコクニーのなまりで読みあげる。こっけいなアメリカなまりのときもある、ぼけ正気男のロンが使っていそうな。

でも折にふれてフランクはこんなふうに思案する。きのうの日付はすでにカレンダーからはがしてあって、いま見えているのはあしたの日付じゃないのか？　いや、きのうの日付をはがしたと思い込んでいるだけで、実際ははがしてなく、カレンダーは依然としてきのうの日付を示しているとしたら？　それをいま、きょうの日付だと思い込んでいるのではないか？　あるいは、新聞少年がきょうは来ていなくて、いま取ってきて読んでいるのはきのうの新聞の日付だとしたら？　どの疑問への答えもリーフレットには書いていない。フランクはあまり悩まないことにした。

リビングにある迷い犬カレンダーの今月の犬は、傲慢そうなプードルだった。追いかけていたステッキがどういうわけか尻に突き刺さったみたいに見える。捨てられたのも無理はない。おおかた一日じゅう吠えたてて近所迷惑だったのだろう。来月このページをめくることができてうれしい——たぶんつぎはアイリッシュウルフハウンドかミニチュアシュナウツァーだ。それまでは、フランクはプードルに眼鏡とヒトラー風の口ひげを落書きしておいた。

フランクの郵便受けには無料のカレンダーがたくさん届く。寄付を募る手紙や、あとはサインするだけの口座引き落とし用紙とともに送られてくるのだ。歳をとるにつれ、くずかご行きのダイレクトメールが増えていく。チャリティ・ボールペン。餓死寸前の子供たちの写真。不幸なロバたち。ヒトラー風プードルの写真の下、きょうの日付にフランクは赤いXのしるしをつけてあった。

暖炉の上の時計を見た。午前一〇時三〇分だった。キッチンの時計はそれより四分遅く、腕時計は二分早い。そしてDVDプレーヤーでは並んだ8の字が点滅している。ケリーが来るのはもうすぐだ。

そろそろ歯を入れたほうがいいだろう。

一一時一五分、ケリーが到着し、車を駐めて〈訪問介護中〉の札をフロントガラスに置き、ドアをロックして道路を渡った。

フランクは足を引きずってリビングの反対側まで行くと、肘掛け椅子に腰をおろし、テレビをつけて新聞を手にわれ関せずを装い、彼女がいることに驚いた声が出るよう準備した。まるでケリーが来ることはすっかり失念していた、一週間のハイライトではないから、ナチ党員プードルのカレンダーでたったひとつ、赤字でしるした日ではないからと言いたげに。

ケリーがキーボックスにフランクの誕生日を入力して鍵を取り出すのを待った。玄関ドアが開く音がした。

「ミスター・デリク?」

彼女がリビングに入ってきた。バッグの口から花束が突き出ている。

「花瓶はありますか?」と彼女は言った。

フランクは立ちあがりかけた。

「立たないで。自分で見つけますから」彼女はキッチンに入っていって食器棚に花瓶を見つけると、水を入れて花を挿した。花瓶をリビングに運んできてサイドボードの上に置いた。少し花を整えてから後ろに下がって眺めた。

「ここね」と言って、もう一度アレンジしなおした。「衣類をコインランドリーから取ってきましたよ、ミスター・デリク。玄関にあります。しまってきますね」

彼女が寝室に入っていった。引き出しを開け閉めする音が聞こえた。フランクは引き出しに何が入っているか思い出そうとし、老人のブリーフと靴下より恥ずかしいものはないよう願った。片づけを終えたケリーが、ほかにやっておくことはありますかと訊いてきた。

「これがかゆくてね」と、フランクはギプスをかかげた。「頭がおかしくなりそうだよ、ほんとに」

「ええと」とケリーが言い、バッグを引っかきまわしはじめた。「業務としてできるのは、とんとんたたくか、ヘアドライヤーをあてるくらいなんですが」バッグをのぞくのをやめた。「ヘアドライヤーはありませんよね?」彼女はフランクの伸びた髪を見た。

「ないな」

「そうですか」と言ってケリーはまたバッグをあさり、探しているのとはちがうものを取り出してはわきのソファに置いていった。クリーム色の布製のバッグだった。ものがぎっしり詰め込まれている。バッグ・フォー・ライフという誇らしげな呼び名はケリーのバッグのほうがふさわしい。彼女はふたつの財布と分厚い日誌、サンドイッチ、はさみを取り出した。

「まるでメリー・ポピンズの鞄だね」フランクは言った。「帽子掛けも入っているのかい? 梯子は？　屋根の修理をしてもらおうかな」ケリーなら安心して屋根に登ってもらえそうだ、とフランクは思った。彼女なら視界から消えて新聞を読んだり居眠りしたりしない。ケリーならずれた瓦を直し、ごく手ごろな代金を請求してくれる。ケリーなら舌打ちすることも煙突のまわりの鉛板をくすねることもない。

「あった」ケリーが言った。取り出したのは毛糸玉で、真ん中に編み棒を二本突き通してあった。彼女はその一本を引き抜いた。長さは一フィートで、頭の部分に数字の〝3〟が記されている。「本当はこんなことしちゃいけないのですが」

ケリーがそろそろと編み棒をフランクのギプス――若干においだしている――の内側に差し込み、腕のかゆいところをかきはじめた。この世で最高の感覚だった。これが止まったら、きっとがっかりする。

「それで、この一週間はいかがでした？」ケリーが言った。

もちろん、ここ数日はいろいろあった――村が犯罪の波に襲われ、事故以来となる外出をし、ステッキを使い、ステッキを失い、何本ものセールス電話を巧妙かつ愉快に撃退し、数々のテレビ番組と映画のＤＶＤを観た――けれど、フランクは何ひとつ思い出せなかった。

7

THE EXTRA ORDINARY LIFE OF FRANK DERRICK, AGE 81

木曜日か金曜日、ひょっとすると土曜日だったかもしれないが、フランクとしてはどれでも大差はなく、とにかく彼はリビングの窓際に『裏窓』のジェイムズ・スチュアート気取りで座っていた。事故のあとフラットにこもった彼は、隣人たちをスパイし、向かいの平屋に住む男が、妻のばらばら死体を入れた重い木箱を廊下に引きずるのを目撃したいなどと思っていた。三軒先のアンが寝室でブラジャーとパンティしか身に着けずに踊るのが見えるかもしれないが、それは遠慮したい。アンは九十一歳で、ヒトラー・プードルよりも濃い口ひげをたくわえている。郵便配達が自転車で通過した。恰幅のいい男で、髪はほとんど残っていない。出たなアルフレッド・ヒッチコック、とフランクは思った、カメオ出演の場面だ。

フランクはジミー・スチュアートの声色を使える。

一九七〇年代だったら、巧みなものまねで土曜の夜のシリーズ番組がもてただろう。後ろを向いて髪をくしゃくしゃにしてから、視聴者のほうに振り返り、「やあ、ジェイムシュ・シュスチュアートだ」とはじめるだけで、視聴者に大受けしたはずだ。

最近は顔も声と同じようにそれらしくしないといけない。かつらと時代考証された衣装もいる。

特殊メイク用の椅子で五時間半はじっとするはめになるだろう。車椅子とグレース・ケリー役の女優の手配も必要だ。世間の人たちにこのジェイムズ・スチュアートはジェイムズ・スチュアート本人のジェイムズ・スチュアートよりジェイムズ・スチュアートらしいと言わせなくてはならない。

でもまあそれはほとんどどうでもいいことだ。

フランクのリビングには大して観客がいなかった。いるとしても、マントルピースに飾られた興味のなさそうな焼き物の動物たち数体と、窓に映るゆがんだ自分、そしてナチス党員プードルだけだ。

人生《ショービジネス》なんてそんなもの。

まさしく『裏窓』のジミー・スチュアートのギプスと同じで、フランクもギプスのせいでかゆくなっていた。ケリーが置いていった編み棒を手に取り、そろそろとギプスの端から突き通して、腕をかきはじめた。あのときと同じ感触というわけにはいかなかった。

「自分をくすぐってるみたいなんだ」とフランクはビルに言ったが、ビルはいつにもまして関心がなさそうで、ブドウを待ち受けるクレオパトラさながらソファにあお向けに寝転がっていた。フランクはギプスの外側をたたいた。腕のかゆみはおさまるどころか、かえって増したかもしれない。もう一度編み棒で引っかいた。玄関のベルが鳴った。フランクはビルを見て、相手が動くのを期待した。

「私が出ようか？」フランクは言った。

玄関ドアを開けると、笑えるくらい背の低い男がいた。着ている緑色のスウェットシャツの前に一本の木が描かれている。

「こんにちは、どうも。おじゃまして悪いね。あの木が見えますか?」男はフランクの庭のすみにある高い木を指差した。「ああいう木の根っこは、木そのものの高さより深く伸びることがあって」

「失礼」フランクは言った。「ご用件は?」

「あそこにあったらまずいなあ。あの木の根っこは」男は体をひねってまた木を指差した。どの木のことかフランクが忘れているといけないからだが、さっき指差してから一〇秒もたってない。「あの根っこはそのうちお宅の水道管に食い込んで、お宅の排水、下水がまき散らされるし、家の土台に割れ目を入れるんです。あの木はね」と男はまたもや体をひねって指差した「この家をひっくり返しちまう」

「ほんとに?」

「あたりきで」

「あたりき?」

男はうなずいた。「切り倒しましょうか?」

「けっこうだ、ありがとう」

「この家はひっくり返りますぜ」

「どうかな」

「どうかな？」

「まあ、あたりきとはいえないが、そっちに賭けてみるよ」

「お宅、木の医者ですかね？」

「私が？　いいや」

男は急に木に飽きたのか、話をやめた。フランクのギプスに見入っていた。

「そこになんかあるな。その端のところ……そっちの腕から」男が言った。

フランクはギプスの端から突き出たケリーの編み棒を見た。

「そうか、かゆいんだな？」男が言った。「こっちは去年脚を折ってね。腿までギプスをしてた。もうかゆいのなんのって。それで服のハンガーを使ったんだ。広げてね。針金のやつを。そいつは抜けなくなったのかな？　その――なんだそれ？　もしかして、編み棒？」

「いいや」フランクは言った。「抜けないわけじゃない。まだ途中なんだ。玄関まで来なきゃならなかったから」

「なるほど。そうだな。かみさんにやってもらうといいよ。こっちはよくかみさんに脚をかいてもらった。自分でやるのとは大違いだ」

「ちょうど猫に話していたところでね。これはまるで――」

男が話の腰を折った。「自分で自分の首を絞めるみたいだろ、わかる、わかる」

「くすぐると言うつもりだったんだが、たしかに」

ふたりはしばらく黙りこんだ。そもそもどうして玄関口で顔を合わせたのか、ギプス掻痒者更生会の初会合が開かれたきっかけを忘れたかのように。やがてフランクは言った、「あれは私の木じゃないんだ。上の階を借りているだけだから。そろそろ失礼させてもらうよ。ちょっと取り込み中でね」

「ああ。そうだった」男はもうしばらく話をしながら木を指差し、それからフランクに名刺を渡して去っていった。フランクはドアを閉めると階段を引き返し、ハンガーをほどきに向かった。

8

THE EXTRA ORDINARY LIFE OF FRANK DERRICK, AGE 81

ケリーはいつもより早かった。近所の住人の半分は彼女をすでに一〇分ばかり観察していたし、しかも約束の時間までまだ五分残っている。フランクは迎えに下りようかと思ったが、彼女としては時間外に無償でいっしょにすごすのはいやかもしれない——介護売春婦みたいなものか。それに外に迎えに出たら、最初の訪問時のアンケートで答えたよりも元気で、階段をちゃんと下りられるとケリーに気づかれてしまう。あのときは、「どの程度動けますか？」という質問に、BではなくDと答えたのだった。彼女は来るのをやめるかもしれない。フランクはまだその覚悟はできていなかった。

待っているあいだにフランクは隣人たちにスー族風の名前をつけた。道路の突き当たりで〝爪切りで芝を刈る男〟が〈花ざかりの村〉の準備に精を出し、〝車を洗いすぎる男〟がその週五回目のすすぎをしているのが見えた。となりの平屋では、〝ごみ拾い〟がクリスプの袋を突き刺した尖った棒をもっていた。フランクにスー族名をつけるとしたら、〝テレビ視聴者〟か〝チャリティショップの買い物客〟になるだろう。

ケリーが車から降りた。ひどい駐め方で、引っ越し業者の大型トラックが道路の反対側を通らないといけないくらいだった。彼女は車のドアを閉めて道路を渡りはじめた。フランクは腰をおろして待った。二、三分すると、玄関ドアが開くのが聞こえた。

「ミスター・デリク」

リビングに入ってきたケリーは、ふたつの99アイスクリームを手にしていた。もうとけはじめていて、手の端についたアイスクリームを舐め取った。アイスクリームの一方をフランクによこした。

「どこで買ったんだね?」とフランクは訊きつつ、ここまで車でもってきたにちがいないと考えていた。それなら、あのめちゃくちゃな駐め方の説明がつく。

「アイスクリーム売りの人ですよ」ケリーが言った。「手を振って呼び止めないといけなくて」

フランクは手にもったアイスクリームを、それまで目にしたことがなく、どうしたものかわからないかのように見つめた。アイスクリームがコーンに垂れていた。

「とけちゃいますよ」ケリーが言った。

フランクはアイスクリームを舐めた。

「〈ポパイ・ザ・セイラーマン〉は聞こえなかったな」と彼は言った。

「〈グリーンスリーヴズ〉でした」ケリーが言った。身を乗り出し、フランクのほっぺたについたアイスクリームを魔法みたいに手に現れたティシューでふき取った。

「ありがとう。このあたりはアイスクリーム売りがあまり来なくてね。子供がいないし。その点、この村はアイスクリーム売りにしてみたらヴァルガリアみたいなものだよ」

「何ですか、それ?」

「『チキ・チキ・バン・バン』に出てくる。チャイルドキャッチャーが住んでいる国だよ」

「ああ、子供のころすごく怖かった。いまもです」

「私もだ。おや、その食べ方はちがうなあ」

「えっ?」

「コーンの上のアイスクリームを食べ終わったら、チョコレートバーをコーンに押し込み、はじっこを嚙み切って残りのアイスクリームを吸い出すんだよ。ストローみたいに」フランクは自分のアイスクリームでやってみせた。ケリーがまねをした。

「アイスクリームは子供たちだけのものじゃない」と彼女が言った。

「コーネット入りでフレークバー付き、〈ポパイ・ザ・セイラーマン〉を流すアイスクリーム屋のヴァンで買うものだ」

「〈グリーンスリーヴズ〉です」と彼女がまた訂正した。「そしてアイスクリームに年齢制限はありません」

「この歳になったら、ミント菓子を舐めなきゃいけないな。カーディガンを羽織ってお茶を飲むんだ。さあ、コーンの残りをなかのチョコレートといっしょに食べるぞ」ケリーが指示されたとおりにした。「テレビのチャンネルだって選んでおかないといけない」とフランクはつづけた。「できれば古い番組の再放送を流すチャンネルを選んで、もう二度と替えない。どのみちリモコンの使い方を忘れるしね。人生は四十歳ではじまる。それで六十とか六十五歳くらいで終わるんだ」彼は額をさすった。「どうも自分が頭痛の種になっているな」

「でも、そんなことないと思いますよ」と言って、ケリーが立ちあがった。「世の中はまだまだ自分の思うまま《オイスター》です。お水をもってきますから、痛み止めを飲んでくださいね。足のためにもそのほうがいいし」彼女はキッチンに入っていった。「お茶も入れたほうがいいかもですね」と大声で言った。「大事を取って。カーディガンをもってきます。バッグにミントもあるし」

フランクはケトルに水が入れられる音を耳にした。

「アイスクリーム屋はまだあれを売っているのかな」と言った。

「何ですか?」

「オイスターだよ。アイスクリームの。外側は丸い貝殻が口を開けた感じで――」丸めた両手のひらでその貝殻をつくり――「それがまるでオイスターみたいでね。じつをいうと、いままでそんな連想をしたことはなかった気もするんだが」

ケリーがリビングに戻ってきた。

「それも正しい食べ方があったんですか?」

「あったはずだよ」

「考えたんですが」とケリーが言った、「こちらの食器棚のお掃除をしたほうがいいかなって」

「こちらの何だって?」もしやこれは医療上の婉曲表現では、とフランクは思った。編み棒は使うのだろうか。

「それと冷蔵庫も。何か食べて命を落とさないうちに。今度の火曜日にでも」

「火曜日？」

「月曜日は銀行休日《バンクホリデー》ですよ」

ケリーがキッチンに行った。ケトルのお湯が沸きはじめていた。

「休日？　なんの？」フランクは大声で言った。

「なんでしたっけ。春の？」

「休日はどうでもいいな」

「はい？」ケリーが言った。沸騰する音が大きくなり、ケリーは声を張りあげた。「このエンドウも期限切れですね」

「私にはなんのちがいもない。いつもと変わらない一日だよ」

「はい？」

「休日」

「そうです」

「店はどこも開いている」

「はあ」ケトルの音がうるさくて、彼女はフランクが何を言っているのか聞き取れなかった。

「銀行《バンク》だってやってる。凍らせた食べ物も期限切れになるのかね？」

「はい？」

「ものを凍らせたら、日付も凍結されると思っていたよ」

「はい？」

お湯の沸く音がますます高まり、ケリーはフランクに聞こえるようにまた声を張りあげた。というても、やかましいケトルの横に立っているのは彼女のほうだから、べつにちがいはなく、フランクには最初からちゃんと聞こえていた。彼女だけが沸騰するケトルの横に立ち、叫んでいる。イヤフォンをつけているのを忘れたみたいに。相手の言っていることが聞こえないのは彼女のほうだ。フランクはこのチャンスを逃さなかった。

「きみが来てくれてうれしいよ」と彼は言った。

「なんですか?」

「もっと長くいてくれたらいいんだが」

「たしか、このシリアルはもうつくっていませんね」とケリーが言い、カップのお茶を運んできて肘掛け椅子のわきのテーブルに置いた。冷凍エンドウの袋とティータオルをカップのとなりに置き、肘掛け椅子の前のカーペットにクッションを積み重ねた。

「つま先がまだこんなに腫れているのはどうなのかな」と彼女が言った。「足をクッションにのせてください」

彼女はバッグからマーカーペンを取り出し、キャップを嚙んで引き抜くと、エンドウの袋に「外専用」と書いてからティータオルにくるみ、フランクの足の上に置いた。

9

THE EXTRA ORDINARY LIFE OF FRANK DERRICK, AGE 81

五月一日、フランクはヒトラー・プードルにさようなら《アウフ・ヴィーダーゼーン》を告げ、ウィンストン・チャーチルに似たブルドッグにハローと声をかけた。

「われわれは浜辺で戦う」フランクはチャーチルのものまねをしてみたが、まだ練習が必要だった。

春の日だか、春分の日だか、女王誕生日だかのせいで、フランクはケリーにつぎの火曜日まで会えない。〝最良の時間《ファイネスト・アワー》〟まで一日よけいに待たされるはめになる。ただ、今月のカレンダーには別の催しもあった。グレイフリック・ハウス――スメリー・ジョンが住んでいる介護付き住宅――のヨーロッパ戦勝記念日パーティだ。フランクはジョンの同伴者だった。ということは、バスに乗っていかなくてはならない。

セインズベリーズの大型店に行く無料バスがフランクは怖かった。自分と運転手――一インチの安全ガラスで守られている――を別にしたら、おばあさん専用バスになるからだ。ドアが開くが早いか、忍び笑いと黄色い歓声がはじまる。まだしも聖域といえる最後尾の座席にたどり着くあいだに、フランクは七十歳以上の女子会に呼ばれた男性ストリッパーの心境を垣間見るのだ。

買い物カートや着圧ストッキングをよけて進むと、『ラスト・オブ・モヒカン』のあの場面のダニエル・デイ＝ルイスの気分になった。といっても、それは滝のシーンじゃない。

　フランクが席につくとバスは走りだし、ひそひそ話がはじまる。これが黄色い喚声と笑い声にもまして恐ろしかった。何をひそひそ話しているのか聞き取れないが、こっちのことに決まっている。そして下車するときは、またもや笑い声と喚声を浴びせられ、むち打ちの刑さながらバスの前部まで歩いて戻るのだった。これと同じ理由で、トム・ジョーンズはいつもコンサート会場までリムジンで移動する。何があろうと目を合わせてはならず、さもないと二度と逃れられなくなるとフランクは知っていた。彼女たちはワージング〔ウェストサセックスにあるイギリスの採石場密集地〕に秘密の洞窟をもっているにちがいない。


　ウェストサセックスきっての肘掛け椅子博物館――グレイフリック・ハウスの共用ラウンジ――は、一九四五年という設定だった。天井から張りめぐらされたユニオンジャックの小旗、壁に貼られた〈Keep Calm and Carry On　冷静につづけよう〉のポスター。スパムのフリッターとジャムサンドイッチがランチで、カーキの軍服を着たライアンという男がキーボードとドラムマシンを使って一九四〇年代の歌をうたう。誰もが新聞紙でつくった帽子をかぶり、小さな紙製のユニオンジャックをライアンのドラムマシンのビートに合わせて振っていた。

　スメリー・ジョンは、『ベン・ハー』で二輪戦車の騎手がはずし忘れた腕時計みたいだった。まだ六十四歳で、グレイフリックのどの入居者よりも十三歳は若い。鮮やかな赤の中折れ帽《トリルビー》をかぶり、黄色いシャツはバタフライカラーで、クリーム色のスーツは上着の襟が太く、スラックスは裾が大きく広がっている。車椅子に座ったまま、ラウンジのいつもと同じ隅に陣取り、フランクの到着を待ちわびて〈バッカルー！〉のゲームの用意をしていた。

スメリー・ジョンは、ケヴィン・コスナーが狼とダンスし、〝洗車しすぎる男〟が洗車しすぎるのとはちがって、におい《スメル》を放つわけではなかった。そういう由来でこの名前がついたのではない。仮に、におうことがあったとしても、不快なものではなかった。おしっこやモスボールや消毒液のにおいはしない。たいていの場合、ジョンを煮込んだら、石鹸か降臨節《アドベント》キャンドルができあがるだろう。でも、そういう由来で名前がついたわけではない。

スメリー・ジョンは彼のパンクロックネームだ。一九七六年からそう名乗っている。彼はセックス・ピストルズの初コンサートの会場にいた。よくキングズ・ロードをうろついていて、観光客が一ポンドで彼の写真を撮ったものだ。彼が写っているポストカードもある。親友の呼び名はスティーヴ・小便《ピス》で、ガールフレンドはでぶ《ブロップ》という名だった。彼ら三人はチェルシーの空き家を占拠し、ジョンのペットのネズミたち、鼻くそ《スノット》、回し車《ボギー》、プリンス・アルバートと同居していた――プリンス・アルバートはジョンがひとつだけ身に着けているというアクセサリーの名前でもあったが、何度本人から証明してやると持ちかけられても、フランクは局部ピアスを見るのは辞退していた。

「くたばったかと思ってたぞ！」ジョンがラウンジに入ってきたフランクに叫び、その拍子にライアンはドラムマシンとタイミングが合わなくなった。「どこに行ってたんだ、フランシス？」

フランクがジョンの向かいに腰を下ろして事故の話をすると、スメリー・ジョンは同情と気づかいを彼ならではのやり方で示してみせた。フランクが予想していたとおり、こらえきれずに笑いだし、ジョークの種にしたのだ。

「で、ミルクフロートを運転してたのが親父さんじゃないのは確かなんだな？」

「ああ、うちの父親じゃないのは確かだ」

「生物学上の父親だぞ？」

「ああ。断じてうちの父親じゃなかった」

「ふうん」ジョンはそう言って話にけりがついたと見せかけてから、こうつづけた、「まあ、こぼれたミルクを嘆いてもはじまらないな」そしてくすぐられた赤ん坊みたいに笑い、車椅子の肘掛けをばしばし叩いて、おならをもらし、鼻水の風船をふくらませた。

やがてジョークと笑いのネタが切れると、ファシズムと第三帝国に対する勝利を祝っているさなかに、ふたりの男はプラスチック製のラバの背に荷物をのせていくゲームをはじめた。ラバが脚を蹴りあげ荷物が振り落とされたら負けになる。

「バッカルー！」ラバが暴れると同時にジョンが叫び、ライアンはまたもやタイミングを失って、〝悩み事を古い背嚢に〟詰め込んだ人々の顔に浮かぶはずのものまで忘れた〔第一次世界大戦時の流行歌"Pack Up Your Troubles in Your Old Kit Bag"の歌詞でこのあと"smile, smile, smile"とつづく〕。

スメリー・ジョンの好きなゲームはたいがい彼がゲームの名前を叫んで終わりになる。バッカルー！　ジェンガ！　マウストラップ！　カープランク！　ジョンが楽しんでいるのはゲームそのものというより、そうやって叫ぶことじゃないだろうか、とフランクは思った。旅路というより目的地だ。ジョンのお気に入りのゲームは、震えない手が必要なものも多い。ＭＳ（多発性硬化症）の発作があるジョンにも、目下のところ左手でプレイしているフランクにも、それは無理な相談だった。

ジョンが〈バッカルー！〉の道具を集めて、ラバをテーブルに置きなおした。ライアンがまた別の戦争讃歌をはじめていた。

「こういう音楽は好きか、フランシス？」ジョンが言った。

「そうでもないな」フランクはほかの入居者たちを見まわした。どうやら彼らもたいそう楽しんではいない。いっしょに歌っている者が二、三人、歌詞をつぶやいたり口だけ動かしたり、指でとんとん叩いたりする者が何人かいる。彼らの旗振りにしても、銃を突きつけられて悪の独裁者のご機嫌をとるために演出されているみたいだ。ほとんどの者は退屈そうにしか見えない。

グレイフリックの入居者たちは、フルウィンドで〈売り家〉の看板を引っこ抜いたり車止めを倒したりした子供たちと同じだった。火曜日の午後には健康体操をして、第三金曜日にはサルサを踊り、木曜日にはシェリーを飲んでクイズに興じる。ホイスト大会にブリッジクラブ、ビンゴゲーム、お茶とダンスの会。一マイル先には半額で泳げるプールがあるし、平日の午後は二五パーセント引きのＯＡＰ（老齢年金受給者）チケットで映画が観られる。バスは乗り放題で列車は半額なのに、飽きあきしすぎてどれも利用する気になれない。グレイフリック・ハウスはいつ暴動が起きてもおかしくなかった。そのうちティーンエイジャーたちが公共物の破壊や汚損についいて噂することになるだろう。

「年金生活者のしわざだ」ニンテンドーのゲーム機をいじっている少年が言う。

「年金生活者に決まってる」と友人がチップスを白鳥めがけて投げながら賛成する。

「退屈してるんだよ」と少女が携帯でタレント発掘番組の投票をしながらつけ加える。

「賭けてもいい」とジョンが言った。「この部屋にいる人間のほとんどは、ビートルズとかエルヴィス・プレスリー、セックス・ピストルズの音楽にだって、こんな古い軍歌より共感できるはずだ。これは連中の親の音楽だろ」

グレイフリック・ハウス正面の受付の小さな事務室に詰めている管理人《ウォーデン》、入居者の緊急コールに応じたり、エレベーターが故障の場合——つまりたびたび——彼らの買ってきたものを階段で運んだりする男が、ラウンジに入ってきた。少し足を引きずっている。スパムひと切れに足をすべらせ、トレイにのせたティーカップとソーサーを落とした。スメリー・ジョンは大喜びした。

管理人がこっちを見た。ヘルメットをまっすぐかぶりなおした。前面にWの文字がペイントされているのが、『ダッズ・アーミー』〔BBCテレビで一九六八〜七七年に放映されたシットコム〕でみんなに怒鳴り散らす監視員みたいだ。

管理人は落としたティーセットを拾った。

「あいつの目つきを見たか?」ジョンが言い、プラスチックの鞍をラバの背中にのせた。

「誰のことだね?」

「グレアムさ。管理人。あいつはレイシストだ。先にやってくれ」

「もうやったよ。そっちの番だ。彼はレイシストじゃない」

ジョンがプラスチックのギターを手に取った。「なんでわかる?」ギターを鞍に引っかけた。

ライアンがメドレー形式で新しい曲をはじめた。まえの曲と同じように、ポコポコというドラムマシンのイントロがついている。フランクとジョンは耳をそばだてた。それぞれひそかにイントロ当てゲームをやっていたのだ。

「あんたは戦争で何をやったんだ、フランシス?」ジョンが訊いた。

「戦争?」

「戦ったのか? どっちがお気に入りだ。一次か二次か?」

「お気に入り? 私をいくつだと思ってるんだ?」

「さあね。みんな同じくらいに見える」

フランクはプラスチックのランプを手に取り、ラバにぶら下げた。「その話はしたくない」

「おれを殺さないといけなくなるから?」

「年寄りの気分になるからさ。お望みなら、殺してやってもいいがね」

「いや、大丈夫だ、ありがとよ、フランシス」

ジョンがフライパンを手に取った。腕がかすかにけいれんした。発作が治まるのをちょっと待ってから、慎重にフライパンをラバにのせた。

「あんたは年寄りだ」ジョンが言った。

「そういつも念を押してもらうにはおよばんよ」

フランクはロープをラバにのせた。ふたりにしては長丁場のゲームになっている。スメリー・

ジョンがプラスチックのステットソンを選んだ。赤いトリルビーを脱いでテーブルに置き、その小さなおもちゃのカウボーイハットを頭にのせた。

「似合うか?」と訊いた。

「いつもより若干頭が大きく見える」

「ハハッ」スメリー・ジョンがステットソンを脱いでラバにのせると、ラバはまたいきなりはね落とした。

「バッカルー!」ジョンが叫び、その拍子にライアンがまたリズムを見失った。

「みなさん。いっしょに歌ってください」ライアンが落ち着きを取り戻そうとして言った。

「独兵《ジェリー》にわれわれの実力を見せてやりましょう」

「ジェリーって誰だ?」スメリー・ジョンが大声で言った。

「ちょっと、そこの《ラッズ》」ライアンが言った。きょうの仕事で野次られるとは思っていなかったらしい。ドラムマシンのチャカポコいうビートが停まった。

「若いの《ラッズ》だって?」ジョンが静まり返った部屋に叫んだ。「この人は八十三だぞ」とフランクを指差した。

「八十一だ」フランクは言った。

「そうか、わかったぞ」ジョンが言った。「老いぼれ《ジェリアトリック》って意味か」ジョンがフランクのほうを向いた。「あんたは年寄りだってよ、フランシス。気をつけたほうがいいな、兄ちゃん」と部屋の向こうのライアンに叫んだ。「フランシスは手練れの暗殺者だ。ふたつの大戦で戦った」

「どなたかリクエストはありませんか？」ライアンが言った。じゃまをする野次馬を精いっぱい無視し、冷静につづけようとしていた。

「おれらが知ってるのを演ってくれ」ジョンが言った。

「みなさんは何が聞きたいのかな？」ライアンが部屋にいるジョン以外の全員に向けて言った。

「ボブ・マーリーの曲は知ってるか？」ジョンが言った。

「だから、そこの《ラッズ》」ライアンが言った。「フェアに頼みますよ」

「また若いの《ラッズ》か？　言っただろ。この人は八十二だ」

「三。いや、一だ」

ライアンは今度も野次を無視することにし、〈また会いましょう〉を伴奏なしで歌いだした。

「なら、セックス・ピストルズの曲を」ジョンが言った。

スメリー・ジョンがグレイフリック・ハウスの特別なイベントを台なしにしたのはこれが初めてではない。一年前のエリザベス女王即位六〇周年祭のガーデンパーティでは食べ物の投げ合いをはじめる寸前まで行き、クリスマスにはミックの摩訶不思議なマジックショーを、ミックのカードから自分が選んだのはハートのエースじゃなくてクラブの7だと言い張ってぶちこわしにした。静かなドミノのゲームを、テーブルに激しく牌を叩きつけてご破算にすることもたびたびだったし、英霊記念日の二分間の黙禱中にひとり〈ハングリー・ヒポ〉のカバをがちゃがちゃいわせて遊んでいたときのことは誰が忘れられるだろう。

スメリー・ジョンが〈バッカルー！〉の駒を箱に戻した。

「戦争は終わりだ、フランシス。帰ろう。押してくれ」

「やるだけやってみるか」とフランクはジョンにギプスを見せた。立ちあがってジョンの車椅子のハンドルをつかみ、歩行器の柄のつもりで支えにした。スメリー・ジョンの車椅子をラウンジの出口へと押していく。

「彼女はきっと楽しんでる」眠っている女性の前を通るとジョンが言った。膝の上の化粧バッグが開いている。誰かが口紅で彼女の顔に落書きしたみたいだ。退屈した年金生活者たち。

「どうして？」フランクは言った。

スメリー・ジョンが左手の人差し指を鼻と上唇のあいだに当て、右手でナチス式の敬礼をした。フランクが見たなかで最高のアドルフ・ヒトラーのものまねとはいかない。出来としてはフレディ・スター、フランクのカレンダーのプードル、チャーリー・チャップリンのあいだのどこかにある。とうてい土曜の夜のフランクの看板番組には出演させてやれない。

「何が言いたいんだい？」フランクは言った。

「彼女はドイツ人だ」とジョンがささやいた。グレイフリックの耳の遠い入居者にも聞こえるくらい声高に。フランクは車椅子のスピードをあげ、これ以上面倒を起こされるまえにジョンを連れていこうとした。出口の扉が閉まりきる寸前に、ジョンが叫んだ。ヤーツィー！〔ダイスゲームの一種〕たしかに〝ナチ！〟によく似た響きだった。ただ、ようやくその日の趣旨に合ってきたのもまちがいない。

フランクはジョンを押してカーペットのべとつくグレイフリック・ハウス一階の薄暗い廊下を

進み、ギプスをした腕の意思に逆らって車椅子を壁にぶつけまいとしていた。廊下の片側の壁はむき出しの煉瓦で、見た目は外壁に近い。べとべとしたカーペットと暗い照明が、むしろ打ち棄てられた市街の安ホテルの廊下を思わせる。受付のパンフレットで謳われている「高齢者向け豪華集合住宅《アパートメント》」にはほど遠い。

廊下の突き当たりで立ち止まり、ジョンがボタンを押してエレベーターを呼び出すと、扉がきりきりときしりながらおおよそ開ききった。フランクは車椅子を押してジョンと乗り込んだ。長いあいだ揺られたあとに、がくんと二階に停まり、開いた扉の隙間をどうにかふたりは通り抜けた。

車椅子のジョンを押して、またもやべとべとしたカーペット敷きの薄暗い煉瓦壁の廊下を進みながら、フランクは思った。そのうちジョンみたいなセックス・ピストルズファンの入居者が増えるのだろう。戦争をおぼえている生存者はいなくなる。まして、初めて耳にする、自分とは関係のない歌をいっしょにうたったり歌詞を口にしたりする者など残るはずもない。七十代や八十代のモッズやロッカーズが、ヘッドライトやウィングミラーで飾り立てたシニアスクーターを駆って廊下で追いかけっこを繰り広げることになるのだ。

ふたりはジョンのアパートメントのドアの前で止まった――アパートメントという言葉からフランクがいつも思い浮かべるのは、部屋のなかでオードリー・ヘプバーンが細長いシガレットホルダーを手にマティーニを飲んでいる姿だ。ジョンが鍵のかかっていないドアを押し開け、フランクは車椅子を押してなかに入った。

どんなに饒舌な不動産業者でも、スメリー・ジョンの〝アパートメント〟を長々と説明するのは苦行になるはずだ。狭い長方形の居間に、キッチンと浴室、それからビルのひたいほどの広さもない寝室がついている。玄関のドアとトイレのドアのほかにドアはない。部屋と部屋はぞんざいな造りのアーチでつながっている。介護付きの住宅というより洞穴だ。壁沿いと浴槽のわきに手すりや吊り具《ホイスト》など、スメリー・ジョンの移動や出入りを介助するいろいろな設備がある。ジョンのアパートメントは、毎月フランクの郵便受けにたくさん届く屋内移動装置カタログのショールームさながらだった。

小さな窓越しに一本の木のてっぺんが見えた。枝の一本から犬のふんが詰まった買い物袋がぶら下がっている。フランクが初めてここに来たときからあった。ことによるとグレイフリック・ハウスが建てられるまえからあったのかもしれない。オードリー・ヘプバーンはきっと下の階のラウンジに行ったのだろう。

フランクが車椅子を押して室内に入ると、ジョンがクッション付きの封筒を拾いあげた。

「薬が届いたんだ」とジョンが封を開けると、甘い、胸の悪くなるようなにおいが漂ってきた。

「ああ、しまった」とジョンが自分の頭をさわった。「帽子を下に置いてきちまった」

フランクは取ってこようかと申し出た。

「いや、いいんだ」とジョンが言い、自分で車椅子を部屋の真ん中に進めると、壁の赤い緊急アラームボタンを押し、下のラウンジにいる管理人グレアムのポケットベルを振動させた。「払った金の元は取らなきゃな」

フルウィンドへの帰路、セインズベリーズの大型遊覧車《シャラバン》には、相変わらずあのおばあちゃん軍団が乗っていた。忍び笑いも相変わらずだった。この人たちははたしてスーパーマーケットで降りたのだろうか、とフランクは思った。あの買い物カートに中身は入っているのか？　もしかしたら、一日じゅうこうしているのかもしれない。セインズベリーズの大型店舗までバスのルートを行き来し、男が乗るたびに笑いだして歓声をあげる。いってみれば、全キャストを女性にした『コクーン』だ。

バスを降りたフランクは薬局に行った。そこで入れ歯安定剤を買うと、となりのチャリティショップへステッキを取り返しにいった。

「値段がついているわね」とレジの女性が言った。

「ああ、しかし先日、ここに忘れていったのだよ」

女性は手にもったステッキを裏返した。値札をもう一度確認した。「一ポンド五〇」

「ああ、しかし——」

「ちょっと安すぎるんじゃないかしら」と女性が言った。「ジューン？」と呼びかけた。「このステッキ——一ポンド五〇でいいの？」

フランクはレジの女性と姿の見えない別の女性——ジューンとやら——がステッキの値段について話すのを待った。後ろに列ができはじめた。

「じゃあ、一ポンド五〇で」レジの女性が言った。「掘り出し物よ」

「でも私のステッキなんだ」

女性がステッキを見た。

「ウェストサセックス医療トラスト所有と書いてあるわね」

「それはそうなんだが――」

「大丈夫？」ジューンがカーテンの奥から声をかけた。

「ええ、ありがとう、ジューン。このステッキが欲しいんでしょう？」レジの女性が言った。

「チャリティのためですよ」

列の誰かが腕時計を見て舌打ちした。

フランクは自分のステッキを買い戻した。女性に代金を渡した。

「あれはいくらだね？」と彼はカウンターの奥の棚を指差した。女性がヘヴィメタルばかりにうるさいカラフルな花柄のシャツを棚からおろした。まだ元の包みに入っている。二、三サイズ大きいが、腕のギプスを考えれば、少なくとも体の片側はぴったりフィットするはずだ。フランクはこのシャツを買った。ついでに壁紙用ののりみたいなにおいがするアフターシェーブローションも、一本買った。

THE EXTRA ORDINARY
LIFE OF FRANK DERRICK,
AGE 81

10

フランクは飛行機が発着するまえにベッドから起きだし、ピンと細長いボール紙とプラスチックを全部、新しいシャツから取り外した。新しいシャツを開封するのは久しぶりだった。忘れていたが、これほど素直にわくわくするものだったのか。

シャツを着るのはそこまで楽しくなかった。身をよじってようやく青いキャンバス地のジャケットを脱げたと思ったら、今度は別の難儀な袖に腕を通さなくてはならない。ギプスで固めた腕をシャツにねじ込んだあと、いいほうの腕をもう一方の袖に通したところでシャツにピンが一本残っていたことに気づいた。ピンは腕に刺さり、血の染みがシャツに描かれた花の一輪の真ん中で大きく咲きはじめた。

フランクはボタンをとめると、浴室の鏡をのぞいてみた。片方の袖はゆったりしているのに、もう片方はぴちぴちで、二種類のシャツを縫い合わせたかのよう――つまり継ぎ接ぎシャツだ。

フランクは中古のアフターシェーブローションをつけると、壁紙のような服とにおいをまとい、窓のそばの定位置についた。

「新しいシャツですか?」ケリーは到着するなりそう言った。黒いごみ袋とふた組のゴム手袋をもってきていた。

「これかい?」フランクは肩をすくめた。「何年もまえからもっていたんだが」

「すごく華やかですよ。はじめましょうか?」

一〇分後、ケリーはリノリウムのキッチンの床に座っていた。靴を脱いで脚を体の下に折りたたんでいる。頭は半分、冷蔵庫のなかだ。

「これはハムかな」と彼女は言った。「ハムを買ったのをおぼえてます?」

「最近はないな」

「はい?」

「最近はない」

ケリーが冷蔵庫から顔を出した。フランクにハムらしきものの開いた包みを手渡した。「すみません。なんておっしゃいました?」

本日の伝言ゲームは、ひとりの競技者が冷蔵庫のなかにいて、もうひとりの競技者が短くて役に立たない折りたたみ式脚立のスツールに座っている方式だ。後者はうるさい柄のシャツを着用するが、片方の袖はぴったりで、もう片方はゆったりしている。片腕ずつ鍛えていたら、通っていたジムが途中で倒産した男みたいだった。

「これ、ハムですよね」ケリーが言った。「ハムだと思います?」

フランクは見当もつかなかったが、そのハムであるともハムでないとも知れないものを黒いポり袋に放り込んだ。青いスコッチエッグと毛で覆われた三角チーズ、グレイのジャガイモ、さびて鍵の壊れたコーンビーフの缶詰が道連れだった。

「きょうのわたしは命の恩人かもしれませんよ」とケリーが言い、また冷蔵庫に顔を突っ込んだ。そのまま顔を出さずにフランクに魚の揚げ物《フィッシュフィンガー》とふやけたキュウリを渡した。フランクはどちらもごみ袋に落とした。「休日はどうでした？」彼女が冷蔵庫のなかから訊いた。

「いままででいちばん波乱に満ちた休日だったかもしれないな」

「これも冷蔵庫に入れておくんですか？」顔を出したケリーはオレオの箱をもっていた。

「娘だよ。トマトソースまで冷蔵庫に入れておくんだ。それとジャムも――向こうの言い方だとジェリーか。アメリカかぶれでね。娘が来たあとはものを見つけられなくなる。なんでもかんでも冷蔵庫に入れるものだから」

ケリーはビスケットの箱の賞味期限を見て、ベスがこのまえ来てからずいぶんたっているのを知った。そのことに注意を引いてフランクの気分を害したり乱したりはしたくない。

「これは冷蔵庫に戻したほうがいいかも」と彼女は言った。

「いいや、捨てよう。今度来たときまたもってくるだろう。うっかり、これが好物のビスケットだと言ってしまったらしくてね。それほど好きなわけじゃないんだが」フランクは両手を差し出し、小さなキッチンの向こうにいるケリーにビスケットを投げてくれたらキャッチすると合図した。片腕を折り曲げたまま、もう片方の腕をまっすぐ前に伸ばす姿は、野球というより太極拳だった。ケリーが身を乗り出し、やわらかいビスケットの箱を投げるかわりにごみ袋に入れた。

ケリーがキッチンの床で上体を起こし、はずした黄色いゴム手袋をまとめてボール状にすると、キッチンのシンクへふわりと放り投げた。床から立ちあがりかけたのを見て、フランクはスツール脚立から飛び降りて手を貸したいと思った。できたら花柄のシャツを脱ぎ、女王に仕えたサー・ウォルター・ローリーのまねをしてみたい。冷凍庫の氷がキッチンの床につくった水たまりの上にシャツを広げれば、彼女がそこを歩いても足は濡れずにすむ。

だが、仮にシャツを脱ぐのが間に合ったとしても、きっとめまいがして彼女の上にみっともなく倒れこんだだろう。この食品整理の最初に彼女が捨てたジャガイモの袋みたいに。あのジャガイモはひどく古びてグレイでしわくちゃで、ケリーがごみ袋に放り込んだとき、そこに象徴されるものにフランクはとても耐えきれそうになかった。

ケリーがキッチンの床から体を伸ばし、バレエダンサーのごとく優雅に立ちあがった。フランクはスツール脚立から降り立ち、食器棚の戸で体を支えた。自分は賞味期限をどのくらい過ぎているのだろう。

「どうして銀行休日が波乱に満ちていたんです?」ケリーが言った。フランクはてっきり、その話は聞こえなかったのだと思っていた。さっき話したとき、彼女は冷蔵庫に頭を入れていたからだ。

「普段と比べてということでね。銀行休日はもう休日という気がしない。ただの月曜日だよ、テレビ番組がほんの少しちがっていて、バスの本数が減るだけで」

「それは残念」ケリーが言った。冷蔵庫の扉を閉めてごみ袋の口を結ぶと、帰り際にごみ容器に放り込んだ。これで家に残った食料は、流しの下の食器棚にあるキャットフード七缶のみとなった。

だがケリーは流しの下の食器棚をのぞいていなかった。フランクの寝室のとなりの部屋ものぞいていなかった。のぞいていたら、枝編みの籠とそのなかの赤いタータンチェックの毛布、オレンジ色のプラスチック製トレイを埋める細かくちぎった新聞や日曜版の付録、ヒトラー風の口ひげが描かれたプードルの写真を見つけたはずだ。そして毛糸の玉のほぐれた端を目にし、それをベッドの下までたどって、ネズミの残骸と吐き出された毛玉に行き着いただろう。

ケリーはキャットフードも、枝編みの籠も、毛布も、オレンジ色のトレイも、毛糸も、毛玉も死んだネズミも見ていなかった。もし見ていたら、証拠をつなぎあわせて推理しはじめていただろう。そしてフランクが猫を飼っているとは知らず、ビルをじかに見ていなかったにしても、のどがむずむずして目が潤み、くしゃみが止まらなくなる。ケリーは猫アレルギーだったからだ。

THE EXTRA ORDINARY LIFE OF FRANK DERRICK, AGE 81

11

フランクにとっては週末も銀行休日と同じくらい意味がなかった。もうずいぶん昔の気がするが、まえは金曜日になるとありがたかったし、『ラスト・オブ・ザ・サマー・ワイン』〔BBCテレビで一九七三〜二〇一〇年に放映されたシットコムの長寿番組〕のテーマ音楽を聞くと気分が悪くなった。あしたは早起きしてまた仕事の一週間をはじめなくてはならないと思い出されたからだ。退職したあともしばらくはそんな気分になったが、いまはあの曲もただの音楽になっている。

フランクの娘も、もっと若かったころは『アンティークス・ロードショー』〔BBCテレビで一九七九年から放送されているオークション番組〕の冒頭に流れるテーマ曲を聞いて同じように胸が悪くなるほどの恐怖を味わっていた。もう寝る時間だ、早起きして学校に行かないといけないからと。いまアメリカに住んでいる娘は、まだあの曲を聞いて同じ気分になるのだろうか、とフランクは思った。そもそもアメリカのテレビで『アンティークス・ロードショー』は放送されているのだろうか？　フランクはベスに電話で確かめようかと思った。娘とはしばらく話をしていない。いい口実になる。とにかく口実にはなるはずだ。冷蔵庫の大掃除をしてからずっと娘のことを考えていた。ビスケットを捨てたことに引け目を感じ、ごみ容器をあさって取り戻そうかと思ったくらいだった。娘のしゃべり方はどこまでアメリカ風になっただろうか。たぶんじきに声を聞いてもわからなくなる。本人が電話をかけてきても、また自動音声ロボットが失禁用製品を売りつけようとしていると思って切ってしまうのだ。

それはそうと、ロサンゼルスとはどういう時差があったんだっけ？　フランクは一向におぼえられなかった。八時間早かったか、八時間遅かったか？　いまごろ娘はドライブインシアターに出かけているか、モールでポプシクルを食べたりしているだろう。ここで電話をしたら、娘を起こすか、夕食もしくは朝食のじゃまをすることになる。それも、わざわざ料金のかさむ長距離通話で、たぶん向こうはおぼえていないテレビ番組について余計な質問をしたいがために。

いまのフランクにとっては、『ラスト・オブ・ザ・サマー・ワイン』と『アンティークス・ロードショー』は際限なく繰り返される再放送番組の一部にすぎない。吐き気のする日曜夜の恐怖をいつでも、何曜日でも味わうことができた。どちらの番組も、たぶんいまだってやっている。テレビのスイッチを入れてみた。ほら、やっぱりだ。

土曜日の朝、ボイラー保険のロボットが電話をかけてきた。フランクはすぐに録音された音声だと察知し、即座に電話を切った。一時間かそこらすると、ひどく退屈になり、ロボットに折り返しかけてみたりした。

午後は戦争映画を観ているうちに寝落ちした。うとうとしながらフランクは、戦時中、どのアクセントで話していたか思い出そうとした——上流風《ポッシュ》だったか、コクニーだったか。目が覚めると戦争は終わっていた。おそらく、またドイツ軍が負けたのだろう。時計を見て、あごに垂れたよだれをぬぐい、自分に毒づいた。この予定外のシエスタのせいで、あしたの朝は一時間早く目が覚め、いままで以上に無意味な用事を見つけて昼間の追加された時間を埋めないといけなくなる。

フランクはテレビでサッカーの試合結果を眺めた。といっても、昔からサッカーはたいして好きではない。男が結果を読みあげるのに耳をそばだて、声のトーンからスコアを当ててみようとした。スコットランドでフォーファァーがイーストファイフと対戦し、5－4で勝っていたらいいなと思ったが、相手はカウデンビースで、結果は0－0だった。

THE EXTRA ORDINARY LIFE OF FRANK DERRICK, AGE 81

12

日曜日は最初の便の出発時刻がほかの曜日よりも遅く、おかげで朝寝坊ができたが、フランクとしてはべつに用はない。ビルにえさをやり、階段を下りて新聞を取りにいった。日曜版の分厚さだけが日曜日とほかの曜日がちがう点だ。きょうの新聞はいつにもまして厚い。階段を三往復するはめになるかもしれないな、とフランクは思った。付録とパンフレットはこのまま置いておく手もあるが、どれも猫砂の代用として欠かせない。きょうのビルは女優やファッションモデルの上にふんをして、オペラ評や各種機器カタログ、「カラー28ページのスポーツ面」におしっこをすることになる。

午後、フランクはその週にたまったダイレクトメールを開封していった。キッチンテーブルに積んだ山から最初の一通を手に取った。中身は光沢紙を使ったＡ４のパンフレットだった。一七ページにわたって利用者の感想と笑顔の老人の写真が掲載されている。階段リフトに乗った様子がまるでディズニーランドにいるみたいだ。ヒャッハー！　パンフレットの表紙では、テレビタレントがくしゃっとした笑顔をつくろうとしていた。どうやら脚を使えなくなるのは、とんでもなく楽しいらしい。

「猫用の階段リフトはあるんだろうか」とフランクはビルに言い、封筒と階段リフトのパンフレットを猫の砂用の山に重ねた。つぎの封筒を手に取った。〈子供を死なせないで〉と表に書いてある。封筒の感触から無料のペンの形がわかった。これからやろうとしていることに早くも後ろめたさがこみあげてくる。自分が無料のペンを使って寄付金一〇ポンドの欄にしるしをつけなかったせいで、何人の子供が死んだだろう？　郵便受けに届いたポリ袋を広げて古い服や靴でいっぱいにしなかったばっかりに、何人の人がホームレス生活から脱け出せないまま心臓病で亡くなったのか？　フランクはその袋を捨てるか、ごみ袋にするかだった。人でなしだ。封筒を開き、なかの写真から見つめる飢えた子供たちと視線を合わせまいとした。ボールペンを取り出し、ほかの無料チャリティペンを立てているマグに入れた。どの一本もいちいち自分の薄情さを思い出させる。ペン立てにしているチャリティマグもだ。

フランクはつづいて関節炎用の椅子やオーシャンクルーズのダイレクトメールを開封した。補聴器のものもあったが、ひどく小さい機器で、まず眼鏡を新調しないと見えそうになかった。お宅の電気配線が古くなって発火しそうです、と警戒を呼びかける手紙もあった。車が当たる！　猿を引き取りましょう。三つの数字をスクラッチして、この電話番号におかけください。一分間二ポンド五〇で景品を差し上げます。フランクは全部ビルのうんち用の山に積みあげた。

最後からふたつめのダイレクトメールは葬儀プラン業者からのもので、そこには四種類の埋葬法が提案されていた——簡素《シンプル》、伝統《クラシーク》、壮麗《スパーブ》、極上《ロワイヤル》。その横の写真で高齢の女性が電話で話しているのは、自分の葬式の手配をしているのだろう。階段を上れない人たちは階段を上れなくて喜んでいたが、彼女はそれ以上に死ぬのがうれしそうだった。

ダイレクトメールの最後の一通は眼鏡業者からで、七十五歳以上を対象に無料在宅視力検査を持ちかけるものだった。本当に無料で提供されるものなどあるものか、とフランクは思った。かならず落とし穴がある。細かい文字で契約条件が印刷されていて、検査の最後に高価な眼鏡を買わされるに決まっている。フランクは細かい文字を読まなかった。あまりにもたくさんあったし、あまりにも細字だったからだ。

フランクの眼鏡の左側――あの部分は何ていったっけ？　腕《アーム》か？　フランクの眼鏡の左腕は、事故にあってから黄色い絶縁テープでつなぎ合わされていたし、レンズには引っかき傷があったが、もはやそれを見るのに慣れきって、眼鏡をはずすと傷が見えなくなって目がおかしいと感じるようになっていた。

「いまを生きる《カルペ・ディエム》だよ、ビル」とフランクは言ったが、ビルはラテン語がわからなかった。フランクは眼鏡業者からの手紙をもってリビングに行き、来てもらう日を決めようと電話をかけた。迷惑郵便を活用するのはこれが初めてで、これまでは細かくちぎって猫の砂にするか、マッチが切れたときにキッチンのコンロから種火を運んでリビングのガスストーブをつけるのがせいぜいだった。眼鏡業者の電話に出た女性は、相手からかかってきたことに心底驚いている様子だった。

フランクは勧誘業者に勧誘電話をかけたのだ。

「ということは、無料の視力検査だけなのだね」フランクは言った。

「はい」

「何か買わないといけないということはない？」

「ありません」

「何かにサインしたり口座番号を教えたりすることは？」

「ありません」

「無料視力検査を受けても眼鏡を買う必要は？」

「ありません」

「では、確認させてもらうよ。この広告にある無料視力検査を受けて処方箋の写しをもらい、インターネットで半額以下の眼鏡を注文してもいいのかね？」

「はい」

「この通話はいくらかかるんだね？」

「一分一〇ペンスです」

「ありがとう。では予約をお願いできるかな？」

「来週はご自宅にいらっしゃいますか？」

「ああ」

「午前も午後も？」

「ああ」

THE EXTRA ORDINARY LIFE OF FRANK DERRICK, AGE 81

13

ケリーがキッチンで替え歌を口ずさんでいた。「ケリー、やかん《ケトル》をかけて、ケリー、ケトルをかけて」あいだに二枚の壁と沸騰するケトルがあっても、彼女がすてきな声をしているのはわかった。もしフランクがテレビの編成責任者であったなら。毎週、土曜の夜の冠ものまね番組の途中にスペシャルゲストとして出演してもらおう。ケリーはフランクのエレイン・ペイジやバーバラ・ディクソンになるのだ。ギャグや寸劇の合間に登場する、華麗なドレスをまとったすてきな声の美女。まさしく『ふたりのロニー』だ。スメリー・ジョンに相方のロニーになってもらえばいい。コーベットかバーカーか――フランクはどちらのロニーでもよかった。

「お茶にしましょう」と彼女はつづきの歌詞を唱えながらリビングに入ってくると、カップのお茶をテーブルに置き、ソファの肘掛けに座ってフランクにいつもの質問をした――お加減はどうですか？　ちゃんと食べていますか？　お薬は飲んでいますか？　フランクはイエスと答えつづけた。簡単なテストだ。病院で受けたミニメンタルステート検査にもまして簡単だ。マントルピースにまたひとつカットグラスのトロフィーを置くスペースを見つけなくてはなるまい。

「体や髪を洗うのにすごく苦労していませんか？」

フランクはいぶかった。なぜ出し抜けにそんなことを訊いたのだろう。これはお決まりの質問には含まれていない。においがするのだろうか？　小便とモスボール。消毒液の？　スメリー・ジョンと新しいコンビを結成する潮時か？　〝ふたりのスメリー〟を？

「そうでもないよ」と彼は答えた。

フランクは体を洗うのに苦労していた。けがをしているうえにギプスを濡らしてはいけないから、浴槽への出入りが大変なわりに、風呂の効果はあんまりない。でも、それを認めたくはなかった。「この髪を洗うのは昔から難題だがね」とフランクは妥協点を見つけて言った。そしてギプスをはめた腕を高くかかげた。「ときどきまだ酸っぱいミルクのにおいがするんだよ」

「わたしが洗いましょうか？」

「私の髪を？」

「あなたの髪を。洗ってもかまいませんよ」

「いやあ、でも――」フランクはそれを考えただけで、どぎまぎと十代の少年みたいな気分になったことに驚いた。顔が赤くなるのを感じた。

「せめてブラシをかけるくらいなら？」落ち着きを失ったのに気づいてケリーが言った。答えを待たずに窓際の椅子を運んできて、座るように合図する。〝バッグからへアブラシを取り出し、からまっていた髪をブラシの毛からもぎ取った。それを丸めて小さなボールにし、フランクが座る肘掛け椅子のわきのくずかごに捨てた。

ケリーがフランクの後ろに立った。まるで日照りのあと、ひと月ぶりに舗道に落ちてきた雨のような匂いがした。

「すてきな髪ですね、ミスター・デリク。わたしが訪問する老紳士のみなさんは、あまり残っていない方がほとんどで」

人からすてきな髪だと言われるのは初めてではなかった。とくに女性からは、通りで呼び止められたり郵便局の列やバス停で肩を叩かれたりして、その髪がうらやましいと言われることも少なくない。フルウィンド・フード&ワインにいた女性から、さわってもいいですかと訊かれたこともある。これもまたフランクが髪を伸ばしている理由のひとつだった。ご婦人方はこの髪を気に入ってくれる。そして今度はケリーも髪がすてきだと言ってくれたのだ。

ただ、彼女から老人と思われているのはさほどうれしくなかった。紳士のくくりではあるとしてもだ。というより、自分のほかに老紳士がいるとは考えたくもなかった。彼女には自分専属のケアワーカーでいてほしい。少なくとも、ケリーのほかの老紳士たちは全員はげ頭であってほしい。はげ頭の国では長髪の男が王様だ、とフランクは自分に言い聞かせた。

ケリーはフランクの長い白髪を馬のしっぽのように握ってブラシをかけはじめた。「それで、ミスター・デリク」世間話をする理容師を精いっぱいまねた声で言った。「ミセス・デリクはいらっしゃるのですか?」

「亡くなったよ」フランクは答えた。

「すみません」ケリーはフランクの髪にブラシをかける手を止めた。「考えもしないで」

もしミセス・デリクがいるとしたら、死んでいるか疎遠になっているかに決まっている。毎週、訪問する必要があるというだけでも、わかって当然だった。もしミセス・デリクがいるとしたら、もう他界しているか月曜日は忙しいかのどちらかだ。フランクが英国最高齢の未婚男か、ゲイか、クリフ・リチャードでもないかぎり。

「ずいぶんまえのことだからね」フランクはケリーを安心させようとした。「あれが妻だよ」とあごをしゃくり、マントルピースに飾られた磁器の犬や猫、キリン、ブタたちの群れの真ん中にある額入りの写真を示した。

「見せていただいても?」彼女は言った。

「ああ、かまわないよ」

ケリーは写真を手に取った。ほこりをかぶったガラスを袖口で拭いた。毛布の上に座っている女性の写真だった。海風から避難して木の防波堤の陰、砂浜のそばの石の上にいる。

「そのころはもっと砂があったんだよ」フランクは言った。「いまはほとんど石ばかりだが。しかも高く積まれているから海まで下りるのもひと苦労だ。ときどき海が近いことまで忘れてしまう。潮の香りはするが、もう何年も海を見ていない」

ケリーは写真をマントルピースの上に戻し、その両側で見張りに立つ焼き物のブタたちの配置を直した。

「奥様のお名前は?」ケリーはそう尋ね、この話題を持ち出したことをもう一度、それを引っ込めずにいることでさらに一度、謝った。

「シーラ」とフランクは答え、ずいぶんまえのことだからと繰り返し、謝らなくていいとつづけた。「妻は毎日泳いでいた。いくら寒くてもおかまいなしだった。泳ぎがとても上手でね。メダルをいくつももっていた。シーラは泳ぎを教えてくれた。いや、私ももともと泳げたんだがね。ちゃんとした泳ぎ方じゃなかった。彼女は息継ぎの仕方を教えてくれた。腕だけじゃなく足の使い方も。でも彼女ほどうまくはなれなかった。彼女は何マイルも泳げたんだ。私はたいがい浅瀬をうろうろしているうちに飽きてしまって」

フランクは自分でも話をやめられなくなっていた。髪にブラシをかけてもらったせいかもしれない。彼はケリーによくこんなことがあったと語った。妻が泳いで岸からどんどん遠ざかり、やがて姿が見えなくなる。そのまま時間が過ぎていく。フランクは水から上がり、歩いて石の上に引き返し、タオルにくるまって防波堤のそばの毛布の上に座り、ふるえがおさまるのを待つ。

「突堤《グロイン》といったな。たしか、あの木の防波堤はグロインと呼ばれている」

「グロイン」とケリーは新しい言葉を声に出してみた。「どう綴るんです？」

「さあ、よく知らないな」

シーラが見えなくなってしばらくすると、こっちはあわてはじめるんだ、とフランクはつづけた。泳いでいるうちに見えなくなることはそれまで何度となくあったにしても、叫んで助けを求めようか、カフェのそばの電話ボックスに走って沿岸警備隊に通報しようかと考える。そして毛布から立ちあがり、手をかざして、ゴム帽子をかぶった彼女の頭が波に揺られて上下するのを探すのだと。

「ところが潮は横から満ちてくるんだよ。いつもそれを忘れてしまった。フランス方面を見渡していたが、ワイト島を見てなきゃいけなかった。シーラは一〇〇メートルほど先の浜辺沿いに現れる。それで手を振りながら戻ってきて、水泳帽を脱いで髪を振りほどくんだ。タオルを差し出すと体に巻きつけ、しばらく座ったままふるえて歯をがくがくいわせながら、日差しで体を乾かし、それから水着を脱いで服を着る。タオルを巻いたままそれをやってのけ、はずしたときにはすっかり服を身につけていてね。それが得意のかくし芸だった」

ケリーはマントルピースの写真を見た。

「古い家族写真を見るのが大好きでした」と彼女は言った。「母と父は人が訪ねてくるといつもアルバムを引っ張り出してきたんです。わたしの写真だって、全部が恥ずかしいものじゃありませんから。いまはわたしの写真は全部、電話のなかにある。手が回らなくて、プリントしたりコンピュータに保存したりできないし、だいたい、電話とコンピュータをつなぐコードを見つけられなくて」

フランクは妻がやがて病いのために泳ぐのをやめたことを話した。

「私が見ているまえで、彼女は毎日、少しずつ消えていった。沖に泳いでいくときのように」

彼はケリーにどれだけ後ろめたく思ったかを話した。ときどき何もかも終わってしまえばいいと願ったからだ。妻が変わっていくのを見せられるのはきょうが最後になればいいと。

「終わりが近づいてきて、彼女はもう私の家族じゃないと気づいた。病院の人間になっていたんだ。彼女が死んだ夜、私は彼女に大丈夫だ、もう行ってもかまわないと話した。まるで許しを与えるみたいに。神のように、というのとはちがう。むしろアラン・シュガーとかアン・ロビンソンのゴリ押しに近い。ひどく身勝手だった」

フランクはこの話を誰にもしたことはなかった。娘にも、スメリー・ジョンにも、ビルにさえも。ケリーとは知り合ってから正味六時間もたっていない。チャリティショップで働くおばあさんたちのほうが、つきあいが長いくらいだった。

ケリーはしばらく何も言わなかった。まだフランクの髪を握っていたが、ブラシをかけてはいない。フランクは振り向いてみた。彼女の目に涙が浮かんでいる。泣かせてしまったのだ。彼女はもう、二度とやってくることはないだろう。これからは自分で髪にブラシをかけ、かゆいところを自分でかかなくてはならない。また古い食べ物をため込むことになる。いまの話をなかったことにできないものだろうか。

「ミスター・クリスマスはいるのかな?」とフランクは言った。これでムードが明るくなればいいのだが。

ケリーは鼻をすすり、シーラの写真を拭いた袖口で目頭をぬぐった。

「父だけです」フランクの心を読んだように彼女は言った。「そう、ファーザー・クリスマスだけ」〔英国ではサンタクロースをファーザー・クリスマスとも呼ぶ〕彼女はまた鼻をすすり、手をフランクの頭のてっぺんに当てると、広口瓶のふたをひねって閉めるように前に向け直した。ブラッシングが終わると、フランクは彼女のほうを向いた。髪はいつになくふんわりしている。しばらくは風船に近づかないようにしないといけない。

「週末のご予定は?」とケリーは理容師のものまねに再挑戦した〔'something for the weekend, sir?'は、むかしの理髪師がコンドームを売り込む際に使った婉曲的な決まり文句とされる〕。

あれば、いい気分転換になるのだが、とフランクは思った。

ケリーが持ち物をまとめた。アノラックをフランクが座ったままの椅子の背から取った。「来週は洗髪してもいいですよ」と彼女は言い、バッグを手に取った。「入浴のお手伝いもできるかもしれません。また来週。それでは」

そしてリビングを出ていくと、階段を下って玄関ドアから外に出た。鍵をキーボックスに戻し、庭の通り道を歩いて正面の門を抜けた。車に乗り込み、〈訪問介護中〉の札をはずし、ウィンドウを下ろして、エンジンをかけるとステレオが鳴りだした。あの曲はマドンナかカイリー・ミノーグだろうとフランクは当たりをつけた。ケリーはウィングミラーを確認し、ハンドブレーキをはずし、十数人のジミー・スチュアートもどきに監視されながら、シー・レインを車で走り去った。

窓辺に立ち、ブラシをかけて髪に静電気を帯びたフランクは、いまやディケンズの『大いなる遺産』で館に引きこもるミス・ハヴィシャムにも似ていた。だがケリーが遠くに消えていくのを見守る彼の頭に浮かぶのは、彼女に入浴を手伝ってもらうことと、それに伴う出来事、そして彼女との関係の力学がどう変わるかだけだった。その力学に慣れてきたばかりだというのに。決まったこと《ゴールポスト》を動かすには年寄りすぎるし、腕が折れている。

もしかしたら、ただの清拭《ベッドバス》とやらなのかもしれない。でもフランクはベッドに寝たきりではないし、彼女が言っていたのはどう考えても本物の入浴のことだった。つまり、裸になって、湯を張った風呂に入ることだ。このまえ誰かに裸を見られたのはいつだったか？　ビルの前でも服は脱がないし、シーラが生きていたころもヌーディストカップルにはめったにならなかった。シーラのビーチタオル芸は、海辺の人目だけを気にしてやっていたものではない。ふたりは寝るまえに服を脱ぐときも暗がりか別の部屋でするのが常だった。

　どうも過剰反応している。ケリーはたぶん、ただ蛇口をひねり、肘で湯加減をチェックしたら、あとはフランクにまかせ、風呂から上がるときに浴室のドアの隙間から腕をまわしてタオルを渡すつもりだろう。彼女が言っていた入浴のお手伝いとはそういうことだ。

　それでも考えずにはいられなかった。もっと手を貸してくれるつもりだとしたら？　背中を流し、裸の老体をスポンジやヘチマで洗ってくれるのでは？　きっとそれは彼女の職務リストに載っている（フランクはそのリストをちゃんと読んでいなかった）。彼女はこれまでにしなびた裸の老人を何百人も見ているはずだ。だって、看護師《ナース》みたいなものだろう？　車のフロントガラスの札にはそう書いてある。制服も着ている。車のわきにロゴもある。

　ケリーの車が見えなくなるころにはこの一件に混乱し、おろおろしていたフランクだったが、さらにまずいことに『歌う探偵（*The Singing Detective*）』〔一九八六年放映のBBCのテレビドラマ〕のマイケル・ギャンボンみたいな気分になってきた――看護師役のジョアンヌ・ウォーリーからかさかさの体に潤滑剤を塗ってもらうとき、いろいろくだらないことを思い浮かべて勃起を抑えようとする彼だ。ただし、ここにはひねりがあった。フランクはこう考えずにはいられなかったのだ。勃ってしまったらどうしよう？　ではない。勃たなかったらどうしよう？

14

THE EXTRA ORDINARY
LIFE OF FRANK DERRICK,
AGE 81

ケリーに入浴爆弾を投下された翌日、フランクは図書館に行った。図書館カードを司書に提示し、コンピュータの一台の前に腰かけた。となりのふたりも年金生活者だった。

親や祖父母が新しいテクノロジーを使う姿に違和感を覚える人、おばあちゃんが携帯電話で通話するのはおかしいと思う人は、そろそろ慣れたほうがいい。ATMの前で暗証番号を思い出せなかったり画面が見えなかったりで列を滞らせる年金生活者、買い物の支払いを小切手でする年金生活者――彼らは退場しようとしている。図書館のコンピュータを操るOAP（老齢年金受給者）、スニーカーにジーンズ姿でモカ・ラテをコーヒーショップで飲み、携帯メールをやり取りし、テトリスやスネークゲームで遊び、そのあいだずっとiPodを聴いているOAP――彼らこそ未来だ。これがあなたの『猿の惑星』である。彼らのイヤフォンを引き抜いてみればいい。聴いているのはアークティック・モンキーズだ。

フランクは図書館のコンピュータのアカウントにサインインしてeメールをチェックした。スパムメールが七六通、そして娘からのメールが一通あった。

こんにちは、お父さん、

いかがお過ごしでしょう？　もうギプスは取れましたか？　きっといまごろ、かゆくてしかたがないのでしょうね。ジミーの会社が努力のかいあって念願の契約にこぎつけたことは話したでしょうか？　彼にとっても、わたしたちにとっても大事な取り引きなので、その件についてジミーが落ち着き次第、お見舞いに行けるはずです。みんな、お父さんに会いたがっていますよ（もちろん!!）。

ローラは大学で順調にやっています。お父さんに会えなくてとても残念がっています。もうすっかり大きくなったので、会っても見覚えがあるとは思えないかもしれませんね。毎週、髪の色が変わるのです！

訪問ケアの人がお父さんにまだよくしてくれていればいいのですが。気が進まなかったのは承知しています。怖い婦長さんタイプが送り込まれて指図したり叱りつけたりしないよう祈っていました。そういう時代が遠い過去のことになって何より（テレビ番組だけは別でしょうね）。こちらの人たちはみんな、昔の『キャリー・オン』シリーズ【英国の低予算コメディ映画シリーズ。シリーズ中の*Carry On Nurse*や『ピンクの病院／ドクター・ストップ』などに高圧的な婦長が登場する】が大好きみたい。それとベニー・ヒルも！　お父さんもこちらへ移住することを考えたほうがいいかもしれませんね、ベニー・ヒルがずっと大好きでしたよね。

近いうちに訪ねていきますね。できたら、お父さんが眠っていないときに！　ときどき時差を忘れてしまうので。

ありったけの愛をこめて

「色（colour）」は'color'になっていて、「見憶えがある（recognise）」も'z'を使って綴られているし、それもひょっとしたら「ゼッド」ではなく「ズィー」と発音するのかもしれない。アメリカはまた娘の一部を奪ったのだ。それに、ベニー・ヒルのことはずっと大嫌いだった。

フランクはコンピュータの画面とにらめっこしながら、返信の文面を考えた。ベスに話してやれるおもしろい出来事といったらどれだろう？　庭に立っていた男から、お宅の屋根が危険だと言われたこと。玄関で二人組に不意打ちを食らい、そのひとりを殴ってやろうかと考えたこと。この村で車止めが何本か倒されたこと。ワラジムシたちが迷惑していること。退屈した若者たちがまたしても第一容疑者であること。スメリー・ジョンがヴェラ・リンの曲を歌う男にけんかを吹っかけたこと。たぶんまずは娘の質問に答えるのがいいだろう。答えをコンピュータで赤字にしてもいい。そのやり方は知っている。

ギプスは取れましたか？　**ノー。**

きっといまごろ、かゆくてしかたがないのでは？　**イエス。**

ジミーの会社が契約にこぎつけたことは話したでしょうか？　**イエス、でもあまり気にとめていなかった。ワインに関係あることだったか？**

そしてこう伝えるべきだろうか――「イエス、訪問介護師は本当によくしてくれている。いばり散らす婦長タイプではないし、むしろとても気さくで話しやすい。それどころか、気づくと私は誰にも話さなかったことを話していたよ。おまえのお母さんが死んだときのこととか、そんなようなことを。そうそう、それに彼女はとてもきれいでね、この介護師は、日照りのあとの熱い舗道《ペイヴメント》（歩道《サイドウォーク》）に落ちた雨のような匂いがする。幾何学的に完璧な前髪をしていて、そうそう、髪といえば、きのう私の髪にブラシをかけてくれて、来週は風呂に入れてくれるのだよ。そう、そのとおり、風呂だ。ちなみに、彼女は若くて私の娘でもおかしくないどころか、おまえの娘でもおかしくない。追伸、うるさい柄のシャツとアフターシェーブローションを買ったんだが、それはたぶん彼女のせいだろう。追追伸、彼女はおまえのアメリカ製ビスケットを捨てたよ。ではな。父 x」

フランクは老後を娘と過ごすのをずっと楽しみにしていた。自分が六十代で娘が二十代のころは、じきに父さんの世話をするはめになるぞと、怖い話をしてからかったものだった。おまえは幌つきの車椅子を押してまわり、食べ物を口に入れたり下着を替えたり、始終、人に謝ったりすることになる。それは政治的に不適切なことも口走るようになるからで、そうやって人はついに正気を失うのだ。そして、しょっちゅう教区司祭や警官に悪態をつき、「外国人」のうわさ話をし、図書館やチャリティショップの女性たちに言い寄る父さんの面倒を見ないといけなくなるのだと。もしかしたら、それが原因でベスはアメリカに脱出したのかもしれない。手遅れにならないうちに、万が一、父親に冗談のつもりがなかったときのために。

娘に返信するのを先延ばしにし、フランクはインターネットをサーフした。ｅＢａｙに行き、チャリティショップの五〇ペンス均一箱にあった、高く売れそうな磁器の置き物を探してみた。似たような置き物が一組見つかったが、現在の最高入札額は九九ペンスだった。

フランクはeBayのほかのリンクをクリックした。すると現代版の書類探索《ペーパーチェイス》——つまりペーパーレスチェイス——に呑み込まれ、値打ちのない置き物から置き物へと導かれることになった。新しいリンクをクリックするたび、閲覧履歴が更新されて精密さを増し、関心のありそうなものをインターネットが予測する。置き物のベルのリンクをクリックしたら、今度はティーポットのリンクに、さらに「イタリア産陶製ロバ形ジャム容器」なるもののリンクにつながった。そこでうっかりページの横の格安通話の広告をクリックしてしまうと、新しいページが開いた。それを閉じてeBayのページに戻ったら、陶器や磁器の電話機がずらりと並び、ロバの絵が一枚表示された。

フランクはそもそも図書館にやってきた目的に集中できなかった——それはeメールを娘に送ることだ。どうも注意力の持続時間が年々、短くなっている。このまえ実際に図書館の棚にある本を借り出したり、チャリティショップで古本を買ってちゃんと読んだりしたのはいつのことだったか？　もう新聞もまともに読んでいない。見出しを読んで、写真を眺め、それでわかったことをもとに残りをでっちあげるだけだ。おかげで最近の出来事がごちゃ混ぜになっている。犠牲者は殺人犯で、殺人犯が犠牲者、勝者は敗者で、誕生日を祝う有名人は死去したばかりだった。

コンピュータの画面をにらみ、マウスをマット上であちこち動かしながらカーソルで自分に催眠術をかけようとした。どうやらインターネットには信じられないほどたくさんの情報がある。

ところが、見たいウェブサイトやものはひとつも思いつかない。

そこでふと思った。ケリーが勤めている在宅ケア事業者のウェブサイトはあるだろうか。〈レモンズ・ケア〉――介護事業者がつけるにはばかげた名前かもしれないが、そう思えるようになったのはステュアート＆リンダ・オレンジが事業から撤退してからだ。早速検索すると、彼らのウェブサイトが見つかった。最初のページの写真にうつっている老人たちはみんな幸せそうだった。ダイレクトメールに載っていたテレビ司会者や、足の不自由な人や死にかけた人たちのように。まずは「よくあるご質問」を、つづいて「ケアワーカーはどんな仕事をしてくれるのですか？」をクリックしてみた。リストの三番めが「入浴の介助」だった。フランクは「スタッフ紹介」をクリックし、名前のリストをスクロールしていった。

ケリー・クリスマスは２０１２年８月に私たちの仲間になりました。２年間、在宅ケアに従事し、豊かな経験を携えての着任です。ケリーは数々の研修コースにも参加し、ホームケアにおける変化に遅れないよう努めてきました。成長するこの事業にとって歓迎すべき貴重な人材です。クリックすると写真が表示されます。

フランクはケリーの写真を見た。彼女は体温計をチェックするふりをしていた。カメラを意識して微笑んでいる。着ているのは訪問にくるときと同じ青いぴかぴかのユニフォームだ。髪は横分けになっていて、顔というのは枠取りをいじるだけでずいぶん変わるものだと驚いた。それもマイナスになるとか、悪くなるわけではない。ただちがっている。フランクが内心抱いていた疑問もこれで解けた――彼女の水平な前髪は、第三の眼とか、BNP（イギリス国民党）礼賛のタトゥー、ひどく不細工なおでこを隠すものではなかったのだ。

フランクはほかのケアワーカーたちのプロフィールも見た。頭のなかでミス・ワールドを紹介するマイケル・アスペルのものまねをしながら。

「アンジェラはケアスーパーバイザーを6年間務めており、登録正看護師の教育を受けています。経験豊かなうえに、英語とフランス語が話せ、世界平和と、貧困の根絶を願ってやみません」

「アン＝マリーは高齢者ケアの豊富な経験を持ち、10年以上にわたって在宅ケアに取り組んできました。スリーサイズは90－70－90」

マイケル・アスペルはケリー・クリスマスの優勝を宣言し、王冠を彼女の頭にのせ、ミス・ケアワーカーのたすきをかけて両頬にキスをし、今年の〈花ざかりの村〉で優勝できるくらい盛大な花束を贈呈した。

フランクはインターネットのブラウザを閉じてeメールに戻った。ベスに宛てて簡単な返信を書いた。元気でやっている、万事快調だ、と伝えるだけの内容だった。画面の上の時計を見た。コンピュータの使用時間が終わろうとしていた。つぎの年金生活者がスケートボードの技の動画を見てFacebookを更新しようと待ちかまえている。フランクはeメールの〈送信〉を押し、ログオフした。

図書館をあとにしたフランクは薬屋に行き、凝った造りの新型かみそりと、缶入りの高価なシェービングジェル、それに輪をかけて高価な固形石鹼、存在すら知らなかったドライシャンプーなるものを買い、さらに、娘が子供のころにテレビのCMソングを歌って聞かせた記憶があるというだけの理由で、泡立つ入浴剤メイティのボトルをひとつ買った。

帰りにチャリティショップの前を通りかかったとき、ウィンドウに飾られたまた別のシャツが目にとまった。このまえ買ったシャツにもましてうるさい柄——色とりどりの花としぶきの模様が**買って！**　と叫びかけている。フランクは店内に入り、そのシャツを買い求めた。ついでにピンセットをひとつと、レジカウンターの〈一ポンド均一〉かごにあったマドンナのCD『グレイテスト・ヒッツ』も買った。

「あらまあ。孫娘さんにかしら？」レジの女性が言った。

「ああ」とフランクは言った。嘘をついた自分と、そうするしかないと感じさせた世間がうらめしい。

THE EXTRA ORDINARY LIFE OF FRANK DERRICK, AGE 81

15

フランクはまたもや飛行機が飛び立つまえに目を覚ました。ケリーが入浴させてくれるのなら、先に体をきれいにしておきたい。フランクは女王が入浴の介助にやってくるかのように身ぎれいにしておくつもりだった。

蛇口をひねり、流れ出る湯の下に子供向けの入浴剤を垂らすと、湯はしばらくのあいだ緑色になった。フランクは道具を広げた。洗面台のへりにチャリティショップで買ったピンセットを置いた。まえの持ち主は何に使ったのだろうか。思いつくのは、とげ抜きか切手収集くらいだが、世の中にはかなり気色の悪い連中もいるから、念のため、ピンセットを鍋に入れて五分間煮沸しておいた。洗面台のピンセットのとなりは、新調したかみそりだった。五枚刃——歴代のかみそりと比べて四枚増——で、スムーザーつき。スイッチを入れるとライトが点灯し、手に持ったかみそりが振動した。フランクはかみそりを蛇口の下に通さないよう気をつけた。感電死するのが心配だったからだ。シェービングジェルの缶には、このジェルは「シェービング前のひげの準備を整え、やさしく、しっとりした、みずみずしい心地よさと潤い」をひげ剃り後の肌に与えると謳われていた。缶から出てくるときは青く、顔に塗ると白くなった。

そんな、なめらかなひげ剃りのイノベーションもすべて水の泡になる。フランクは左手で剃らなくてはならないからだ。まず耳たぶを、さらに小鼻のはじも切ったうえに、そり残しもところどころにあって、ウィンブルドン最終日のセンターコートみたいな顔面になった。

フランクは高級固形石鹼の包みを開け、浴槽のわきに置いた。洗面台の水の蛇口にレジ袋がふたつ引っかけてあり、その上の窓台に茶色のガムテープが一巻き置かれていた。

フランクはピンセットを手に取った。顔を鏡に近づけ、手で表面の曇りをふいて隙間をつくると、ほとんどまぐれで鼻毛を一本つまむことができた。勢いよく引っ張ったら見事に抜けた。目に涙が浮かび、くしゃみがこみあげるのを感じた。身構えたのだが、くしゃみがおさまり、これ以上ないくらいにがっかりした。もう一本、鼻毛をつまもうとしたが、一本目よりもむずかしくてじれったく、北海を渡るフェリーのデッキで針に糸を通す思いだった。ようやく一本つまむと、さっきよりもゆっくり引っ張った。この鼻毛はずいぶん長いらしい。セーターをほどいているみたいだ。鼻毛が抜けると今度こそくしゃみが出て、頭が鏡にぶつかった。この歳で鼻毛が何本かあったって、べつに世界の終わりじゃないと思うことにした。

フランクは蛇口を閉め、浴槽と自分の腕を交互に見た。ドライバスなんてものは存在しないのだろうか。レジ袋のひとつを蛇口からはずし、ギプスをした腕をそれで包みはじめた。そして、腕を体にくっつけて袋が動かないようにし、ガムテープを拾いあげた。当然のごとく、テープのはじまりが見つからない。こうなることは目に見えていた。テープをむしろうとして右腕を体から離すとレジ袋が床に落ちた。手を伸ばして袋をつかもうとしたら今度は石鹼を湯船のなかに突き飛ばしてしまった。来週は壊れた時計からぶら下がり、木造の家を頭の上に倒してもらおう。

やがて、フランクはどうにか腕をふたつのレジ袋で覆い、茶色のガムテープで袋をとめると、つづいてそのテープを歯でちぎらなくてはならなかったが、いうまでもなく、入れ歯はグラスのなかにあって、ますます時間がかかることになった。それでもついに歯を装着すると、やっとのことでテープを噛みちぎった。ねじれたテープがくっつき合い、終わってみると腕はクリスマス・イブに酔っ払ったパパが包んだプレゼントさながらになっていた。

フランクはそろそろと慎重に浴槽に入った。湯はもう生ぬるくなっている。こんなことなら、屋内移動機器カタログでいつも宣伝されているゴムマットを買っておけばよかった。ここですべって転倒し、気を失って溺死したらたまらない。いったいどれくらいのあいだ、浴槽に倒れたまま発見されずにいるのだろうと考えたが、そう長くはかからないと思い至った。ケリーがじきにやってくるからだ。彼女は玄関のドアを開けて名前を呼び、どうして返事がないのだろうと考える。そして部屋から部屋へと探したすえに、浴室から湯気が出ているのに気づくだろう。死んでいるところをケリーに発見されるのはごめんだ。いま以上によれよれの体で、〈メイティ〉の泡風呂に横たわっている姿など見られたくない。

フランクは浴槽に立ち、また熱湯の蛇口を開けて風呂の水を温めてから腰をおろした。湯船から蛇口のそばに突き出した両足を見た。そろそろ足の爪を切らないといけない。ただ、仮に左利き用のはさみをもっていたとしても、この分厚い爪を切るだけの力はないだろう。このまえ切ったときは植木ばさみを使った。植木ばさみの使い方としては、それがいままでいちばん庭仕事に近い。フランクは足を泡の下に沈め、高級石鹸で体を洗った。

フランクは長くは風呂に浸からなかった。眠り込んでケリーに発見されるあのシナリオをたどりたくはない——しかも死なないとしたら恥の上塗りになる。浴槽から這い出て体を拭いた。レジ袋を腕からはずすのは、巻きつけるのに劣らず厄介で、プラスチックとガムテープを歯で噛みちぎらないといけなかった。腕を袋から自由にしてみると、どのみちギプスは濡れていたし。

フランクはドライシャンプーで髪を洗った。シャンプーをしっかり髪に行き渡らせるブラシがなかったせいで、天井を紙やすりで磨いたあとみたいな頭になった。

寝室へ服を着にいった。衣類をベッドの上に並べてみた。新しいパンツが必要だった。このまえ買ったのはいつだったか思い出せない。買ったことがあるかどうかさえおぼえていなかった。フランクはシーラの尻に敷かれていただけでなく、パンツを買ってもらってもいたのだ。

パンツを買うとしたら、町中まで出かけなくてはならない。チャリティショップでも売っているだろうが、下着は中古では買わないことにしている品物のひとつだった。靴下もそうだ。死んだ人の靴を履くのは気にならないが、死んだ人の靴下やパンツは御免こうむりたい。

事故のあと、フランクはスメリー・ジョンからこんなことも言われた。「きれいなパンツを穿いてたならいいんだが。いつもきれいなパンツを穿いておけよ、フランシス。おふくろがしょっちゅう言ってたよ。万一、轢かれたときのためにって。きれいなパンツを穿いてたのか、フランシス？」

「ああ」

というのは簡略版の答えだった。フランクは轢かれたときにきれいなパンツを穿いていた。少なくとも直前まではそうだったのだが、轢かれた時点できれいなパンツは汚れたパンツになった。そして病院への道のりについたころ、ＮＨＳ（国民保健サービス）の職員にパンツを脱がされた。別の誰かが洗濯したあと、パンツは牛乳一パイントといっしょに買い物袋に入れられて退院時に返却された。フランクは下着をつけずに帰りの救急車に乗り、パンツと牛乳を救急車に置いていった。事故から二週間後、郵送されてきたクッション入りの封筒に、そのパンツとウェストサセックス救急車サービスの送り状が入っていた。少なくとも牛乳は送られてきていない。いまのところは。

フランクは見つかったなかでいちばん新しそうなパンツを穿いた。ピンセットといっしょに沸騰した湯に入れて新しい息吹を与えようかとも思ったが、乾かす時間がないし、ケリーに煮込んだパンツのにおいに気づかれるのではと心配だった。

一張羅のスラックスを穿き、プラスチックやボール紙の補強材とピンを最新のチャリティショップシャツからはずすと、今回は全部のピンを取り除いたことを確認した。シャツのボタンをとめ、鏡で自分の姿を見た。やっぱり。ひどいものだ。フランクは鏡から見返す男と会話をすることがよくあった。ときにはほかの者とは何日も話さない。フランクが顔をしかめると鏡の男がまねをする。達者なフランク・デリクのものまねだった。

眼鏡をはずし、少しはまっすぐにしようとひねってみた。眼鏡をかけ直した。まだゆがんでいる。若干、首をかしげて補正してみた。傾いた壁に掛かっている絵をまっすぐにする要領だ。新しい眼鏡があればよかったのだが。二、三週間後に届くはずです、とスペンサーは言っていた。

スペンサーというのは、数日前にやってきてフランクに無料の視力検査をした眼鏡業者だった。やたらと分厚いレンズの眼鏡をかけていて、床屋がみんなはげ頭になっているのと同じに思えた。スペンサーを従えて階段をのぼり、リビングに入りながら、フランクは検査の予約をしたときに電話でしゃべったことをひとつひとつ思い返そうとしていた。

「そう長くはかかりませんよ」とスペンサーが言った。

これは無料の視力検査だ、とフランクは自分に言い聞かせた。

「けっこうなフラットですね」スペンサーが言った。

私は店にいるわけじゃない。

スペンサーが機器をセットした。

「自然光が素晴らしい」とスペンサー。

ここは私の家だ。

「ここには長くお住まいですか?」

何か買わないといけないという気にはならないぞ。

「庭は南向きで?」

銀行口座の情報は教えるものか。

「うちの妻はこの壁紙に惚れぼれするだろうな」

だまされて眼鏡を買ったりするものか。

「そう長くはかかりませんよ」

広告にあった無料視力検査を受けて処方箋の写しをもらったら、インターネットで半額以下の眼鏡を注文してやる。

「見事な髪ですね」

検査表の文字を読んで各種機器をのぞきこみ、眼球に空気を吹きかけられたりして二〇分、フランクは気づくと眼鏡を試着していた。さらに二〇分後には、フランクをベルギーの建築家に見せる眼鏡と半額のそろいのサングラスの注文書をスペンサーがファイルに収めていた。このとき銀行口座を確認していたら、一九ポンド八五ペンスの借り越しになっているのがわかっただろう。銀行のコンピュータはすでに利息と手数料を計算し、フランクへの書状をタイプしているところで、その書面によるとフランクはさらに一五ポンドの赤字を抱えることになる。

手にアフターシェーブローションをつけてはたくと顔がひりひりした。何かふんわりしたものが脚をかすめるのを感じた。フランクは下を見た。ビルが起き出してきて足もとに立ち、えさを待っている。

「どうかな?」とフランクは得意の通信販売カタログに載っている男のポーズをやってみせた。ビルを見て、何を考えているのか読み解けないものかと考えた。いつもより簡単なはずだった。たったひと言で済んだからだ。

おねえ《ブーフ》。

フランクはビルにえさをやって外に出すと、階段を引き返してリビングに入り、ケリーを待った。肘掛け椅子のそばの床に、表紙がタータンチェックのアルバムを三冊置いてあった。どれにも家族写真が詰まっている。各アルバムはまちまちな角度で並んでいた。ただ無造作に置いたふうに見せるのに一〇分を費やした。一一時五分前、CDプレーヤーの再生ボタンを押し、肘掛け椅子に座って、花模様のシャツを着た八十一歳のひげ剃りべたなボンクラが精いっぱいマドンナのファンらしく見えるよう努めた。

彼女が白い大型車を向かい側に駐めたとき、フランクはまず、ケリーが新しい車に替えたのだなと思った。サイズは大きくなったが、青の小型車より運転しやすいにちがいない。彼女は車止めにぶつけることもギアをガリガリいわせることもなかった。この車にステレオはないようだ。ケリーは音楽に合わせて歌ったり頭を縦に振ったりしていない。大方、ニュースでも流れているのだろう。あるいは天気予報かコマーシャル、ケリーが好きではなかったり歌詞を知らなかったりする歌が。

彼女はいつもより何分か早く車を降りた。車の時計が進んでいるのだろう。いや、この車には時計もないのかもしれない。彼女は髪を切っていた。水準器で確かめたような幾何学的に水平な前髪がなくなっている。といってインターネットの写真と同じでもなかった。おまけに目方が何ポンドか上乗せされている。それと何年か。歩き方もちがっていた。ベルギーの建築家風眼鏡が届いていたら、フランクもこの女性はケリーではないと確信できただろう。その眼鏡がなくても、ケリーではないとわかったのだが。

彼女が道を渡るのを見てフランクはあわてはじめた。

ドアベルが鳴った。

出るのはやめておこうと決めた。

またドアベルが鳴った。さっきよりも長い。ノックの音もした。

待つんだ、とフランクは思った。そのうち帰るはずだ。

三たびドアベルが鳴った。彼女はあきらめていない。またノックした。

一分ばかり沈黙があり、フランクはただ深呼吸をしながら、ドアベルがまた鳴るか彼女が立ち去るのを待った。電話が鳴ったのはそのときだ。フランクは飛びあがり、尻尾を踏まれたビルみたいな悲鳴をあげた。それから部屋を横切り、電話を取った。すぐに話すのが怖かった。

「もしもし?」とフランクは言った。

「ミスター・デリクのお宅ですか?」

「ええ」

「訪問介護人が外にいます。彼女によると、応答がないそうですが」

「えっ、ああ、浴室にいたんでね」

「なかに入れてくださいますか」

「えっと、ああ、はい。キーボックスがあるんだが」

「おそらく彼女は知らないのではないかと。ドアまで移動していただくことはできそうでしょうか？　一階にいらっしゃいますか？」

「二階だね」

「そうですか。階段を下りられそうでしょうか？」

「ええ、ああ。いまから応対しよう」

フランクは電話を切って階段を下りていった。玄関ドアのすりガラス越しにケアワーカーの姿形がソフトフォーカスで見えた。それほどソフトでもない。ドアを開けた。

「ミスター・デリク？　もう五分も待っているのよ」

フランクは後ずさりした。〈レモンズ・ケア〉のウェブサイトでこの女性の写真を見たおぼえがなかったが、それも驚くにはあたらない。会社の顔ではないのだ。さすがのマイケル・アスペルも嫌気がさしてミス・ケアワーカーの司会を辞退しただろう。

「ああ、申し訳ない」フランクは言った。「いまちょうど――」

「この呼び鈴は壊れているの？　鳴っているのが聞こえたけど」きっぱりした口調はどちらかというと静かに怒鳴っているみたいだった。

「ああ、すみません、いま――」

「さあ、ほら。さっさとやる。もう五分も遅れているんだから」

こっちだ。これこそ当初予期していた事態だった。不潔闘争で想定していた敵だった。女装したロビン・ウィリアムズ。機嫌の悪いマーガレット・サッチャー。できることなら時間を凍りつかせ、二階に行って散らかしまくり、食べ物を床にばらまいてトイレでこんもり大便をし、そのまま流さずにおきたい。eメールで娘に報告しなくては。もう何も隠さなくていい。後ろから階段をのぼる女は、フランクを突き倒して乗り越えていきかねなかった。歩調を速めるプレッシャーを感じて、フランクは危うくつまずきそうになった。ふたりはリビングに入った。

「座ったらどう?」と女が言った。聞こえた感じでは命令か脅しに近い。

「わたしの名前はジャニス」フランクは名前などどうでもよかった。

女はステレオのところに行き、スイッチを切った。写真のアルバムを拾いあげた。「これは安全なところにどかしておく。つまずきたくないだろう?」アルバムを本棚にのせたが、そこは本来の置き場所じゃない。「調子はどう、ミスター・デリク?」バッグからファイルを引っ張り出した。「ちゃんとトイレに間に合っている?」世界一まぬけな子供に話しかけているみたいだった。

「清潔にしている? そのつま先は折れてからどれくらい?」

「たしか――」

「もう治ってなきゃおかしい」

「たしかそろそろ――」

ケリーと同じで、ジャニスの質問はどれも修辞的なものだったが、ケリーとはちがって、ジャニスはフランクの答えにまったく興味がなかった。

「歩けるかい?」

「それは――」

「もう歩けなきゃおかしい。これは何のにおい? 清潔にしているの?」もしここで風呂に入るかと訊かれたら、窓から飛び降りてやろう。はたしてガラスを突き破るだけのスピードを出せるだろうか、とフランクは思った。彼女は矢継ぎ早に質問してくる。答える間も与えず、つぎの質問を繰り出していく。彼女がギプスを指差した。「もう取っていいんじゃないの?」答えるまえにフランクは体温計を口に突っ込まれた。

「掃除機はどこ?」彼女はすでにホールに出ていて、戸棚を開けて自分で掃除機を見つけ出した。どこにあるか知っているみたいだった。まえにここに来て下見をしたことがあるのか、それとも家庭の掃除用具を探すときは特別鼻が利くのか。大きいのはまちがいない、彼女の鼻は。大きい。長い。不細工だ。『オズの魔法使』の悪い魔女に似ている。スリッパのかかとを三回打ち鳴らしたら彼女から逃げ出せるのかもしれない。

「おうちが一番、おうちが一番」

ジャニスが掃除機を抱えて戻り、プラグを挿して荒々しくリビングのカーペットにかけはじめた。「上へ」とフランクに足を上げるよう指図し、足の下に掃除機をかけた。相変わらず質問をつづけていたが、掃除機の音にかき消されて何を言っているのかフランクは聞き取れなかった。それに体温計をくわえたまま答えるのは簡単ではない。これはまるで沸騰するケトル越しにケリーと交わした会話みたいだ。

いや、沸騰中のケトル越しにケリーと交わした会話とは似ても似つかない。

ジャニスは掃除機をかけ終えるとキッチンに行き、盛大な音をたてて洗い物をはじめた。聞いた感じでは急いでドラムを叩き、バンドのほかのメンバーより早く曲の終わりにたどり着こうとしているみたいだ。フランクは体温計を口に入れてからずいぶん時間がたっていた。彼女がやってくるまで熱がなかったとしても、いまは発熱していることになんの疑いもない。ジャニスが戻ってきて体温計を抜き取り、度数を見た。

そしてフランクに目を向けた。この家に来てから二秒以上じっとしているのはこれが初めてだった。

「髪を短くしたほうがずっと楽だよ」と彼女は言った。「人をよこすよう手配してもいい」

彼女はリビングから出てフランクの寝室に入ると、ベッドを整え直し、シーツと毛布は病院式の三角コーナーをつくってマットレスの下にきつく押し込んだ。これだと寝るときは無理やりベッドに分け入らなくてはならない。彼女は水の入ったグラスを手にリビングに戻ってくると、フランクを見下ろすように立ち、錠剤を服用させた。

「ちゃんとのみ込みなさい。のみ込んだ?」彼女はグラスを奪い取ってキッチンへ洗いにいき、またもやせわしなくドラムを叩いた。

彼女が帰ると、フラットは竜巻が吹き抜けたあとのように感じられた。不気味に静まり返っていた。いま起きたのは何だったのか? はたしてそれは本当に起きたのだろうか? フランクは叩きのめされた気分だった。犯罪再現番組の被害者みたいに。でも再現などまっぴらごめんだし、どうせ悪夢にうなされるに決まっている。ジャニスがいたほんの三〇分ほどで、フランクは身も心も疲れきった。彼女のせいで回復プロセスは少なくともケリーの訪問二回ぶんまえまで後退した。おまけに本当に訊きたいことは訊けていない、「ケリーはどこにいるのか?」と。

ハリケーン・ジャニスが収まり、ボランティアたちが瓦礫を撤去してガラスの割れた窓に板を打ちつけ、州兵が被災地泥棒を追い払っているころ、フランクは〈レモンズ・ケア〉に電話をかけた。

「おそらくケリーは何かのアレルギーではないかと」と電話口の女性が言った。「苦しんでいるのは確かです。アレルギーでかなり衰弱することもありますから。いろいろな原因で症状が出るんです。ナッツ類、ハチ刺され、大量の花粉、猫、とくに猫。ジャニスはいかがでしたか？」

16

THE EXTRA ORDINARY LIFE OF FRANK DERRICK, AGE 81

グレイフリック・ハウスの受付の管理人室にグレアムがいなかったので、フランクはカウンターの来館者名簿に勝手に記入した。氏名：フランク・デリク。訪問先：ジョン。入館時刻：午前11時。それからエレベーターまで歩いた。〈故障中〉の札がテープで扉にとめられていた。

方向転換して廊下を少し歩き、防火扉を通り抜けると、スメリー・ジョンの空の車椅子がカーペットの敷かれた階段のいちばん下に見つかった。顔を上げてみると、グレアムが六段上で苦しそうに息をし、玉の汗を顔にしたたらせながら、スメリー・ジョンを抱っこして恐るおそる階段を下りていた。花嫁を抱いてひと続きの下っていく敷居をまたぐように。

「フランシス！」ジョンが呼びかけ、手を振った。

グレアムは慎重に一段下りては立ち止まり、息を整えバランスをとり直した。腕のなかでスメリー・ジョンをはずませてしっかりつかみ直すのが、眠っている子供や持ち帰りで買った重いテレビを抱えているときみたいだった。グレアムはジョンを落とさないかと心配そうだったが、ジョンは落とされることをさほど心配していない。この乗り物を楽しんでいる。たぶんいちばん下に着いたら、階段《ステアーズ》！　と叫ぶだろう。

「エレベーターが壊れてるんだ」ジョンがフランクに言った。そして頭を振ってグレアムを顎で示した――「だからだよ」。グレアムがもう一段下りた。「この午前中、これをやらせるのは三回目だ」グレアムはきっと、ジョンを落としてやろう、せめて車椅子に投げつけてやろうと考えたにちがいない。「忘れ物ばっかりでね」ジョンが言った。

グレアムがそろそろと最後の一段を下りてジョンを車椅子に乗せた。はあはあ、ぜいぜい言いながら、記帳しましたかとフランクに訊いた。イエスと答えると管理人は倒れるように自室に戻っていった。フランクとジョンは廊下をラウンジに向かった。

「あれはちょっと自尊心が傷つくんじゃないか?」フランクは言った。

「あれって?」

「階段を運んでもらわないといけないこと」

「ぜんぜん」とジョンは言った。「けどあいつはそう思ってる」フランクがラウンジのドアを開け放し、ジョンが車椅子を自分でなかに動かした。停めたのはいつもの場所だった。フランクはテーブルをはさんで向かい側に腰かけた。

「マウストラップ、それともジェンガか?」ジョンが言った。

フランクがどちらでもいいと答えると、ジョンはふたつのゲームを組み合わせ、ジェンガの技を使って慎重にマウストラップの箱を棚に積まれたボードゲームの真ん中から引き抜いた。「あんたの猫は平気なのか?」とジョンはマウストラップの箱のふたを開きかけたところで言った。

「こんなにネズミがいても?」

フランクは足もとの床に置いた猫のキャリーボックスを見下ろした。

「これは空なんだ」と彼は言った。

赤いタータン柄の毛布とお気に入りの毛糸玉をいっしょに入れても、ビルは段ボールのキャリーボックスに入るのをいやがった。シャーッ、フーッ、ミヤウと呪いの言葉を吐き、歯を剝いてフランクが出会ってからの八年間で初めてわかりやすい表情を浮かべた。フランクの手の甲には三つの引っかき傷ができた。普通なら痕が残るほど深くないが、当のフランクがいみじくも指摘したとおり、この歳になると、どんな傷も痕が残る。

もちろん、ケリーはハチに刺されるか、ナッツを食べるかした可能性もあるだろう。きょうび、どんなものもナッツ類を含んでいるおそれはあるようだし。花粉症が重症だとか、チリダニがはびこる部屋に行っただけかもしれない。彼女のくしゃみや涙目、かみそりの刃でうがいをして、とげのあるイラクサを嚙んだようなのどの感覚は、いろいろな原因が考えられる。それでも疑念に駆られ、フランクはスツール脚立に乗ってもう一本の腕を折らんばかりに屋根裏の奥へ伸ばし、空気穴と折りたたみ式のふた兼取っ手がある段ボール箱を引っ張り出した。

ビルはフランクが朝食を四角い缶から皿に盛りつけたときにあやしいと思ったにちがいない。四角い缶！　高級キャットフードは四角い缶に入っている。なぜ急に上流風《ポッシュ》になったんだ、フランク？　どうなってる？　誰かの誕生日か？　おれたちはついに宝くじに当たったのか？　だいたい、これは何だ？　ニジマスの塩漬け風味？　火曜の朝に。ちょっと待てよ、とビルは思っただろう。これはどう考えてもうさん臭い。しかもニジマスだけじゃなかった。あの箱もだ。ビルはあの箱に二回入ったことがあった。一回はタマを切り取られたときで、もう一回は頭にプラスチックの漏斗みたいなものをはめられて帰宅したときだ。あんなろくでもない箱に戦わずして入るのは二度とごめんだった。

フランクはビルをなだめようとして、二か月後にケリーの訪問が終わったら迎えに戻るからと言い聞かせた。ビルはそれまでこの犬猫ホームにいるはずだ。人は引き取る猫を選ぶとき、めずらしい模様の猫やケージの上の札に書かれた名前と特徴が一致する猫に引かれやすい。すす色《スーティ》という名の黒猫やスノウィという名の白猫、ソックスという名の足が白い黒猫、ジンジャーという名の茶トラの猫。亀《トータス》という名のべっこう柄の猫。ビルはぱっとしない猫だった。ビルという名のぱっとしない猫。いったい誰がビルという名の地味な猫を欲しがるだろう？　犬ならまだしも、猫を？

犬猫ホーム〈ダイアモンド・ドッグズ&ラヴ・キャッツ〉に猫を探しにきた人たちが、犬を連れて帰ることも多かった。巨大なセインズベリーズの裏手にあるその大きな建物に入り、受付の壁にかかった家のない犬の写真を見ただけで、人は土壇場で猫から犬に心変わりする。犬はずるいくらい猫より有利だ。受付の写真のなかで、犬たちは例の首を傾げたしぐさに悲しみをたたえ、眉毛を持ちあげている——というか眉毛の幻、おうちに連れていってと悲しげに訴える目の上のはれた部分を。たしかに、動物チャリティのパンフレットで悲しげな目をした犬の写真を見ると、ずんぐりした無料ボールペンを本来の意図どおりに使わずにいられない人はいる。猫には何があるだろう？　裏表のない顔だけだ。フランクのナチ党プードルにしても、たいていの猫より里親が見つかる可能性は高い。

フランクは〈ダイアモンド・ドッグズ＆ラヴ・キャッツ〉の受付にいた若い女性に、もう年老いて体が弱り、ペットの世話ができないのだと説明した。虚弱さを誇張したのは、ケリーに毎週月曜日にキーボックスを開けてもらえるようにしたときと同じやり口だった。

「こうするのが一番なんだよ」とフランクはギプスをした腕を受付のデスクにのせた。「私は八十一歳なんだ」そして壁の写真の悲しげな顔の子犬よろしく首をかしげ、眉毛を持ちあげた。

受付の女性はフランクに用紙に記入させた。

「この子のお名前は？」

「ビル」

「ビル？　猫ちゃんにつけるにはおもしろい名前ですね」

「まえはベンという名の猫もいたんだよ」

女性は理解できない様子だった。「ビルとベン」とフランクは言った。女性はまだ怪訝な顔をしている。「植木鉢人間《フラワーポット・メン》だよ。うえきばぶばぶちっちゃなウィーーード」〔'Flobadob ickle Weeed'は子供番組『フラワーポット・メン』で植木鉢人間のビルとベンが友達の背が高い花リトル・ウィードに呼びかける語呂合わせ的な言葉〕

女性はこれでフランクははっきり具合が悪いとわかり、子犬や子猫を相手にするように話すのが最善と判断した。

「それでビルをこちらにお預けになるのね」と彼女は猫の箱を開け、ビルを外に出した。「何も心配することはありませんからね」透明のプラスチック製ケースの扉を開け、ビルをなかに入れて扉を閉めた。そして「ビル」と白いカードに書いてケースの扉のスロットに差した。女性は電話をかけてケースを取りにくるよう手短に伝えると、空になった段ボールのキャリーボックスをフランクに返してよこした。フランクがこの箱を持っても激しく揺さぶられないのは、屋根裏から引っ張り出したとき以来だった。バス停までの道すがら、ビルはずっと逃亡を企て、段ボールを引っかいて穴を開けようとしていたのだ。バスに乗ってからも、じたばたもがきつづけ、フランクの膝の上で暴れて箱を揺らすものだから、おばあさんたちがくすくす笑って囁きあっていた。大方、フランクのペニスについてだろう。

両開きの扉から男が受付に入ってきた。男はプラスチックケースを抱えあげ、扉の奥に引き返していった。フランクのいるところから廊下の入り口が見え、犬たちが吠えるのが聞こえた。扉が閉まると吠え声が高まったのは、猫が到着したせいだろう。フランクの頭に、廊下の両側に並んだピットブルやロットワイラーたちからうなり声や吠え声で罵られ、精液をかけられるジョディ・フォスターのようなビルの姿が浮かんだ。

受付の女性がデスクから顔を上げ、フランクがまだいるのを見て驚いた。彼女はにっこり笑った。

「もう済みましたよ」

フランクは空っぽの段ボール箱を提げてその場をあとにした。凶暴な犬たちのいる廊下の突き当たりまで行けば、あとはグレイフリック・ハウスみたいなものだ、と自分を安心させようとした。退屈なこともあるが、そう悪くもない。猫たちはみんなまちまちな肘掛け椅子に座り、緑色のテイーカップでお茶を飲みながら、テレビを眺めたり一九四〇年代の歌をいっしょにうたったりする。そのうちの一匹の名前はくちゃーい猫《スメリー・キャット》だ——ドラマ『フレンズ』の曲みたいだが、そのとおり、フランクは『フレンズ』を見たことがある。ビルは彼といっしょに座り、〈カープランク!〉に興じるわけだ。

ただ、できれば、両開きの扉が閉じるまえに、ビルの顔を透明なプラスチックケース越しに見たくはなかった。いつもと同じ無表情ではあったけれど、このとき初めてフランクはビルの考えていることがちゃんとわかったのだ。

ユダめ。

ジョンは手のなかで長々と転がしていたサイコロを〈マウストラップ〉の盤上に放り投げた。

「またひとり地獄に道づれか」

「また何が何に何だって?」フランクは言った。

ジョンはさっとヒトラーの口ひげと敬礼のまねをした。そして指差したのは、あの化粧の濃いドイツ人女性が座っていた空の肘掛け椅子だった。

「今年ふたりめの死者だ。BBCがじきに潜入調査をはじめるぞ」ジョンが〈マウストラップ〉の盤を準備した。フランクはすでに、どうせ何度やっても仕掛けがうまく動かず、ゲーム終了となってがっかりするのだと予期していた。

ラウンジにはほかに五、六人の入居者がいて、テレビを見たり、読み物や居眠りをしたりしていた。少なくともひとりは死人に見えた。その男は見たところいちばん退屈していない。死んでさえいれば、〈売り家〉の看板を引き抜いたり、コンクリートの車止めを蹴り倒したり、この建物の正面の看板を〈グレイファック・ハウス〉に変えたりせずにすむ。

「ここが一面の野原だったころをおぼえているよ」フランクは言った。「出かけないか？」

「まだ着いたばかりだろ」

「かまわんよ。出かけよう。気分転換に」

「もう盤をセットしたんだぞ」

「ぜひ出かけるべきだ」

「何のために？」

「さあな。さわやかな空気？　人とか？」

「ここにだって人はいる。おれはべつに人が好きなわけでもないしな」

「私もだよ。では、空か。外に出たらいろいろある。雲。鳥。花。木」

「木だったら部屋の窓の外にある。気が向けばいつだって拝めるぜ」

「犬のふんが入った袋つきでね」フランクはわかっていた、ジョンに折れるつもりはない。「私がここのオーナーだったら、スイミングプールをつくるよ」とフランクは言った。そしてサイコロを振った。

「ひとつ空きができたわけだ」ジョンが言った。空席になった肘掛け椅子をまた手振りで示している。「あんたが使えばいい」

「肘掛け椅子なら間に合っているよ」フランクは言った。ジョンが空き部屋の話をしているのは承知していた。まえまえからグレイフリック・ハウスに入居するよう誘われているのだ。パンクロック仕込みのはったりをきかせ、反骨心旺盛で、波風を立ててばかりとはいえ、ジョンは孤独だった。孤独なジョン。それが彼のスー族名だ。

「椅子じゃない。アパートメントだ」

フランクはプラスチック製のネズミの駒を盤のマス目に沿って進めた。「それはどうかな」

「いいアパートメントだぞ。おれのよりずっといい」

「フラットならもうある」

「アパートメントだ」ジョンが訂正した。「一階のアパートメント。もう階段を使わなくていいんだぞ、フランシス」ジョンは手のなかでサイコロを長いこと転がしていた。

「だったら、そっちが移ったらいいんじゃないか？」

「リフトに乗るのが好きなんだ」

「リフトはいつも故障しているよ。そのサイコロを振る気はあるのかね？　どのみち無理だな。とても家賃を払う余裕はないよ」

「貯金はないのか？」ジョンが言い、ようやくサイコロを盤上に放り出した。

フランクは吹き出した。「ないよ。貯金はまったくない」

「なら、政府に払わせろ。少しは取り返すんだ、フランシス」

「それで暮らしているのかね？」

「おれがか？　車椅子の黒人が？　連中はおれに金を払ってでもここに住ませようとするだろうよ」そこでふとジョンはテーブル上の何かに気を取られた。「野郎め」と言って、マウストラップの部品をえり分けはじめる。「バスタブ、シーソー。野郎め」

「どうした？」フランクは尋ねた。

「ダイバーを盗みやがった」

「えっ？　誰が？」

「はじき玉《マーブル》もだ」

「誰が？」

「グレアムさ」

「彼がなんでそんなことを？　まちがいないのか？　なくなっただけかもしれん」

ジョンは首を振りつづけ、何度も「野郎め」と繰り返した。「あのレイシスト野郎」

ジョンが正気《マーブル》をひとつ失ったという考えをきっかけに、やがてフランクはなぜベスが認知症のリーフレットを送ってよこしたのかと思案することになる。もともとは見知らぬ人は危険《ストレンジャー・デインジャー》キャンペーンとか感謝祭《サンクスギビング》のようなアメリカの習慣だとばかり思い込んでいた。しかし、電話で話したときにベスがまぎれもない徴候に気づいたのだとしたらどうなのか。それは自覚できるものなのだろうか？　ベスはもしかしたら、出ていくまえに何かを見て取ったのかもしれない。ひょっとして、それが出ていった理由ではないのか。もっと詳しいリーフレットが必要だった。

17

THE EXTRA ORDINARY LIFE OF FRANK DERRICK, AGE 81

フランクのフラットの上空は静かだった。目を覚ましたまま、ずいぶん長いあいだベッドに横になっている気がする。寝室の窓越しに早朝の太陽のぬくもりが感じられ、新しい厚手のカーテンの織り目に光が見えた。でもまだ一機の音も耳にしていない。外の世界は終わりを迎えたのか、それとも何かが変わったのだろうか、とフランクは思った。ベッドを出て下の階へ新聞を取りにいったら、見出しにはテロリストの攻撃、異星人の侵略、それともまた火山灰の雲で全便飛行禁止などと書かれているのだろうか？　四面か五面では、スペインの航空管制官のストかフランスの手荷物係の争議について読むことになるのか？　今月号の村の公報もそろそろ出るころだ。もしかしたら、家のドアマットに届くその号には、フルウィンド＝オン＝シーが住民に課した庭の状態をめぐる強引な方策への報復として、国連が村の上空を飛行禁止空域としたことや、〈花ざかりの村〉大会の勝算への影響についての記事が載っているのかもしれない。

「きょうは誰も旅に出たくないのかもしれんな、ビル」と言ってから、フランクはビルがいないことを思い出した。それなのにまだ脚に猫の重みが感じられる気がする。手足を切断した人がときに感じる幻肢痛と同じだ。あるいは看護師が言っていた、いずれギプスをはずしたときの感覚と。

　眠れない一夜だった。床に就くまえに、フランクはまたテレビで犯罪再現番組を見た。その番組では、七十代の男が監視カメラ映像のなかで十一歳の少女軍団に顔を殴られた。また、老婦人が病気の母親に電話したいという男を家に入れると、ハンドバッグを盗まれて階段の下に突き落とされた。さらに、いんちき仕事師集団が国を巡回し、付近で爆発事故があったからガス漏れを調査すると言って年金生活者の自宅にあがりこむというレポートもあった。いったん家に入ると、現金と貴重品をかたっぱしから奪っていくらしい。つづいて、ほかの未解決の犯罪がまとめて紹介され、マンチェスター周辺で高齢者のステッキを蹴り飛ばす常習犯の目撃情報が求められた。番組の締めはもうひとつの再現ドラマだった。このエピソードでは、高齢の男性が縄跳びの縄で椅子に縛りつけられ、火のついた煙草を押し当てられたり電気ヒーターのプラグで鞭打たれたりしたすえに、デビットカードの暗証番号を吐かされていた。最後のクレジットが流れるまえに、番組の司会者は視聴者に悪夢にうなされることのないようにと告げた。その夜、フランクが見たのは、椅子に縛りつけられ電気プラグで鞭打たれる悪夢だった。

　ビルの幻を床に振り払い、フランクはベッドの縁に座ると、眼鏡をかけて腕時計を見た。午前六時三〇分だった。もっと遅いことを願っていた。なにしろ、ビルを追い出した結果、ますますやることがなくなったのだ。少なくともこれからの一日にはキャットフードの缶を開けるという作業の穴がふたつ、ぽっかり空くことになる。ビルを家に出入りさせたり、トイレの砂を足したり空にしたり、ビルがフラットに持ち込んだネズミや鳥の死骸を始末したりするのに使っていた時間もだ。それに、これから誰に話しかけたらいい？

フランクは下の階に行き、新聞と赤で印刷された光熱費の請求書二枚、その日最初のダイレクトメールを拾いあげた。お茶を淹れて新聞のいちばん上の曜日と日付を読みあげ、天気予報を正気男《マーブルズ・マン》ロンの声で発表した。いつもはそういうことをビルに伝えていた。いまやひとりごとを言う孤独な老人でしかない。

朝食後、フランクはキャットフードを全部食器棚から出し、タータン柄の毛布と毛糸玉といっしょに段ボールのキャリーボックスに入れた。ビルのかごとトイレももってきて、一式を抱えて階段を下り、外の物置小屋まで運んだ。


妻とともにこのフラットに引っ越してきた当初、物置小屋はふたりの映画館にするつもりだった。それがフランクの夢、老後のプランだった。この小屋に防音装置を施してレッドカーペットを敷き、それに合った赤い映画館用の座席を廃品回収所で買う。スクリーンとサラウンド音響システムを設置し、映画館の奥に立ってフィルムを映写機にかけるのだ。フランクは一六ミリフィルムを買い集め、座席とカーペット、あつらえむきの映写機を探しはじめた。映画館が完成したあかつきには、チケットを近所の人やフルウィンドで出会った新しい友人たちみんなに売る。シーラには案内嬢として、チケットのもぎりと座席への誘導、アイスクリームやソフトドリンクの販売をリール交換の合間にしてもらおう。

フランクは映画館の外観の絵を何枚も描いた。新聞の案内広告欄に目を通し、映画専門誌でフィルムや古い映画館用の設備を探した。上映したい映画のリストと、映画館につける名前の候補リストを作成した——ザ・ロキシー、ザ・リージェント、フランクのピクチャー・パレス、フランクとシーラのムーヴィー・ハウス、ザ・ガーデン・オデオンなどなど。映画館のプランを練っているあいだ、フランクは物置小屋に園芸用具や夏の屋外用家具、大きすぎたり重すぎたりして屋根裏の四角い穴に入らないものを詰め込んでいった。やがて折りたたみ式の座席をひとつ置く余地さえなくなり、便利なDVDや映写幕より大きなテレビ、ホームムービーシステムの登場、シーラの死、フルウィンドで新しい友人ができないといった事情が重なって、フランクは夢の実現にこぎ着けるにはいたらなかった。

フランクは物置小屋の扉を引きずるようにして開け、扉と小屋のなかのものすべてを締めつけるツタを相手に格闘した。ツタは床を突き抜けて上に伸び、小屋の壁の木の節穴から入っていた。屋根の下に忍び込み、ガラスをこじあけて窓からも侵入していた。園芸用具やデッキチェアに巻きつき、小屋の奥では古い腐りかけた脚立の横木にからみついている。まるで『人類SOS!』——この悲運の映画館の上映スケジュールに載っていた作品——の食肉植物だった。このままなかに入りすぎたら、ツタに両手両脚をつかまれて引きずり込まれ、猛毒の刺毛でとどめを刺されるのではないか。

フランクは猫のキャリーボックス、かご、トイレをクモの網やクモの巣の隙間に割り込ませ、扉を閉めた。

フルウィンド・フード&ワインに行き、大きな黄色のスポンジ、安いぞうきん一パック、ホワイトビネガーとタマネギをひとつ買った。フラットに戻ると、四つん這いになり――片腕が曲がらないところもむずかしいが、また立ちあがるときの大変さにはとうていおよばない――ベスの部屋のベッドの下に手を伸ばした。ケリーがかゆいところをかいてくれたときの編み棒を使い、死んだネズミの残骸を手前にはたいて、ベッドの下から出した。親指と人差し指の先でつまんで黒いごみ袋に入れた。

フランクは猫の毛がありそうなカーペットにかたっぱしから掃除機をかけ、さらに梱包用のテープを手に巻きつけると、またひざまずいて残っていた猫の毛を粘着面にくっつけた。

食料を処分したときにケリーが置いていった繊細な黄色のゴム手袋にさほど繊細でない手をねじ込み、食器洗い用洗剤と水、ホワイトビネガーの混合液でキッチンの床を洗った。気分は犯行現場の後始末だった。実際、そのとおりともいえる。掃除が終わるとタマネギを半分に切り、片方をキッチンに、もう片方をリビングに置いた。そうやっているのを昼間のテレビで見たのだ。いやなにおいを中和してくれるらしい。そして肘掛け椅子に腰かけたフランクは、へとへとで無性にフィッシュ・アンド・チップスが食べたくなった。

その夜、きょうの最終便が着陸してあすの第一便が離陸するまでのあいだに、フランクはふと目が覚めた。ベッドサイドテーブルの眼鏡と腕時計に手を伸ばした。だいたい午前三時で、フランクはトイレに行く必要を感じた。忘れて寝直そうとしたが、尿意はあまりにも強い。べつに寝小便をしたってていいだろう。それくらい当然と思われている。バスのパスとテレビの無料ライセンスのほかにも多少の特権があっていいはずだ。まあ、八十二歳にでもなったら……

フランクはベッドから這い出て廊下をトイレまで歩いた。トイレのドアを閉めて明かりのスイッチを入れた。ジジッと音がして電球が切れ、フランクは暗闇に突っ立ったまま、パジャマのズボンをくるぶしまで下ろした状態で床に小便していた——いや、壁に、天井に、窓にかもしれないし、もしかしたら便器のなかという可能性もあるが、フランクには見えなかった。膀胱はまだ半分埋まっている、あるいは半分なくなっている——どう思うかは人生観しだいだが、どちらにしてもたいしたことはできず、フランクは小便を出しきった。液体が磁器に当たる音や便器の水にはねる音がするたび、腕を固定しようとしたが、暗闇のなか、半分寝ぼけていたし、しかも左手でやるとなると思いのほかむずかしかった。

フランクはパジャマのズボンを引っ張りあげた。濡れている。キッチンに電球を取りにいき、被害の程度を見極めることにした。キッチンの引き出しは、チャリティ団体の〈エイジコンサーン〉や政府、緑の党、電力会社三社からもらった節電型電球でいっぱいだった。食器棚にも一〇個ある。環境にとってはたいへん素晴らしいが、旧い差し込み式の照明器具しかないフラットでは、いくらねじ込み式の電球があっても、キッチン戸棚いっぱいのチョコレート製ティーポットに劣らず役に立たない。

リビングの卓上ランプの電球をはずして使うことも考えたが、電球の交換を午前三時の暗闇のなか、小便まみれのパジャマを着たままギプスをした腕でやりおおせるとは思えない。どうせ便器へと倒れこみ、それを食い止めようとして小さなカーテンを引っ張り、窓からもぎ取るのが落ちだ。はずみで棚から漂白剤の瓶が頭に落ちてきて、片脚が便器のU字管にはまり、そうこうするうち髪がだんだんブロンドになる。そうなったら、トイレを流れていけるくらいに体重が落ちるまで待たなくてはならない。あるいは、ウェストサセックスのエルヴィスよろしく死体となって発見されるまで。

その発見者はケリーになるだろう。だったら子供用の泡風呂で見つけられたほうがまだましだ。この体――少なくとも体の一部――はずっと長い時間、水に浸かっていることになる。またしてもやってくる休日のせいで二四時間が追加され、そのあいだに事態は悪化するのだ。ほかのみんなが車を掃除し、日曜大工や伝統のモリスダンス、チーズ転がし祭りに励んでいるころ、こっちはトイレのなかに立って脚をピクルスにするわけだ。

いまはベッドに戻り、明るくなってから汚れたものを片づけようとフランクは決めた。小便も朝までに乾くだろう。べとべととして気持ちのいいものではないが、過去にビルのおしっこを掃除したことはいくらでもある。そのうち郷愁すらおぼえるかもしれない。

つぎの何日かは、例によってセールス電話と昼間のテレビ、ダイレクトメールをあわただしく行き来するうち飛ぶように過ぎていった。木曜日にフランクはトイレの床を洗い、スツール脚立に乗って、「一個の電球を交換するのに片腕の八十代男性は何人必要か？」という問題を解こうとした。答えは、ひとり。ただし、骨が折れる。ここでしけたドラムの効果音を。

金曜日、フルウィンド・フード&ワインへ行って缶詰のキャットフードを四つ買った。そしてチャリティショップでＤＶＤ三枚と、マントルピース用の中折れ帽《フェドーラ》の置き物のなかに隠れたマントルピース用の犬の置き物を買ってから、図書館へケリーのインターネットの写真を見にいった。図書館にいるあいだに、ふたりの人物にスー族名をつけた――〝図書館の屁こき屋〟と〝年寄りすぎる児童本の読み手〟だ。帰り道で一生ものバッグの柄がこわれてキャットフードの缶が道路へと転がり落ち、そこでフランクは思い出した。自分はこういう比喩にうんざりしているし、もう猫を飼っていないのだと。

THE EXTRA ORDINARY LIFE OF FRANK DERRICK, AGE 81

18

月曜日、国じゅうの人間が朝寝を楽しんでいた。目を覚まして伸びをし、うめき声とため息を洩らしたところで、きょうは銀行休日だと気づき、寝返りを打ってもう一眠りする。それは最高の気分だった。前夜に『ラスト・オブ・ザ・サマー・ワイン』や『アンティークス・ロードショー』のテーマ曲を耳にして胸が悪くなったあと、実際は朝に仕事や学校に出かけなくていいと思い出したときの感覚に近い。

フランクにとっては、いつもと同じ一日にすぎなかった。事故のまえのどの月曜日とも変わらない。あのころは格別の一日にしてくれるケリーがいなかった。戦争の終結を祝う老人ホームのパーティに行くこともなかった。戦争はまだつづいているわけだ。

フランクはキッチンにいた。一階のフラットの女性がきょうは孫息子を預かっている。その子はサッカーの壁打ち世界記録を破ったあと、呼子笛《ホイッスル》を買い与えられてつぎの世界記録に挑戦している。その少年のホイッスルをどうしたものかとぼんやり夢想していると、ケリーの声を耳にした気がした。

「ミスター・デリク？」

階段の下から聞こえてくる。

「いらっしゃいます?」

フランクはホールへと歩み出た。わけがわからなかった。これはあれか? カレンダーの日めくりを忘れたのか? 一日失ったのか? きょうはあしたなのか? ホールに立ち尽くしているとケリーが階段の上の踊り場に現れた。きょうは在宅ケア業界の私服デーらしい。いつものぴかぴかの青い制服ではなく、ジーンズに、猿の絵が前面に描かれた明るいオレンジ色のスウェットパーカという恰好だ。そしてフードを頭にかぶっている。そのフードには猿の耳がついていた。

「バケツとシャベルを用意して」彼女が言った。「ビーチへ行きましょう」

「きょうは休日じゃないのかね?」

「そうですよ」と言ってケリーは手をたたいた。「そのとおり。靴を履いて。海岸へ行きましょう」

「しかし――」

「『しかし』ってどういうことです? さあさあ」彼女は音を延ばしてことさら急き立てた。

「上着がいる陽気かな?」

「気になります? 念のため持ってください」

フランクは踊り場の壁のコート掛けから上着を取り、これを身に着けるには二〇分かかるぞと考えた。ケリーが手を差し出したので、フランクは上着を預け、着るのを手伝ってもらった――フーディーニにだって助手はいたにちがいない。

「きみの休日をつぶすのは気がとがめるよ」フランクは言った。

「じゃあこうしましょう」ケリーが言った。「そのほうが気が楽になるのなら、あしたは来ないことにします。火曜日を銀行休日にする。いいですね？」

フランクはうなずいた。あしたケリーが来ないのは残念だが、それならそれでなんとかしよう。上着が掛かっていたのと同じフックにぶら下がっているステッキに手を伸ばした。

「それ、いります？」ケリーが言った。やはり質問ではない。フランクはステッキをそのままフックに掛けておいた。

フランクは隣人たちが見ているのを願いながら青の小型車に乗り込んだ。ヒラリーにはぜひ一部始終を事件簿に書きつけてもらいたかった。ケリーのあとから庭の通り道をステッキなしで歩く姿を見てもらいたい。そしてケリーが助手席側のドアを開けてシートを調節し、後ろに下げて脚にゆとりがあるようにするのを見てほしい。ケリーがシートベルトの先っぽをよこし、指を挟まないようにと言って助手席側のドアを閉め、車をまわってとなりの席に乗り込むのを書きとめてくれたらいい。ケリーには車を道端の芝地から出すときに車止めをいくつか倒し、ステレオを大音量にしてホーンを鳴らしてほしいとフランクは思った。万が一、みんなが見ていなかったときのために。

ケリーがスイッチを押してフランクの側の窓を開けた。「風が強すぎたら言ってくださいね」窓から外を見ると、風に吹かれて長い髪が顔を覆った。フランクは目を閉じた。道行く人はアフガンハウンドを連れ出しているのだと勘違いしたかもしれない。

車の前の座席に乗るのは久しぶりだった。タクシーの後ろの座席や救急車の後部に乗ることはあったし、大きなセインズベリーズ行きのバスにはよく乗っていたが、バスの運転手が、となりの最前列の席に座らせてくれたためしはない。

車でシー・レインを進むうちに、ふと思った。もう何年もこの方角に向かっていなかった。家を出るといつも左に曲がり、チャリティショップやフルウィンド・フード&ワイン、薬局のある方面に向かい、図書館やバス停に行ったりする。ドキュメンタリーで見た時計回りにしか歩かないチベット僧みたいなものだ。フランクは自分が住んでいる通りの名前の由来さえ忘れかけていた。海の路《シー・レイン》というのはスー族名なのだ。

ケリーは運転も駐車と同じくらい下手だった。道路の状態が悪いのにも手を焼き、車は路面のくぼみにがたがた揺れた。これはたしかにひどい有り様だ、とフランクは思った。大型トラックのせいだった。この道はいまの交通量にも、車が出すスピードにも耐えられる造りになっていない――誰もが制限速度二〇マイルの標識を無視し、時速五〇マイルで路面に白くペイントされた〝20〟の文字を踏みにじっていく。

フランクとシーラが越してきた当初、フルウィンドは静かな村で、車はほとんど走っていなかった。歩行者用の舗道はなかったから、道路を歩いたものだ。ときおり、ふたりのどちらかが「車！」と叫ぶと、ふたりして道路脇に寄って車が通り過ぎるのを待つ。するとドライバーが「ありがとう」と手を振り、ゆっくり走り去っていった。いまでは誰もが目いっぱい車を飛ばし、方向指示器は出さないし、高齢の歩行者夫妻を轢いたかどうか気にすることもない。

フランクはそういうことをひとつもケリーには言わなかった。言ったら年寄りくさく聞こえただろう。どれだけ年寄りか彼女が知っているにしてもだ。毎週月曜日、ファイルを取り出した彼女はまずそれを目にするといっていい。氏名フランク・デリクのすぐ下にある、「年齢：81」を。ケリーは彼の誕生日を毎週キーボックスに打ち込む。何歳なのか正確に知っている。ただ、フランクは三十代か四十代のころから自分の年齢に居心地の悪さを感じてきた。五十歳になってもそれは同じで、六十歳を迎えるのは本当にいやだった。七十回目の誕生日がめぐってくるころにはそんなこともなくなるはずだと思いきや、相変わらず気に入らなかった。八十歳になるのもやっぱり不愉快だった。フランクは年を取ることにかなり子供じみた気持ちを抱いている。彼に数字が書かれたバースデーカードを贈ってはいけないし、そこまでご高齢になったら――うんぬんかんぬん――といった浮かれたジョークが内側に書いてあるカードもだめだ。フランクにそんなしゃれは通じない。

だからフランクは道路の状態について思ったことを自分の胸にしまっていた。みんなの運転技術が足りない――ケリーも含めて、ケリーはとくに、両手をハンドルから離してキャンディの包みを開けたり髪を整えたりするときはなおさら――と文句をつけることもなかった。ケリーから素敵だと思われたかったからだ。彼女が担当するはげ頭の老紳士たちは、想像するにマドンナもアークティック・モンキーズも知らず、「セックス何だって？」と、スメリー・ジョンがセックス・ピストルズの話をしたときに訊くだろうが、自分はちがう。フランクはケリーに老いぼれと思われたくなかった。それをスー族名にしたくなかった。車が赤い三角形の〈高齢者〉の標識を通り過ぎたときも、それが自分と関係があるとは考えたくなかった。

シー・レインの南方面の建物は北方面と同じで一階建てだったが、車が海に近づくにつれ、広く、長く、より凝った平屋住宅《バンガロー》となり、庭は大きく、離れ屋は立派になっていった。そしてますますモンキーズの歌に似てきていた。あの歌詞に出てきた〝週末の伊達男が刈る芝生〟が増え、〝ミセス・グレイご自慢のバラ〟も増えるというわけだ。ガレージは大きくなり、なかの車も大きくなる。スイミングプールが二面あった。海に近いほど家の価値は高くなり、海を眺められる家となるとさらに高い。ビーチに到着したフランクとケリーは、ずらりと並んだ浜辺小屋《ビーチハット》を歩いて通り過ぎることになるが、ニュースによると、その小屋は鮮やかな色に塗られて電気と水道の工事も済み、ビーチフロントのスタジオアパートメントとして販売広告が出されているらしい。

ケリーが浜辺にいちばん近い道路に車を駐めた――あとで車に戻ってきたとき、ワイパーの下に、恐れ入りますが、どうぞここには駐車しないでくださいというメモが挟まっているが、「恐れ入ります」と「どうぞ」に下線が引いてあって、そんな気はさらさらないのだとわかる。ふたりは海へとつづく路地を歩いていった。

路地の両側には浜辺の石でつくった高い壁があり、目地材のモルタルかセメントが緑色になっていた。たぶんコケか何か海水に関係あるもののせいだろう。壁が高いせいか路地は静かで、にぎやかな道路に挟まれた地下道を思わせ、フランクは大声を出してこだまが返ってくるか確かめたくなった。せめて足を踏み鳴らすくらいはしてみたい。

潮の香りがした。海草のにおいと、流木やイカの骨の上で陽射しに溶けるタールのにおいがした。バニラアイスクリームのにおいと、アイスクリーム売りのバンのエンジンが発する熱気——ひとつのにおいが別のにおいに染み込んで生まれる新しいにおい——も感じたが、きっと記憶のなせるわざだろう。前回ここに来たあとに道路がつくられたのなら別だが、アイスクリーム売りのバンが浜辺に近づける道はないからだ。〈グリーンスリーヴズ〉は聞こえないだろうか、とフランクは耳を澄ました。

路地から塩を含んだ浜風のなかに出ると、フランクはもう少し髪が短ければ顔に叩きつけられることもなかったのにと思った。ふたりは小路に沿った低い石の壁まで歩き、海を眺めた。潮が五〇メートルばかり先の砂浜の半分まで満ちている。沖合でスピードボートが激しく上下に揺れていた。この距離から見ると海水は青い。近づいたら緑色か茶色になるだろう。

三段の石段をのぼって壁を越え、石でできた丘のてっぺんに出た。フランクはでこぼこの地面に不安を感じたが、ケリーに腕を取られ、ふたりで砂浜へと下りていった。

「潮は満ちているの、それとも引いているの?」ケリーが言った。

「それは楽観主義者か悲観主義者かによるね」

「楽観主義者なら」

「では、この浜辺がグラスなのか? それとも海水の下の砂がグラスなのか? あるいはフランスがグラスなのか。きみはフランス人かね?」

「フランス人? いいえ」

「ううむ」とフランクは言い、カフェでガイド本を買って、もっと正確な潮汐情報を探したらどうかと提案した。「まだ売っていればの話だが。いまは潮汐携帯メールサービスもあるんじゃないかな。それかアプリが」そう、フランクはアプリとはどんなものか知っている。といっても、この言葉をまえに使ったことはない。これがまさしく初めてだった。フランクはフォンズ〔米国の青春コメディドラマ『ハッピーデイズ』のキャラクター。皮ジャンがトレードマークの不良っぽい若者。フォンジーとも〕になろうと必死だった。「それか、砂がどれだけやわらかいか確かめて、そこから判断してもいい」

「すごく博識《ワイズ》なんですね、フランク」

「しかも少々モーカムっぽい」とフランクが眼鏡をエリック・モーカム〔英国のコメディアン。アーニー・ワイズとのコンビ、モーカム・アンド・ワイズで人気を博した〕風に上下にずらすと、手に持った左のアームがはずれてほかの部分が石の上に落ちた。

ケリーが眼鏡を拾った。

「新しいのを買ったんだがね」フランクは言った。「届くのを待っているところで」

ケリーが眼鏡から絶縁テープをはがした。スウェットパーカの前ポケットに手を突っ込んで小さな救急セットを引っ張り出す。まるで事故が起きるのを予期していたかのようだ。彼女はテープ絆創膏と爪切りばさみを救急セットから取り出し、フランクの眼鏡を貼り合わせた。そして眼鏡を返し、フランクがかけると、ふたりで砂浜へと歩いていった。

フランクはでこぼこの石の上に転ばないよう慎重な足取りで進まないといけなかった。シーラとここに来ていたころは、よく裸足で石の上を歩いたものだ。浜辺に絨毯が敷かれているか、足が靴でできているかのように。

たどり着いてみると、砂はまだ濡れていた。どうやら潮は引きつつあるらしい。ケリーが靴を脱ぐと、話し合うまでもなく、ふたりは海へと歩きだした。

水際に近づくにつれ、砂はやわらかさと湿り気を増し、ふたりが残す足跡は深くなって、やがて砂がやわらかく濡れているせいで足跡はとても足跡には見えなくなった。それはつかの間の染みにすぎず、すぐにまた砂にのみ込まれる。

潮が残していった澄んで見える水たまりを通り過ぎ、フランクは思った。海草で覆われた滑りやすい岩を持ちあげる力さえあったら、その下に潜んでいたカニを捕まえ、ケリーをびっくりさせて、タフガイぶりを見せてやれたのに。

浜辺一面に小さなとぐろを巻いた砂の塊がある。穴を掘るタマキシゴカイのふんだった。

「昔はずっとあれが本物のミミズだと思っていたの」ケリーが言った。

「あれは郵便配達員の落し物だよ。赤い輪ゴムを切らしたときに代用する」

ふたりは水際で立ち止まった。フランクは沖のほうを指差した。「そっちに古い教会がある。潮が引くと、昔は尖塔のてっぺんが見えたものでね」

穏やかな波が寄せるのを眺めながら、ふたりは尖塔が見えるように願った。

「見えませんね」ケリーが言った。

「昔より水位が高いのかもしれない。それとも、砂の奥に沈んでいるのか。岸はいまよりもっと遠かったはずだし。昔は鐘が水中で鳴るのが聞こえたそうだ。たいがい夜に」

ケリーは身震いした。「けっこう怖いですね」

フランクは平たい小石を拾いあげ、水切りをしようと右腕で投げてみた。石は横に飛んだかと思うと、ほとんどもとの位置に戻ってきて、背後の砂の上に落ちた。カフェに行きましょう、石で子供を殺さないうちに、とケリーが提案した。

石の丘の麓に戻ると、ケリーは足を一本ずつ上げて足の裏の砂を払い落とし、靴を履きなおした。左のくるぶしに小さな刺青があった。一輪の花。〈花ざかりの村〉大会の何よりも見事だ、とフランクは思った。

帰りの石段をのぼりながらフランクは言った。「ばかげているかもしれないが、あの空き缶は一〇年くらいまえに見た気がするな。あの防波堤のそばの」彼はさびたオレンジソーダの缶を指差した。

「突堤《グロイン》ね」ケリーが言った。

「おっと、そうだった。あのグロインのそばの」

「あなたが教えてくれたんですよ、ミスター・デリク」

ドリンクの缶の話はフランクとしては半分本気だった。本当に見おぼえがある気がしたのだ。もっとよく探したら、自分の顔に似た石とシーラの顔に似た石が見つかるのだろうか。いまも突堤の下、何年もまえに浜辺に置いたままの場所に。

ふたりは石の丘を引き返し、三段のぼって低い壁を越え、小路を歩いた。途中に、カラフルに塗装されたべらぼうに高い浜辺小屋《ビーチハット》があり、犬を散歩させる人が大勢いた。フランクは、おかしいな、みんな同じ小さな買い物バッグを持っているみたいだと冗談めかして言った。

カフェは休日の行楽客で混んでいたが、ふたりはカウンターの列に並んだ。順番を待つあいだに、ケリーが絵はがきの回転式ラックをまわした。はがきに描かれているのは過去と現在のフルウィンド＝オン＝シーだった。どうやらそれほど変わっていない。絵はがきのとなりには、ビーチサンダル、麦わら帽子、プラスチック製サングラスの棚があった。

窓際のテーブルについていたカップルが席を立った。

「急いで」ケリーがささやいた。「あのテーブルをとってください」フランクはテーブルへと歩いていった。「何にします？」ケリーが訊いた。

「お茶だけ頼むよ」

「アイスクリームは？」

「いや、けっこうだ」

「キャンディは？　クリスプ？　クリームパンは？　祝日なんです。正しい食べ方を教えてください よ」

「お茶だけでいいんだ。ありがとう、ケリー」彼女の名前を声に出して言ったのはこれが初めてだった。ケリー。どうも落ち着かない。不適切だ。まるで自分が教師でケリーが教え子みたいじゃないか。

「男が教師で女が教え子よ」フランクの頭のなかで、カフェの反対側にいる女性が友人にそう耳打ちした。「さっきミスター・デリクって呼んでいたの。あの若い娘が、あなたが教えてくれたんですと言うのも聞こえたし」フランクはドアから入るが早いか、まわりの人間が自分とケリーをじろじろ見ている気がしていた。ふたりの関係を割り出そうとしている。祖父と孫娘？　父と娘？　男はそれくらい年を食っているし、女は十分すぎるくらいに若いから、どちらも可能性がある。カップルではありえない、とカフェにいるジミー・スチュアートたちは推理しただろう。もちろん、男が金持ちなら話は別だ。男は甲斐性がある〝パパ〟かもしれない。

フランクは浜辺の小屋を買うだけの甲斐性もなかった。

お茶代を払うのがやっとだった。

フランクは昼間のテレビ番組の合間に流れるコマーシャルが自分に向けられていると感じることがよくあった。テレビは話しかけてくる。お金に困っているのではないか、すぐに現金が必要ではないかと、しきりに問いかけてくるのだ。

もしケリーが金脈を探しているのなら、ショックを受けるだろう。彼女はまだまだ大きな鋤で掘らないといけない。

カフェに入ってカウンターの奥の黒板に書かれた観光客向けの値段を見た瞬間から、お金のことがフランクの頭から離れなくなった。この休日の延長訪問ケアはいくらかかるのかも心配だった。倍額だろうか？　一・五倍？　もう一時間近く外出している。それにガソリン代だ。多少はガソリン代を払うべきだろう。それと昼食代も。彼女にチップも渡したほうがいいのだろうか？

ケリーがやってきて、カップに入ったお茶をフランクの目の前のテーブルに置いた。ふだんの月曜日と同じように。

「トゥイックスを買っちゃいました」と彼女がチョコレートビスケットをティーカップの横に

置いた。フランクはぐらぐらする入れ歯のことを考えた。トゥイックスを食べても入れ歯は無事だろうか。キットカットなら大丈夫、〈クラブ〉や〈ペンギン〉のビスケットも平気だが、トゥイックスは？　あの噛みごたえのあるキャラメルは難関だ。チョコレートバーに噛みついて口から離したら、入れ歯もいっしょにはずれてしまうのではないか。来週こそ、木造の家を頭に落としてもらおう。

　フランクはケリーに礼を言いながら思った。トゥイックスがあることを彼女が忘れてくれるか、陽射しでキャラメルがやわらかくなって噛み切れるようになればいいのだが。

　そういえば、昔は娘のためにマーズバーをヒーターの前で溶かしたものだった。それこそたったひとつ、娘に伝えることができそうな素晴らしい分野の知識と技術だった――チョコレートバー、おそらく娘のいまの呼び方でいえば、キャンディバーの食べ方だ。

　フランクはベスに、ジャッファケーキからビスケットの部分をかじり取り、上にかかったチョコレートをはがして、残った薄い円形のオレンジのゼリーを舌の上で溶かす方法をやってみせたことがあった。マーズバーの場合は、まずまわりの部分をかじり、つぎに上のチョコレートとキャラメルの層をはがしてから、残ったやわらかいヌガーを食べる、あるいはボール状に丸めてから食べなさいと教えた。トゥイックスの食べ方も原則はマーズバーと同じだ――まわりのチョコレートをかじり取り、上のキャラメルとチョコレートの層をはがしてから、ビスケットを食べる。だが、どれもちゃんとした歯がなかったら不可能に近い。いまとなっては、アイスクリームと自称「最高にほぐれやすくて、はがれやすいチョコレート」〔99アイスクリームに使われるチョコレート〈フレーク〉の売り文句〕だけが、専門技術を発揮できる菓子の分野だった。

「いくらになるのかな?」フランクはお茶とチョコレートの代金のつもりで訊いたが、ここでケリーがラップトップを取り出して丸一日ぶんの価格と経費を説明し、請求書を差し出したとしてもおかしくない。

「わたしのおごりで」彼女が言った。

「ありがとう。せっかくの休日を台なしにしなかったことを願うばかりだよ」

「これといって何もしてませんでしたから。どっちみちショーンは仕事だし」

「ショーン?」

「ボーイフレンドです」

「長いつきあいなのかね?」

「けっこう長くて。赤ちゃんをつくろうとしてるんです」

あまりがんばりすぎないように、とフランクは思い、そのとたんに申し訳ない気がした。

フランクが見つめるまえでケリーはコーヒーカップをのぞきこみ、ゆっくり砂糖をかき混ぜた。たぶんショーンと未来の息子か娘のことを考えているのだろう。ショーンは果報者だ、とフランクは思った。ケリーはとても美しい。歯はやや嚙み合わせが深めで、目は大きく、幼いころはもっと目立ったのではないか。学校ではからかわれ、大人らしい顔立ちになるまでは出っ歯とか出目とか呼ばれていたのだろう。いまや彼女は美しく、不細工なまぬけ面のいじめっ子たちを前に笑ってみせることもできる。

ふとテーブル越しに彼女の鼻をつまみ、むかしベスにやったように引っ張るふりをする衝動に駆られた。親指を人差し指と中指のあいだにはさんでこう言うのだ。「鼻を取っちゃったぞ」

ケリーがはっとわれに返った。カップから顔を上げた。

「忘れるところだった」と言って彼女はテーブルに身を乗り出した。顔が近づき、フランクには彼女の瞳の色がわかった。グリーンだ。ただ、二秒後に何色か訊かれても答えられなかっただろう。これについてはたしかロンのリーフレットに何か書いてあったはずだ。彼女の顔はいよいよフランクの顔に接近していた。髪にブラシをかけてくれたときや、かゆい腕をかいてくれたときくらいの近さだ。でもあのときとはちがう。

ああ、イエス・キリスト様、とフランクは思った。

彼女が手を伸ばし、フランクの眼鏡をそっと、またばらばらにならないように気をつけながらはずした。

全能のイエス・キリスト様。

まさかこんなことになるとは。いや、断じて期待していなかった。心臓が止まるのはこんなときだ。来るぞ。脳梗塞が。心臓麻痺が。除細動器を充電しろ。救急車を呼んでくれ。FASTだ。

ああ、イエス・H・ヤハウェ様、とフランクは思った。彼女はキスをするつもりです。

と、ケリーはフランクの眼鏡を買ったばかりの赤いプラスチックのサングラスと取り替え、椅子に座りなおしてコーヒーを飲んだ。

車へと戻りながら、フランクは思い返していた。ケリーがキスをすると思ったときに自分は大きく息を吸っただろうか。レス・ドーソン〔英国のコメディアン。カーラーを巻いた入れ歯の女性キャラクターなどで知られる〕みたいに唇をすぼめただろうか——入れ歯がぜんまい仕掛けみたいに口のなかで動きまわっただろうか？　目をつぶっただろうか？

彼女はプラスチックのサングラスをかけさせたきり何も言わなかったし、そのあとのフランクに対する態度に変わったところは見られなかった。フランクにおびえているとか、ぞっとしている様子もない。警察に通報していないし、ばあさん《オールド・バット》シグナルを空に照らしてジャニスを呼んでもいない。笑い転げて椅子から落ちてもいない。ただコーヒーを飲み、アップルドーナツを食べていた。赤ちゃんやショーンの話をしただけで、フランクはそのショーンのことが早くも嫌いになっていた。彼女はフランクにシーラやベスについて尋ね、どういうわけか戦争の話題にふれた。きっと大変な思いをして乗り切ったのでしょう、と彼女は考えていた。爆弾、防空壕、配給制の食料。でも大したことじゃないとばかりにフランクは肩をすくめた。まだ少年だったし、戦争でおぼえているのは大きな冒険ということだけだと彼女に言った。

シー・レインを引き返す車中でフランクはまた頭を窓から出し、風に顔をさらしながら家の価格が下がっていくのを眺めていると、やがてケリーが車を道べりの芝地に乗りあげた。この通りでいちばん安価な建物——シー・レインでただひとつの名もない家の向かい側に。

フランクは車から降りて、さよならを告げた。このあと何をすればいいのかよくわからなかった。海辺への遠出を正しく締めくくるにはどうしたらいい？　これはケリーにとって仕事だったのか、それとも楽しくてやったことなのだろうか？　車中の彼女に見守られながら、患者としてつつがなく鍵をドアに差すべきなのかどうか、確信がもてなかった。それより、紳士らしく通りに立ち、彼女が走り去るまで手を振るべきではないのか？

フラットの外、倒れた車止めのわきに立つフランクはふと、自分にはこの車止めを起こすだけの力があると感じた。その様子を見張っている隣人たちの何人かは、この二時間、窓から離れずにいた。昼食は冷めるし、トイレに行きたくてしかたがないのに、青い小型車が戻ってくるのを見逃したくなかったのだ。彼らはフランクがケリーに手を振る姿をカーテンの奥やヴェネシャンブラインドの隙間からのぞいていた。フランクは彼女の車が見えなくなるまで手を振るのをやめなかった。といっても、それほど長くかかったわけではない。フランクはまだ赤いプラスチックのサングラスをかけていて、そのレンズは度が入っていなかったからだ。

19

THE EXTRA ORDINARY LIFE OF FRANK DERRICK, AGE 81

ケリー・クリスマスのおかげで、フランクは朝にベッドから起きようという気持ちになれた。彼女はまるで新しい股関節だ。一日半錠のアスピリン。階段リフトにして歩行器、手すりであり、ボタンの大きな電話機だ。風呂場の吊り具《ホイスト》でもある。握りやすいハサミ、ワンタッチ式の電動栓抜き、柄の長い靴べら。フランクに必要なビタミン剤はケリーだけだった。

海辺に出かけた翌朝、あの外出の結果、家じゅうのカレンダーに書き込んだ予定とはちがって、きょうはケリーがやってこないのだと受け入れると、フランクはチャリティショップに行き、スクーターを買った。快適な革張りの座席にバッテリー、前かごのついているシニアスクーターではない。フランクのスクーターは子供用のキックスクーターだった。ピンク色の房がハンドルから垂れ下がっていて、メタリックな銀色のデッキに〈POW!〉とグラフィティ風の書体で書かれている。スピードが時速一マイルを超えると、小さな車輪が光るタイプだ。

足はほぼ完治していて、二日もしたらギプスをはずせる。そのときが来たらスクーターをフルウィンドでマーロン・ブランドのように乗りまわしてやろう。

「ねえ、フランキー、何に反抗しているの?」と図書館の外で人は訊いてくるはずだ。

「すべてにさ」とフランクは答え、前輪を浮かせてスクーターを発進させ、小さな光をきらめかせながら店まで缶詰のスパゲッティを買いにいく。

木曜日の朝、フランクはタクシーで病院に行き、ひどく暑い待合室に座っていると、やがてやってきた者に名前を呼ばれた。

小さな箱形の部屋に案内され、そこで男の看護師からギプスの除去処置について説明を受けた。

「さて、フランシス。こののこぎりはかなりうるさくなります。ちょっと掃除機みたいに」この看護師には見おぼえがある、とフランクは思った。たぶん着用している緑色のスクラブのせいだろう。フランクはテレビで俳優たちが着ているのを何度も見たことがあった。「刃でけがをすることはありませんと看護師は隠し芸よろしく袖をまくり、のこぎりの刃を腕にあてても切断されないことを示してみせた。「ご覧のとおり。まったく害はありません」

看護師はフランクに聴覚保護用のヘッドホンをよこした。ピンク色でウサギの絵が描いてあり、どう見ても小児病棟の患者専用だった。フランクはヘッドホンを装着した。看護師がのこぎりを作動させて言った、「――」。

「えっ?」フランクは言った。

看護師がのこぎりを停止させ、ヘッドホンの片側を持ちあげた。

「くすぐったいかもしれません」

ギプスを切断して取り外したあと、看護師はフランクに記念に持って帰られますかと尋ねた。

「のちのち、これを見て骨が治ったときのことを思い出してもいいし、サインしてくれたご友人たちの名前を見るのもいいでしょう」

フランクは、いや、けっこうだ、と言った。なぜなら（a）自分は五歳児じゃないし、（b）サインしてくれた者などいない。

「大きな重りが取り除かれた感じでしょう?」と看護師が言った。「あのギプスを長いあいだつけていたんですから。腕がヘリウムでいっぱいになったみたいに天井へ浮きあがる感じがするはずです」

そこでフランクはこの看護師をどこで見たのか思い出した。

「ギプスから解放されるのはじつに喜ばしい気分ですよね、フランシス?」テレビで見たのではない。「自分を抑えつけたり圧迫したりするものから自由になると、必ず素晴らしい気分になるのですよ、フランシス」おぼえがあったのはその口調だ。病院の制服じゃない。「長い一日の終わりに靴を脱いだとき、うれしさがこみあげてくるのと同じですよ。私たちの心は自然に自由を求めるようです。それはなぜだと思いますか、フランシス?」この看護師はあのスーツを着た笑顔の二人組の片割れ、玄関のステップに長いこと立っていた男のひとりだ。「死者のなかから甦ったというキリストの物語こそ、究極の自由の物語ではありませんか、フランシス?　なかにはギプスをはめられた人生をおくる人もいる。中毒や犯罪、虐待のギプスが、彼らの心が真に自由になることを阻むのです。私たちはキリストに自由を見出せるのですよ、フランシス」

病院からグレイフリック・ハウスまでは一・五マイル〔二・四キロ〕ほどあったが、ギプスがはずされたあと、フランクはスメリー・ジョンに会いにいった。そんな距離はもう何年も歩いていなかったし、一・五マイルといったら相当な道のりに思えた。どうせならウォンブルズの着ぐるみに入って寄付金を募ったほうがよかったかもしれない〔ウォンブルズは七〇年代の子供向けテレビ番組*The Wombles*に登場する架空の生き物。毎年ロンドン・マラソンにウォンブルズの扮装をしたイエズス会士たちが出走し、募金活動をする〕。

病院の建物の外側をぐるりと歩き、がらんとした駐車場や空き地を抜けると工業団地に入り、やがて両側に店が軒を連ねる長いまっすぐの道路に出た。道路の入り口、ケバブ屋と窓の焦げたフラットのあいだにあるレンガ塀のなかほどに、〝表街道《ハイ・ストリート》〟と記された標識がある。〝裏街道《ロー・ストリート》〟に向かっていたのではないとわかって、フランクはほっとした。

ハイ・ストリートの店の大半は閉まっているか、閉鎖されているか、どちらとも言えないかのいずれかだった。チキン・アンド・チップスには時間が早すぎるのかもしれない。チキン屋が何軒もあって舗道や側溝に細切れのチキンやフレンチフライ、脂にまみれた空箱が散乱している。『プライベート・ライアン』冒頭の二〇分間を、鶏肉を使って撮影したみたいに。

通りかかったある店のウィンドウに、三体のマネキンがクロッチレスパンツ、穴あきブラ、シルクのナイティを身につけた姿で飾られていた。マネキンの一体は脚が一本欠けていて、もう一体は落としたゆで卵の殻みたいな顔だった。新聞紙が敷かれた床の上、大人のおもちゃらしきものに囲まれ、ぎこちなくポーズをとっている。フランクはこんなに色気がないものは見たことがなかった。

質屋があって、ウィンドウのネオンサインに〈CASH　4　STUFF〉と書いてあった。ふたつめのFが壊れている。防犯用の鉄格子と窓の汚れを通して、コンピュータや腕時計、カメラ、エレキギターが見えた。チキン屋をもう一軒通り過ぎると、ディスコ、それから板を打ちつけられたパブがあったが、ここはじつは営業中で六十代か七十代の男三人が店の外で煙草を吸っていた。チキン屋がまた一軒、フルウィンドの同業者がハロッズ並みの高級百貨店に見えるチャリティショップ、そして〈ファット・パットの墨《タツ》〉というタトゥーパーラー。フランクは立ち止まり、向き直って店内に入った。

タトゥーパーラーに足を踏み入れたのは初めてだった。テレビの刑事ドラマや映画で見たことはある。ちょうどこんな感じだった。騒々しい音楽が静かに流れている。刺青向きの音楽というのはこんな感じだろうとフランクが考えるとおりの音だった。何を歌っているのかわからなかったが、それはフランクが年寄りで退屈な男だからではなく、シンガーがもごもご歌っているからで、たぶん歌詞が恥ずかしいのだろう。このタトゥーパーラーはいかにも物騒な外観だったが、入り口のわきに置かれた二本の手指消毒用ディスペンサーがそれを台なしにしていた。これなら何か厄介なものに感染する可能性は病院のほうが高い。〈ファット・パットのタッツ〉の消毒用ディスペンサーは二本とも満タンだ。ギプスをはずした箱形の部屋の外にあったディスペンサーは空っぽで、ポンプを押したところで喫煙家の苦しそうな息程度のものしか出てこなかった。

フランクは〈ファット・パットのタッツ〉のハンドジェルをつけて両手をすりあわせた。大柄な男、おそらくファット・パットが、バイユーのタペストリー〔ノルマン人によるイングランド征服を描いた刺繍画〕を誰かの背中に彫っていた。フランクは店の入り口付近に立ち、壁に並んだ写真を見た。タトゥーのメニューだった。

まずはくるぶしに小さな蝶か、尻に薔薇だろうか。壁に飾られているディズニー・キャラクターのどれかか、マリリン・モンローでもいい。ポパイ、それとも髑髏と骨と突き刺した短剣か。ううむ。首筋に燃え立つサタン、指関節にMumとDad、Beth、単純にLOVEとHATE、顔に何か神話的か神秘的なもの、日本語の文字、クモの巣、肩甲骨のあいだにスー族名、人魚もある。右腕に定番の彫り物をしてもらうのもいい。するとケリーが気づいて尋ねるはずだ。そのときは「ああ、それかい？　何年もまえに彫ってもらってね」と答えよう。ギプスの下に未包装のプレゼントみたいに隠れていたとばかり、ずっとそこにあったふりをする——図案はオオカミかトラで、その背中をケリーはそうとは知らずに毎週編み棒で引っかいていたのだと。ここはいっそ盛大に、上半身全体に彫ってもらい、チャリティショップで買ったシャツを着ているように見せるといいかもしれない。

刺青は年を取ったときに後悔するからやめたほうがいいと言われることが多い。でもフランクはもう年を取っていた。八十一歳はタトゥーを入れるのに最適な年ごろだ。

「やあ、いらっしゃい」フランクは刺青の針だかペンだか何だかの振動音が止まったのに気がつかなかった。「ご用件は？」ファット・パットが言った。パットはタトゥーだらけだった。ほぼ全身が埋め尽くされている。ファット・パットの墨は全部自分で入れたのだろうか、とフランクは思った。それとも背中は奥さんに掘らせたのか？　太っちょ《ファット・》パットというのがパンク名なのかスー族名なのかはともかく――たぶんパットは本名だろう――ぴったり合ってはいた。

「ちょっと小さいものを、と思ってね」とフランクは言った。「さりげないものを。腕に」と腕をやや上げてみせた。パットが腕とは何か知らないといけないので。

「どんなやつかな?」ファット・パットが言い、耳たぶに刺した金属のリングをひねった。顔を飾るいくつものきらきらした金属の鋲やチェーンのひとつだった。

フランクはもう一度、壁にかかっている作品に目をやった。

「ふむ。ちゃんと考えてなかったな。たまたま通りかかってね。ついはずみで入ってしまった」

そうではなかった。ポケットにフランクは病院からハイ・ストリートまでの道順を記した手描きの地図をもっていた。〈ファット・パットのタッツ〉の場所にバツ印をつけてある。地図の裏には、花や動物の絵をざっと描き、ボガート(Bogart)、スチュアート(Stewart)、そしてベス(Beth)の名を書いておいた。

「カンバスを見せてくれ」パットが言った。

「カンバス?」

「あんたの腕を」

「私の腕? ああ。そうか」

フランクはジャケットを脱いだ。脱ぐのがこんなに造作もないことだとは忘れていた。腕はたしかに軽く感じられ、その点は看護師の言うとおりだった。ヘリウムが詰まっているとまではいかないが、断然軽い。ただ、こわばった感じもあって、まるで他人の腕みたいだ。まだギプスが感じられる気がする。ギプスを取り外した直後、フランクは腕の皮膚が薄くてはがれそうだとわかったし、そのにおいに椅子から転げ落ちそうになった。これのどこに宗教的な象徴が潜んでいるのだろう？　今度、来世の話をしに訪ねてくる者がいたら、訊いてみよう。

フランクが袖を肘までまくりあげないうちにパットが言った。「だめだ。悪いな」

「だめ？」

「やってやれないわけじゃない。ぶざまになるってだけで。あんたの肌は薄すぎる。ゆるすぎるんだ」

「ゆるすぎる？」

「ちょっといいかな？」パットが言った。黒い使い捨ての手術用手袋をはぎ取り、ボール状に丸めてごみ箱に投げたが、はずした。ゴム手袋のスラムダンクの腕はケリーにおよばない。ファット・パットと比べたら、彼女はハーレム・グローブトロッターズだ。パットがそっとフランクの腕を握って裏返した。ファット・パットの太い手の甲に彫られた地獄と黄泉の国の絵とは裏腹に、やさしいふれ方だった。

「悪いな」と言ってフランクの腕を放した。「二、三年前ならまだしも」

フランクは薄くゆるんだ皮膚の、においを放つカンバスを見下ろしながら考えた。パットの小鼻に刺さった短い鎖を引っ張って鼻を裂く力は、この腕に残っているだろうか。

「悪いな」パットがもう一度言った。

フランクはジャケットを羽織ると、帰るまえに手を洗ってからタトゥーパーラーをあとにした。

もし尻尾があったら、負け犬らしく巻いていただろう。もっとも、ファット・パットだけがタトゥーアーティストというわけじゃない。ほかの彫り師をあたるか、自分でタトゥーを入れるとしよう。

フランクはハイ・ストリートを歩いていった。もうチキン屋も軒並み開店している。白い紙の帽子をかぶった男たちが店先の舗道を掃除していた。ハイ・ストリート沿いにごみを一度に一軒ぶんずつ移動させ、不潔な包みを通りの突き当たりにある廃業した電器店の外にできた山までパスしていく。カモメたちが舞い降りて、ももや手羽、胸肉を奪い合った。駐められているのか打ち捨てられたのか、何台もの車がカモメのふんに白く塗りつぶされていた。

通りの突き当たり近くで立ち止まり、フランクは手描きの地図を引っ張り出した。グレイフリック・ハウスはだいたいこの方角だが、細かい道順や縮尺はわからない。地図をポケットに戻して横丁に曲がった。歩いていくと住宅団地の真ん中に出た。最近のニュースによると、この団地全体に反社会的行動が横行し、午後七時以降の外出禁止令が敷かれたらしい。あのカラフルで高価すぎる浜辺小屋《ビーチハット》のニュースとは正反対だった。住宅団地の自爆攻撃と比べたら、ビーチハットはスケートボードを乗りこなす犬と変わらない。

近くでサイレンの音がした。ファット・パットの店を出てから四回めのサイレンだった。フルウィンドでサイレンの音がしたら、それは誰かが窓を開けたままテレビの音量を『バーナビー警部』の放送中に上げすぎたか、八番地のマリオンがまた浴室で転倒してパニックコードを引っ張ったかということだ。

この住宅団地の真ん中には子供たちの遊び場があった――縛りつけられた二台のさびたブランコ、落書きで覆われたすべり台。十代の少年がたむろし、自転車に座って煙草を吸っては痰を吐き、痰を吐いては煙草を吸っている。マルチタスクだ。目を合わせちゃいけない、とフランクは思った。この少年たちもワージングに洞窟をもっているかもしれない。

少年たちは電話で音楽を鳴らしていた。怒りの音楽。毒づき、がなりたてる、怒りの音楽。

「じいちゃん！」少年のひとりが叫んだ。

自分の孫は女の子がアメリカにひとりいるだけだとわかっているので、フランクは歩きつづけ、若干足を速めて振り返るまいとした。空のドリンク缶がそばの地面に落ちる音がした。

「くそじじい！」

フランクは手を上着のなかに入れ、銃をもっていると思わせようとした。腕にギプスをはめていないことにまだ慣れず、曲げているほうが自然に感じられる。犬が吠えはじめた。少年のひとりがまた叫んできた。フランクはきょろきょろと防犯カメラを探したが、一台も見当たらなかった。犯罪再現ドラマで自分の役をあてがわれるのは誰だろう。かつらをつけたじいさんだろうか。吠える犬が二頭に増えていた。これでは『ダンス・ウィズ・ウルブズ』のインディアンのひとりじゃないか？　ある棟の窓から誰かがマットレスを落とした。鈍い音とともに地面にぶつかり、一瞬、犬の吠え声が止まった。と、またはじまる。ウーッ、ウーッ。バウ・ワウ・ワウ。ほかの犬たちも吠えだした。マットレスはもやもやっと砂ぼこりと絶望を立ちのぼらせた。

「黙れってんだよ！」女がフラットの窓から怒鳴った。「入っておいで、おばかさん！」と別の女がほかの窓から呼びかけた。まるで『オリバー！』を観ているみたいだ。いまにも行商人や花売りたちが、足を蹴りあげる振り付け入りで歌いながら団地を歩きだすんじゃないか。犬たちがますますけたたましく吠えだした。フランクは犬猫ホームの廊下を連れていかれたビルを思い出した。

「だから黙れって」と『オリバー！』の俳優のひとりがまた怒鳴った。少年のふたりが自転車を横滑りさせて曲がり、フランクの前で停まった。これが一日あとだったら、スクーターで素早く逃走しているところだ。ふたりのパンクスを振り切って走り去れば、置いていかれた彼らは土ぼこりとスクーターの小さな車輪が放つ光から目を守るしかなくなる。

「どこに行くの？」少年のひとりが尋ねた。なじみのあるにおいがした。体に悪い甘美な香り、たき火に香水をかけたようなにおいだった。

「どこにも」フランクは言った。

「どこにもってどこだよ？」

「どこにも州どこにも」と答えたあと、「最高だから名前を二回言った」とつづけたかったが、ぐっとこらえた〔シンガーソングライター、ジェラード・ケニーの一九七八年のヒット曲〝New York, New York (So Good They Named It Twice)〟のもじり〕。

「それはどこだよ？」

「その袋に何が入ってる？」もうひとりの少年が言い、歯のあいだから何やら気色の悪いものを吐き捨てた。これでフランクはどこでこのにおいを嗅いだのか思い出した。ジョンのクッションス入り封筒から漂っていたにおいだ。

「映画だよ」フランクは言った。

「何の映画？」

またミニメンタル検査を受けているみたいだ、とフランクは思った。つぎは紙を折りたたんでください。

買い物袋にはスメリー・ジョンに渡すＤＶＤを入れてあった。ジョンの話によると、グレイフリックのＤＶＤワゴンでまだ見ていないのは、グレアムが嫌がらせで置いた映画だけらしい。毎週金曜日に、グレイフリック友の会のボランティアが薄暗いレンガ壁の通路にワゴンを転がす音が聞こえてくるが、そのたびにジョンは自分向きの作品はないと知らされる。

「先週おれに差し出されたのはどっちもズールー戦争物だった」とジョンは言った。「それとあの反跳爆弾の映画。あの犬が出てくるやつだぞ、フランシス。例のひどい名前の犬が〔第二次世界大戦の航空戦を描いた一九五五年の映画『暁の出撃』には、Niggerと名づけられた犬が登場する〕」

フランクはスメリー・ジョンのために『ジュラシック・パーク』と『マペットの宝島』『グーニーズ』を買い物袋に入れていた。この三本の隠れた人種差別的サブプロットを見落としてなければいいのだが。

少年たちに映画のタイトルを教えた。

「ブルーレイ？」ひとりが訊いた。

「普通のＤＶＤだよ」

「いくら持ってる？」

それは、全財産ということか？　フランクは思った。それとも所持金だろうか？　どっちにしても同じことだが。まあ考えてみよう。きょうは木曜日。年金はきょう銀行に入金される。ただ、今週は休日があったから一日遅れるかもしれない。地方税は今月銀行から引き落とされた。だからひょっとするとまた残高がマイナスになっていて、その場合は余計な手数料がかかることになる。スクーターは八ポンド、スパゲッティの缶詰三個、パン、牛乳、その他二、三品、病院までのタクシー、病院の自動販売機のひどく味気ないお茶。それで全部か。

フランクはポケットから小銭を出した。

少年たちは開いた手のひらの硬貨を見て笑いだし、ひとりが地面に痰を吐いた。仲間ほど吐くのが得意ではなく、よだれがあごにくっついた。フランクはポケットからティッシュを取り出して拭き取りたかった。少年たちは自転車を方向転換して走り去った。

「さっきカツアゲされたよ」フランクはグレイフリック・ハウスのスメリー・ジョンのアパートメントに着くなり言った。あんな目に遭ったせいで息が切れ、少々ふるえていた。少年たちが話の種をたいしてくれなかったせいで、若干がっかりしていたかもしれない。せめて殴りかかってくるか実際に何かを盗むくらいはできたはずだった。

「何を盗られた？」ジョンが言った。

「何も。警察に通報したほうがいいかな？」

「いいや。ここに来られるのはごめんだ」

「どうして警察がここに来るんだい？」

「通報した場合、あんたはここにいるし、被害者なんだから、連中はここに来てガサ入れするのさ」

「どうしてここをガサ入れするんだい？」

「マジか、フランシス？　マジか？　それに答えなきゃいけないのか？」ジョンは車椅子を自分でたんすまで動かすと、いちばん上の引き出しを開けてクッション入り封筒を取り出し、フランクに渡した。

「これがけいれんに効くんだ」ジョンが言った。「見てな」伸ばした手を一〇秒間、静止させた。「な」

「麻薬なのか？」

「ハーブさ」

「違法ハーブ？」

ジョンは肩をすくめた。

「どこから入手を？」

「母なる自然さ、フランシス。アムステルダム経由で」

「なんとまあ」

「やってみるか？」

「いやいや。まさか。とんでもない」でも、道はひどい状態なのに誰も彼もスピードを出しすぎだと考えるような堅物だとジョンに思われたくないから、フランクはこう言った、「きょうはタトゥーを入れるところまであと一歩だった」

そのあと、この日はエレベーターが動いていて木曜日だったので、ふたりはラウンジへ下りていき、一杯のシェリーを味わいながらクイズ大会を台なしにした。

20

THE EXTRA ORDINARY LIFE OF FRANK DERRICK, AGE 81

フランクは階段の下から新聞を取ってきたところだった。日付を声に出して読んだ――「土曜日、六月一日」。きょうからカレンダーの犬が新しくなる。きっとテリアの一種だ、と自分を相手にお金のからまない賭けをした。新聞のいちばん上の天気予報に目をやった。「晴れ、ときどき通り雨」と、アメリカの気象予報士風に読んだが、ロンこと正気男《マーブルズガイ》にそっくりだった。もしかしたら親戚どうしかもしれない。あれだけ大きな国にしては信じがたい偶然だ。

新聞に目を通していると、郵便配達がその日の寄付を募る手紙やカタログを郵便受けに押し込んだ。フランクは郵便配達のヒッチコック風シルエットを玄関ドアのすりガラス越しに確認し、立ち去るのを待った。すると郵便配達はつづいて別のものをドアに押し込みはじめた――クッション入り封筒だが、大きすぎて郵便受けに収まりきらない。郵便配達はさらに強く押してくる。毒づくのが聞こえ、つづいてどうやら封筒を叩くか蹴るかしてフラットに入れようとしたらしい。でも封筒はもとの場所で止まっている。郵便配達はまた押しはじめた。クッション材の気泡が朝、階段を歩くフランクの足首みたいな乾いた音をたてた。封筒ははまりこんでいる。郵便配達はなおも押しつづけた。フランクは封筒のこちら側をつかんで引っ張り、郵便配達が外から押すうち、避けられないことが起こり、階段に尻もちをついたフランクの手にはもみくちゃになったクッション封筒が握られていた。その姿勢のまま見ていると郵便配達はまわれ右し、赤い輪ゴムを庭の通り道に落として去っていった。

フランクは郵便物を抱えて二階に上がり、キッチンテーブルの前に腰かけた。つぶれたクッション封筒を見た。このなかに見つかるのがオランダ経由の大麻、スメリー・ジョンからのプレゼントだとしたら、開けていいものかどうか。開封した瞬間に警察に玄関ドアを蹴破られたら大変だ。でも住所はラベルに印字されているし、スメリー・ジョンはタイプライターも、コンピュータもプリンターももっていない。投函元の手がかりはないかと切手のわきを見たが、消印の日付と場所はにじみがひどくて読めなかった。封筒の中身を手ざわりで探ってみた。何やら硬いものだ。スメリー・ジョンのカナビスだかマリファナより硬そうだが、はて、このふたつは同じものだったか？　フランクはわからなかった。頑固じじいなどではないものの、チーチ&チョンでもないのだし。

封筒の中身は何だろう、とフランクは頭をひねった。牛乳が入るほど大きくはないから、この期に及んで病院が送り返してきたわけではあるまい。封筒を振り、そしてにおいを嗅いでから、この状況でひとつだけ残された行動に出た。封筒を開けたのだ。するとビニール製の眼鏡ケースがふたつ入っていた。眼鏡を注文したことをすっかり忘れていた。最近はいろんなことがありすぎる。本気で秘書が必要だ。

ひとつめのケースを開けてサングラスを取り出した。それをテーブルに置き、もうひとつのケースを開けて、軽量で半分縁なしの、ガンメタル色の眼鏡を取り出した。古い眼鏡はケリーの絆創膏で貼り合わせたままだったが、それをはずして新しいほうをかけた。

大きさも重さも古い眼鏡の半分しかなかった。あんまり軽いから、かけているのを忘れて家じゅう探しはじめることになるかもしれない。チタン製で、傷がつきにくい防眩《アンチグレア》のレンズがついている。そして古い眼鏡とひとつだけ共通点があった。左側だ——あの部分は何と言ったっけ？アームか？　フランクの新しい眼鏡も左のアームが折れていたのだ。たぶん郵便配達が力まかせに押し込んだせいだろう。フランクは古い眼鏡と同じ色の絶縁テープで補修し、それからカレンダーめくりに取りかかった。

机の上のカレンダーの前日の日付をめくった。そのページを引きちぎり、丸めてくずかごにスラムダンクした。紙は縁に当たりながらもなかに入った。フランクのバスケットボールの才能はファット・パットとケリーの中間だった。

新しい日付を声に出して読んだ。

正気を失うものか。

きのうフランクはカセットプレーヤーをチャリティショップで買った。五ポンド五〇ペンスだった。そんな余裕はなかったが、スペイン語を習うつもりなのだ。あとは新しい電池が何本かあればいい。店ではサクソフォーンとドラムセットもあるかと訊いたが、置いてなかった。午後は新聞の簡単なクロスワードを半分、裏面に印刷された答えを見ずに完成させた。

フランクは正気を失うものかと堅く心に決めていた。おぼえていることをケリーに話しておきたかった。最初のテレビ放送を見たときのことや人類が初めて月面を歩くのを目撃したことを伝えたい。ケネディの暗殺を知ったときにいた場所や、石炭が配達されていたこと、ガス局も電力局もひとつしかなく、郵便と電話を同じ事業体が担っていたころの思い出を話したい。くず屋や石油ストーブ、十進法が導入されるまえの通貨について話し、五ペンスが一シリングになったわけを、一二ペンスが一シリングで二〇シリングが一ポンドだったことを説明したい。まだまだどれひとつ忘れるわけにはいかなかった。

フランクはケリーに昔のかみそりは刃がたった一枚で電池がなかったことや、回転式ダイヤルの電話で番号をまちがえると、かけ直すのにひどく時間がかかったことを話すつもりでいた。これまでに見たたくさんの名作映画についてケリーに話したいし、見ないほうがいい数多くの作品について注意したい。『めまい』――傑作。『バットマン&ロビン』――駄作。昔の映画館では上映の途中に幕間があって、本編のまえに短い作品が併映されていたことも話そう。スクリーンはひとつしかなく、煙草を吸ってもよかったことも。一六ミリフィルムのコレクションを屋根裏から引っ張り出し、フィルムを広げて明かりにかざし、連続したシーンをひとコマずつ見せてあげよう。

それから後ろを向き、髪をくしゃくしゃにしてパイプをくわえてから、ケリーにハロルド・ウィルソンのものまねを見せよう。そしてハロルド・ウィルソンとは何者であるかや、首相に二度就任したことを話す。ビデオゲームやインターネットがなかったころ、人はどんなことをして楽しんでいたのか教えてあげよう。彼女の鼻をもぎ取ったように見せかけ、それから自分の親指を取り外し宙に放り投げて紙袋でつかまえるふりをする。キッチンの引き出しから古い電卓を引っ張り出して電池を入れ、どうやって〝BOOBS〟（おっぱい）と書くのか教えてあげよう。

フランクは忘れてしまうまえに彼女に伝えたいことがたくさんあった。話したいことが山ほどあった。チョコレートの食べ方や、差し込み式電球や、そう、戦争のこと。彼女を図書館に連れていき、棚からあの大きな本を抜き取ろう。エジプトに関する本のとなりの一冊を。そしてその四九ページを開いて指差し、こう言うのだ、「これは私だよ」

ケリーはその白黒写真を目にする。写っているのは一張羅の上着に荷札をつけた大勢の少年少女で、船の甲板の上、舳先で風に身を預ける姿がケイト・ウィンスレットとレオナルド・ディカプリオさながら。子供たちは笑ったりカメラに向かって手を振ったりし、動物園か遊園地に行くかのように親指を立てている。

「疎開したんですか？」ケリーが訊くだろう。

「海上疎開をね」とフランクは言う。「写真で私たちが乗っているのはオランダの大洋航路船だよ。カナダに行く途中に魚雷で攻撃された」

「えっ、そんな」ケリーは言うだろう。「ひどい」

こうしてフランクは彼女に戦時中の体験を語る。列車でリヴァプールまで行き、そこで乗船したこと。三〇〇人を超える学童たち。船室で眠っていたら、鐘の音に起こされ、子供たちは全員、救命胴衣を着て救命ボートに乗らないといけなくなったことをケリーに話そう。そして話をしながら思い出しはじめる。船は傾いていたため、暗闇の通路を這って進まないといけなかったのを思い出す。

「私はパジャマを着たままだった。体をくるむようにと毛布を渡された。グレイ。毛布がグレイだったのをおぼえている」

「怖かったでしょうね」ケリーは言うだろう。「いくつだったんです？」

「八歳だよ」

「ああ、神さま」

「でも恐ろしいと感じた記憶はないんだ。いまとなってはわけがわからない。ちょっと映画のようだったし、ときどき、あれは私がおぼえている映画――『タイタニック』とか『ポセイドン・アドベンチャー』――でしかなくて、実際には起きていないんじゃないかと思ったりもする。思い出そうとすると、どの場面も白黒で浮かんできて、それで映画だったような気がしてくるんだ。ただ、国立公文書館とかに行けば私の名前が載った乗客名簿があるのはわかっているし、ドキュメンタリーの制作者がその名簿を見て、私の所在を突き止め、当時の状況についてインタビューをさせてくれないかと手紙をよこしたこともある。断ったがね。引き受けておけばよかった。そうすれば、そのビデオを見てもらえたのに」

フランクはケリーに子供たちが救命ボートに乗せられたときのことを話す。乗組員たちはボートを揺らして船に近づけ、子供たちを一気に乗せないといけなかった。

「ところが、急に救命ボートから戻るように言われてね。なぜかはわからない。たぶん魚雷による被害が思ったほどひどくなかったんだろう。それで救命ボートから降りて船のラウンジに行ってみたら、すぐまたその場で救命ボートに戻るように言われたんだ」

フランクはケリーに救命ボートへ戻されて水面に降ろされる様子を話す。子供たちは海のうねりのせいで船酔いしていた。何が起きているのかよく呑み込めないままだった。そうこうするうちロープでタンカーに引き揚げられた。

「タンカーはすさまじい臭いがした。油のね」

「怖かったでしょうね」ケリーはもう一度言うだろう。

「多少はそうだったのだろうが、タンカーには大砲があって、乗組員が男子に照準をのぞかせてくれたのをおぼえている。わくわくしたよ。彼らとしてはこっちの気をまぎらわせようとしただけだと思う。たぶん私たち以上におびえていたんだ。私たちはスコットランドまで連れ戻され、結局、列車で家に帰ったよ」

ケリーから何人の人が亡くなったのかと訊かれたら、フランクはこう答える。奇跡的なことにひとりだけ。

するとケリーはいまにも泣きだしそうな顔になる。

「子供?」彼女が訊く。

「船の乗組員だよ」

だからといってケリーが人の死を喜ぶことはないにしても、大人であれば痛ましさは抑えられるかもしれない。

フランクは彼女に子供たちの一部は二、三週間後に別の船でまた出国すると告げる。そして、その船が沈没し、子供たちの多くが亡くなったのだと。

「ひどすぎる」ケリーはそう言い、本の写真を見るだろう。「どの子があなたでしたっけ？」

フランクは写真のなかの自分を指し示す。

「あのときカナダにたどり着いていたら、どんな人生になっただろうとたまに考えるよ」そしてフランクはその本を書架の、スフィンクスが表紙のエジプト本のとなりに戻す。

以上がフランクの戦争体験談であり、これを忘れてしまうまえにケリーに話しておきたかった。それには頭を元気に保たなくてはならない。新聞を読んでクロスワードを解き、果物を食べてスペイン語を学んでドラムをたたこう。例のロンが勧めることも全部やりつづけよう——時間を確かめて毎日、日付を声に出して言うのだ。

リビングに入ると、新調したベルギーの建築家風眼鏡のおかげで、あらゆるものがここしばらくよりくっきり見えた。フランクはきのうの日付をくずかごにスラムダンクし、見捨てられた犬たちのカレンダーをめくって新しい月にした。今月の犬は雑種だった。テリアではない。自分との賭けに負けたのだ。と、そこでうっかり二枚めくってひと月飛ばしていたことに気づいた。一枚もとに戻した。六月の犬はやはりテリアだった。まぬけな顔をした小さなハンドバッグ犬だ。ここでフランクは一瞬ためらい、それからカレンダーのページをめくって七月を見た。七月の犬はロイストンという名の雑種だった。「ロイストンは愛すべき毛むくじゃらです」と写真の下に書いてある。ロイストンは例の首をかしげて眉毛を弓なりにする仕種をしていた。二十世紀の特徴ある政治指導者には似ていない。フランクはカレンダーを見た。

七月は三一日ある。
銀行休日はない。
赤いバツ印もない。
フランクは胸が悪くなった。

THE EXTRA ORDINARY LIFE OF FRANK DERRICK, AGE 81

21

こんにちは、ベス、
おまえとジミー、ローラも元気に過ごしていることと思う。

電話をせずにいてすまないが、知ってのとおり、そちらがいま何時なのかいつもわからなくなってしまってね。いまは朝なんだろうか？　ほらね、そんな調子だ。ばかな年寄りだよ。それにこちらでは長距離電話の料金がはね上がっている。飛行機に跳び乗るほうが電話をかけるより経済的じゃないかと思うくらいだ。この件については、近いうちにそちらから来られるようになるのを祈っている。おまえたち三人に会いたい。

ギプス（そっちでもこう呼ぶのだろうか？）はようやく取れたよ。除去を担当した看護師に神に帰依させられそうになってね。信じられるか？　どうにかかわしたから私の不信心は傷ついていない。少なくともかゆみは消えている。

ただ、腕はまだかなり痛むし、足元もまだまだおぼつかない。事故の衝撃は思ったより大きかったのだろう。最初は反対していたが、訪問ケアにどれだけ助けられていることか。自分ひとりだったらもがき苦しんでいたと思う。人の厄介になりたくないのは山々だが、もしかしたら訪問の延長を考えてもいいのかもしれない。もう二、三週間ばかり、ふだんの九三パーセントに回復するまで。

ジミーに、そしてもちろんローラによろしく。きっとあの子は立派なお嬢さんに成長しているだろう。

愛をこめて

父

フランクは図書館の椅子にもたれ、eメールというのはどんな仕組みになっているのだろうと考えた。想像するに、このeメールは時速数千マイル、いや数百万マイルとか数十億マイルで電話線を走り、近くの海岸に着いたら海底を伝ってイギリス海峡から北大西洋に入り、アメリカに到着するとさらにケーブルを通って国を横断し、ロサンゼルスにいる娘のコンピュータに届く。このeメールはもう届いたのだろうか、ベスはいつ返信してくれるだろうか、とフランクは思った。あとで戻ってきて確認しよう。でも土曜日だから図書館は正午に閉まる。地図帳を見にいって、いまのeメールが通りそうなフルウィンド＝オン＝シーからLAまでの長いケーブルのルートをたどったら、コンピュータに戻ってくるまでにベスは返信しているだろうか？ それはないだろう。いくら時間帯に不案内といっても、ロサンゼルスがフルウィンドより八時間遅いのはまずまちがいないし、ベスはeメールを午前三時に送信しない。

コンピュータの通知音が鳴った。

どうも、お父さん、
お父さんからeメールを受信するといまだにびっくりせずにはいられません。わたしも父親はいまだに電報とかモールス符号とかを送るものと思っている人たち並みにばかなのでしょう。

残念ながら、こちらはこのところつらい日々を過ごしています。ジミーの契約は破談になりました。彼は打ちひしがれている、というのが正直なところです。契約にこぎつけようと必死でしたから。だまされて、裏切られたような気分なのでしょう。

ギプス（こちらも呼び方は同じです）がはずれたのは朗報です。誰かにサインしてもらいました？　保管してありますように。それから教会に入らなかったのはお見事。こちらではずっと断りにくいんですよ。みんな何かを信じているし、そうでないとしても信じているとは言いますから。でも、まだいろいろ大変なようで残念ですね。政府か自治体から金銭的な援助は得られないのでしょうか？　こちらはいまこんなふうに厳しい状況ですし。そんなふうに言って申し訳ない気持ちです。いったいどういう娘なのかしら？　とにかくおたがいもう少し考えて解決策を探してみましょう。

きっと電話しますね、あしたにでも。

いえ、ほんとに、今度こそかけます。時間帯の差を忘れてしまうのはお父さんだけじゃありませんから。

ジミーの一件がどうにか落ち着いて、そちらに行けるようになりますように。感謝祭のあとにでも。

それから、ええ、ローラはたしかに立派なお嬢さんですよ。

三人から愛をこめて

ベス　xx

フランクは返信した。

こんにちは、ベス、

起きているとは思わなかったよ。

どうか訪問ケアについて言ったことは忘れておくれ。もう大丈夫だよ。なんでもないのに大騒ぎしてしまった。おまえたちが踏ん張って立ち直ることのほうがよっぽど大事だ（折れたつま先や中足骨にかけた冗談ではないよ）。近々電話で話そう。まあ、こういうeメールのやり取りも会話みたいなものだが。事態が落ち着いてまた会えたらうれしいし、きっと落ち着くはずだ。おまえが言うように、感謝祭のあとにでも。

どうかジミーとローラによろしく。

父　x

感謝祭のあとにでも。感謝祭っていつだ？　それはクリスマスのアメリカ名じゃないのか？

フランクは図書館でインターネットにつながっていた。なんとか調べられないものだろうか。

感謝祭。クリスマス。ケリー・クリスマス。その言葉はオンラインショッピングサイトで自動更新されるフランクへのおすすめみたいだった――感謝祭がお好きな方は、クリスマスも気に入るかもしれません、クリスマスを見たお客様はケリー・クリスマスも見ています。

フランクは気づくと〈レモンズ・ケア〉のウェブサイトを開いていた。

ケリーは相変わらず体温計に温度が表示されるのを待っていた。相変わらずぴかぴかの青いユニフォーム姿でカメラに向かって微笑んでいる。

ページのいちばん上にある「費用はどのくらい？」をクリックした。連れていかれたページは、高齢者向けサービスの「費用はどのくらい？」ページのご多分にもれず、あらゆる手を尽くして返答を避けていた。フランクは行間を読んだ。

〈レモンズ・ケア〉は人は千差万別だと承知しています。

いくらかかるかをいま教えたら……

私どもの訪問ケアサービスはみなさんの個別のニーズやご要望に応じて手配されます。

……あなたはとても払えないと判断するかもしれない。

みなさんの個別の状況を理解したいと思いますし……

現実的にどこまで負担できるかを知りたいし……

……お世話をさせていただくご本人とご家族にお会いする時間をもうけ、そのうえで正確な費用についてご相談したいと存じます。

……それがわかったら、もう少し払ってもらえるようにしたい。

最初から正しく理解できますよう、〈レモンズ・ケア〉の新たなお付き合いを始めるにあたっては……

それだけの支払いを説得できるよう……

……まずあなたとご家族をご自宅にお訪ねいたします。

……部外者のいない、願わくは、階段のあるところで会えば……

そこであなたにはどんな介助が必要なのかを話し合いましょう。

……もうあなたは逃げられない。

二四時間対応のホットラインにおつなぎいただき、私どものケアアドバイザーとお話しして訪問のご予定をお決めください。


フランクは図書館を出て店が並ぶ一角に向かった。若干足を引きずっていたし、あの曲がった腕《ブーメラーム》も戻ってきていた。万が一、ジミーの契約が破談にならず、ベスが壮大な冗談を演じているとしたら、つまり、じつはずっとまえからこの国にいて、ドッキリをしかけにやってきているとしたら、ラグビーをプレーしたりヘリコプターからバンジージャンプをする姿をビデオに撮られる就労不能給付の請求者みたいにしっぽをつかまれたくはない。そこで、念のためベスが茂みの陰からクッキーの箱やエンパイアステートビルの模型や新しい認知症のリーフレットを抱えて飛び出してきた場合に備え、わざと足を引きずり、まだギプスをしているように腕を曲げていたのだった。

暑い一日で、フランクは上着を脱いだが、そのときも腕を慎重に袖から抜きながらまだ痛むかのように顔をしかめた。多少は、誰かに見張られていることを願う気持ちもあった。ベスとジミーとローラ、就労不能給付詐欺の捜査官、自警団の首領ヒラリーなど、誰でもかまわない。役者としての技量を褒めてくれる誰かに。

フルウィンド・フード&ワインの外のATMで銀行残高を確かめた。口座には三三ポンド九〇ペンス入っていた。電気代とガス代を滞納しているし、缶詰のスパゲッティも切れている。飢え死にも凍え死にもしないためには、分不相応の暮らしをするしかない。それに、もっと差し迫った問題として、ケリーとの時間が尽きかけている。まだ心の準備ができていない。

かすかなそよ風が髪をなびかせた。異常寒波の前触れだろうか。記録的に暑い春のあとに訪れる観測史上最悪の冷夏。もし氷点下の気温が一週間つづいたら、暖房手当てを政府からもらえる。訪問ケアをもう一回頼める額かもしれない。フランクはフルウィンド・フード&ワインに入り、三ポンド九八ペンスぶんの商品とスクラッチカードを買った。店を出るころには雪が降っていることを願いながら。

午前二時、フランクは眠れずにいた。ベッドから起き出し、入れ歯をつけ、水を一杯飲み、咳払いをして四〇年前ののどに戻ろうと努めてから、電話機を手にして〈レモンズ・ケア〉の二四時間ホットラインにかけた。

「〈レモンズ・ケア〉です。どうされましたか？」

「やあ」フランクはアメリカなまりで言った。ロンのものまねほど露骨にアメリカ風ではない。英国出身でアメリカに移住し、だんだん現地のなまりになった者――キャサリン・ゼタ＝ジョーンズとかルル風だった。「父のことで電話したんです。電話が迷惑な時間じゃなければいいのですが。こちらは午後六時五分過ぎです。アメリカのLAでは」

フランクは架空の息子を装い、電話口の女性に実の娘が言いそうなことを告げた。一連の料金を聞き出すためだが、そのまえに人を派遣されて直接ニーズを見積もられるのは避けたい。そこで、数千マイル遠方のロサンゼルスにいるので、そちらには行けそうにないと伝えた。そして父親の事故について話し、そういう老人はどんなサービスを利用できるのかと尋ねた。

女性は二、三質問をして、フランクに各種・各段階のケアがあることを説明した。

「それなら申し分ない」とフランクは言い、それから、ふと思いついたように――お金の問題じゃないとばかりに――尋ねた。「ボールパークの費用はいくらになります？」ボールパークの費用の意味をちゃんと知っているわけではなかったが、ベスや映画の登場人物が口にするのは聞いたことがある〔ballparkは「野球場」だが、北米を中心に「だいたいの」「概算の」という意味でも使われる〕。

女性から費用の見積もりを聞き終えると、フランクは礼を言ってまた連絡しますと伝えた。そして、凍えそうに寒い夏か、宝くじ当選か、腎臓売却の夢でも見ようとベッドに戻った。

また目が覚めたのは日曜日の最初のフライトがアリカンテへと飛び立つまえだった。シーラの古い深紅のアノラックを着こみ、ケリーの黄色いゴム手袋、ベスのピンクのスキューバダイビング用マスクとシュノーケルをつけて庭に出ていった。早起きの隣人がこのおかしな恰好のフランクを見たとしたら、こう思ったにちがいない。「健康的な食事と体と頭を動かしておくことが大事だとロンが助言しているのに、誰かさんは従わなかったようだな」

金銭問題を頭から振り払うために、フランクはついに映画館を建てるつもりになっていた。物置小屋の中身を閉じ込めているツタに立ち向かうまえに、まずメッシュのカーテンのように戸口にかかったクモの巣や網を突き破らなくてはならなかった。クモは怖くないが、クモの巣を髪から取り払うのに何時間もかかったり、うっかりクモを飲み込んで時間のかかる致死のサイクルにはまり、鳥、猫、犬、牛なんかを飲み込むはめになりたくはない〔「ハエを飲み込んだおばあさん（An Old Lady Who Swallowed a Fly）」というわらべ歌ではハエを飲み込んだおばあさんが、ハエをつかまえてもらおうとクモを飲み込み、クモをつかまえてもらおうと鳥を飲み込み……死に至る〕。だからアノラックのジッパーを閉め、しっかりマスクをつけてフードをかぶり、暑さと閉所恐怖を感じつつシュノーケルをつけて激しく息をしながら、クモの巣のカーテンに棒切れで攻めかかった。

これが〈オデオン・エンパイア〉のはじまりだった。ひとりの老人の夢と物置小屋。ひとりの老人の夢と、婦人物のアノラック、ゴム手袋、子供用のスキューバダイビングマスクと物置小屋。そして棒切れ。

クモの巣を払いながら、早くもフランクはプレミア上映の予定を立てていた。プログラムにはテーマをもたせよう。最初の一本は『恐怖の砂』〔原題は*Ice Cold in Alex*で、「アレクサンドリアで冷えたビールを」といった意味〕、つづいて『お熱いのがお好き（*Some Like it Hot*）』だ。映画の合間にはクラシックが静かに流れ、アイスクリームと電子レンジでできるポップコーンを出す。電子レンジはもっていないが買ってもいいし、映写機が見つかるまではDVDで上映すればいい。ちゃんとした座席が手に入るまで、観客にはガーデンチェアに座ってもらおう。

　もちろん、リスクはつきまとう。いざクモの巣を払ってツタを切りはじめてみたら、じつはそれこそがこの木造建築をつなぎとめていたのだとわかり、小屋が芝生に崩れ落ちてしまうかもしれない。でも、そういう〝グラスは半分空っぽ〟式の思考ではハリウッドは築けなかったはずだ。

　ツタを切るのに一時間以上かかり、さびた植木バサミは何度も持ち手の部分が重なって指がはさまった。それでもついに腐りかけた脚立とデッキチェアを解放したのだ。ツタの山が芝の上に三つでき、へとへとになったフランクは長い昼休みをとった。

　午後、小屋の残りの掃除に取りかかると、なくしたのを知らずにいたものや、持っていたとは知らずに保管していたもの、そもそもなぜ熱中したのかわからないものが見つかった。ひょっとして屋根裏がいっぱいになったからと、誰かがこの物置を使っていたのだろうか。見つかったものはほとんどどれも、さびているか壊れているか不備がある。芝地は、世界の終わりのあとに開かれたがらくた市《ブートフェア》さながらだった。

　翌日、ケリーがやってきたとき、がらくた市は店じまいの時間のような状態になっていた。品物をトランク《ブート》に積んでいた車や客、いい品物はなくなり、残っているのは、さびた園芸用具に短いホース二本、ゴム長片方、使いかけの壁紙のロール三本、カーペットの切れ端を詰めたレジ袋、車輪のきしむ赤いタータン柄の買い物カートとフレームだけになった日光浴用の寝椅子二脚のみ。

ケリーはつぶれて湿った段ボール箱をまたぎ、その箱に収まりきらなかったペンキの缶三個をよけて進んだ。歩く先には発泡スチロールの粒――小屋に住んでいたキツネかネズミがかじって吐き出したもの――が広がり、芝生を紙吹雪のように覆っていた。

フランクは窓際の定位置でジェイムズ・スチュアートのものまねをやっていなかったし、ケリーが到着するのを見ていなかった。物置小屋にいて、リチャード・ドレイファスになりきっていた。このとき専念していたのは、『未知との遭遇』でドレイファスが狂ったように、マッシュポテトやシェービングクリームでは果たせなかったデヴィルズタワーの模型づくりに庭にあったもので挑戦するシーンだった。フランクはもう物置に入っていたものを庭に出した。あとは全部二階に運んでデヴィルズタワーをつくればいい。

ケリーは天板の割れたベッドサイドテーブルやテレビのアンテナとリモコンが入ったレジ袋をよけて歩いた。小屋の扉が半開きになっていて、何やら動いている物音がなかから聞こえた。

「フランク?」彼女はそっと呼びかけた。どんな反応が返ってくるのか、それを考えるとちょっと怖い。「そこにいるの?」何もどかさずに近づけるところまで小屋に接近した。足元には段ボールのキャリーボックス、かご、ペット用のトイレがあり、鼻がむずむずして、くしゃみが出そうだった。

小屋から聞こえていた物音がやんだ。扉が開いてフランクが躍り出た。

「ジャジャーン!」フランクが言った。息は乱れて汗にまみれ、赤いアノラックに黄色のゴム手袋を身に着けている。女装しているのか、それともペンキ塗り用の作業台に襲われたのか。フランクが咳をして髪を手で整えた。ほこりとクモの巣、葉っぱのかすが落ちた。

「ヘアブラシを持ってきてくれただろうね」フランクは言った。

ケリーの笑い声か拍手を待ちかまえたが、どちらも返ってこなかった。

「こんなことしたらいけません」彼女が言った。「大変な事故から回復したばかりなのに」あきれたように首を振って歩きだし、庭のがらくたを乗り越えていく。破裂したサッカーボールを蹴り飛ばし、開いた玄関ドアからなかに入った。

フランクは作業台をたたんで芝生の上に倒すと、乾いた壁紙のりの塊がはねてほっぺたに当たり、もとからあった壁紙のりのにおいがますますきつくなった。

フランクは魔法の杖をひと振りして全部物置小屋に戻したかった。こんなことなら窓際に座ってジェイムズ・スチュアートのものまねをしていればよかった。フランクも破裂したサッカーボールを庭の反対側に蹴り、階段を上がっていった。ケリーはキッチンでプラスチックの洗い桶にお湯をためていた。

「座っていてください」彼女が言った。フランクはリビングに入っていき、肘掛け椅子に腰を下ろした。ケリーがやってきて、お湯の入った洗い桶をわきのテーブルに置いた。狭いフラットにしてはあまりにも急ぎ足だった。

「そのアノラック、脱ぐんですか?」ケリーが言った。まるでジャニスだ。フランクは捨てられた子犬みたいな顔でケリーを見た。わからない。ケリーはどうしてほしいのか? アノラックを脱いだほうがいいのだろうか? フランクは指示を待っていた。まちがったことをしてこれ以上怒らせたくない。彼女の顔がアノラックを脱ぎなさいと告げた。ケリーはアノラックを受け取ってソファの背にかけた。フランクはつぎの指示を待った。

「これは食器洗い用ですよね」ケリーが言った。「でもまずゴム手袋をはずしたほうがよさそうだから」

「ああ」フランクは史上もっとも色気のないストリップショーに出演する気分だった。力を振り絞ってゴム手袋をはぎ取ろうともがいた。物置の掃除をはじめたときの決然たる力はもうない。どっと疲れを感じた。スポッ！　ケリーに手をつかんで片方のゴム手袋を引っ張ってもらうと、やがて勢いよく抜けた。バットマンがジョーカーを殴るときの音がした。彼女はもう片方の手袋をはぎ取り、ふたつを丸めてひとつのボールにすると、バスケットボールの気分ではなかったのか、テーブルの洗い桶の横に置いた。

「腕を浸してください」彼女が言った。

フランクは腕を洗い桶のなかに沈めた。ツタの引っかき傷がちくちくする。ケリーは同情する気分ではなさそうなので口には出さずにおいた。

「今度は腕を動かして」

腕をさっと水面下で走らせると、洗い桶にツナミが発生し、お湯がテーブルにあふれた。

「そっと」ケリーが言った。

フランクはもっとゆっくりと腕を前後に動かした。

「どうですか？」

「ちょっと痛い。ずきずきする」

「平気ですよ。このまま五分くらい浸してください。動かしつづけて。これを一日に三回やらないと。病院で教わりませんでした？」

「教わらなかったと思う」

「何て言われました？」

「おぼえてない。リーフレットをくれたんだが、捨ててしまったようだ。また宗教の冊子かと思って」フランクは家を訪ねてきた看護師のことをケリーに話した。信じてもらえたとは思えなかった。彼女はキッチンに行ってフランクの朝食の洗い物をはじめた。洗い方がいつもより騒々しい。ジャニスに近くなっている。プラスチックの桶がなく、ナイフとフォークや陶器が金属のシンクにぶつかるせいでもあった。耳をつんざくほどの音ではない。ただフランクに自分はハッピーではないと知らせるには充分な大きさだった。

腕をお湯に浸して五分たったころ、ケリーが戻ってきて洗い桶をもっていき、今度は水でいっぱいにした。桶をテーブルに置いてフランクにまた腕を入れるように言った。キッチンからもってきたティータオルを半分にたたんでテーブルに置き、こぼれてたまっていた水を吸いこませた。

「怒っているんだね」フランクは言った。

「怒ってません」彼女はキッチンへ出ていき、ケトルのスイッチを入れるとすぐに引き返してきた。フランクの目の前に立った。言ってみれば、両手を腰に当てて。

「自分で自分の面倒を見ないといけないんです」彼女が言った。「骨折した腕からギプスがはずれてすぐに庭の物置を分解するなんて、自分の面倒を見ることじゃありません。それに腕がどうなったか見てください。わたしがきれいにしなきゃいけないんです。そういうことをするためにいるわけじゃないのに」

フランクは傷だらけの両腕を見た。

「ツタにやられたんだ」

フランクは叱られるのはいやだった。大嫌いだった。この年齢の人間が叱られていいはずがない。これにも放免される期日があっていい。バスの無料乗車証やテレビのライセンスの支給と同じ時期にすべきだ。

「わたしは怒っていません」ケリーが言った。「心配してるんです」彼女は腰を下ろした。フランクの腕をティータオルで拭き、脱脂綿とチューブ入りの軟膏を取り出して深めの引っかき傷をきれいにした。

「ほんとはあそこで何をしていたんです?」彼女が訊いた。そしてフランクは自分の夢のすべてを、『Xファクター』のオーディション参加者みたいに語りだした。

ずっと自宅に映画館を構えたいと思っていたこと、どんな外観で、どんな名前をつけ、どんな作品を上映するかプランを練っていたことを話した。防音装置や買うつもりでいる赤い座席の柄、欲しい映写機の型と速度について、そしてシーラが案内係としてチケットのもぎりをし、懐中電灯を持って座席に誘導する予定だったことを語った。それから寝室に行ってベッドの下から箱を引っ張り出し、映画館のスケッチを見つけた。それをケリーに見せた。

「シーラがいなくなって、情熱もなくなってしまったようだ。時間がたつうちに、小屋はごみでいっぱいになった」

ふたりはしばらく映画について、そしてフランクがケリーの年齢だったころからの世の映画館の変わりようについて話した。

「映画館にはもうめったに行かないな」ケリーが言った。

「うちのに来ればいい」

「何を上映するの？」

「きみの好きなものをかけてもいい。お気に入りの映画は？」

ケリーは考える時間などいらなかった。

「『ダーティ・ダンシング』」

「ああ、あれか、主役はたしか……」フランクはパトリック・スウェイジと言いたかった。その名前で合っているはずだったが、じつはバーナード・スウェイジとかパトリック・スネイズビーだったりして恥をかかないように用心した。

「パトリック・スウェイジ」ケリーが言った。

「……ウェイジ」フランクは彼女が俳優の姓を言っている途中で声をそろえた。「いい映画なのかい？」

「『ダーティ・ダンシング』を見たことないの？」ケリーの言い方は、こっちが雪や虹を見たことがないとでも言ったかのようだった。彼女は一〇分ばかり、この映画の素晴らしさや、折にふれて何度も見たことを語りつづけ、それからふと腕時計を見た。「ああ、いけない。ぜんぜん仕事をしてないのに。すみません。もう行かなくちゃ。お時間をむだにして、話してばかりで」彼女は立ちあがって荷物をバッグにまとめはじめた。

「話し相手がいるのはいいものだよ」フランクも椅子から立って彼女のあとからホールに向かった。

「戻っていてください。安静に」

「物置の戸を閉めないと」

「わたしがやります」

「いいんだ」とフランクは言い、彼女のあとから階段を下りて表の門まで出た。ケリーが垣根に立てかけてあるスクーターに目をとめた。

「あれはお孫さんが使っていたんですか?」

フランクはスクーターを見た。ハンドルについているピンクの飾り房がそよ風に静かに揺れている。

「私のだよ。買ったばかりでね」

「ミスター・デリク。わたしはどうしたらいいんです?」ケリーは門を抜けて道路を渡り、車のドアを開けると、乗り込むまえにこうつづけた。「腕がちゃんと治るまえに乗っているのを見つけたら、わたしがまた轢きますからね」

ケリーは車に乗ってエンジンをかけた。ステレオが鳴りだした。彼女は車の窓を開けた。

「ところで」と彼女が言った。「その眼鏡、いいですね」

「ありがとう」

「五歳若返りました」

「コンタクトレンズにすればよかったかな。きっと十歳若返る」

「もう壊れていますよね」

フランクは眼鏡の横の部分をさわった。「郵便屋のせいだ」

「誰ですって？」

「郵便屋！」

ケリーがいまにも発車させるかのようにエンジンを吹かしたが、ほかに言うことを思いついたらしい。

「来週はあの大きなスーパーマーケットに行きましょう。スパゲッティ缶以外のものを買いに」

「あの大きなスーパーマーケット？　行ったことがないんだ」

ふたりはエンジン音とケリーの車に流れる音楽に負けじと叫び合っていた。ちょうどケトルが沸騰していたときのように。

「スーパーマーケットに行ったことがない？」

「いや、あるよ。でもあの大型店はない。バスに乗っても終点まで行ったことがなくてね。ジム・ラヴェルみたいなものさ」

「誰？」

「ジム・ラヴェル。月に二回行って着陸しなかったただひとりの男」

「宇宙旅行に詳しい？」

「『アポロ13』を三回見た」

ケリーがエンジンを吹かした。「遅刻です」と叫び、もう一度エンジンを吹かすと車ががくんと芝地から道路に下り、フランクはもちろん、きっとフランクとケリーの大声に引き寄せられた隣人たち全員の視線の先で、青い小型車は行きつ戻りつしてギアをきしらせたが、そのうちケリーが目当てのシフトを見つけてホーンを鳴らし、フランクは走り去る彼女を見送った。新しい眼鏡のおかげで、彼女の姿は道路の突き当たりで右折して消えるまで見えていた。

ここでぐっと目を凝らしたら、あの角を曲がったあとも彼女が見える気がした。スーパーな能力をもっているかのように。フランク・デリク。スーパーマン。弾よりも速く、力は機関車より強く、高いビルもひとっ飛びするのを邪魔するものは、建ち並ぶ平屋のみ。

22

アルバート・フラワーズはフルウィンド＝オン＝シーの〈花ざかりの村〉トロフィー獲得作戦を推し進めていた。彼の名前は花が好きだからといってフランクがでっちあげたものではない。ただ、このフルウィンド＝オン＝シーの公報の編集人はたしかに花が好きだった。花屋のオーナーで、いつも花柄の蝶ネクタイをしてカーネーションかチューリップを上着のボタンホールに挿しているし、結婚した相手の名前はローズとくる。だが彼の名前はただの偶然、あるいは僥倖《セレンディピティ》だった。

このフラワーズこそ、去年の大会のまえに庭の冷蔵庫についてフランクに手紙をよこした張本人だった。昨年、フルウィンドは四位に終わった。アルバート・フラワーズとしては同じことを繰り返すつもりはない。コンテストの本番が近づき、彼は一日の大半を費やして村を歩きまわり、庭を視察して写真を撮ったり音声レコーダーに向かって話したりしては、帰宅後に芝生の長さやレイランドヒノキの高さについて丁重な手紙を住民に宛てて書くのだった。

フラワーズはフランクのフラットの外の道路べりに立っていた。靴にできたかすり傷が芝生の葉に覆われている様子から、芝生が長すぎるとわかった。これについてもあとでフランクに訊いてみよう。まずは前庭に散乱したがらくたの件からだ。

「なるべく早く撤去していただけたら助かるんですがね」フラワーズはそう言ってつくり笑いを浮かべた。

　フランクは顔を上げ、ごくわずかな表情の変化で挨拶を返そうとした。いまは全身全霊を注いで重い石の車止めを持ちあげようとしている。もし眉毛を吊り上げすぎたら、ずっしりしたコンクリートの塊を落として足の指をもう一本骨折しかねない。まさしくそうしようかと検討したことは、もちろんあった。車止めを足の上に倒し、新たに足の指か中足骨を一本折ったら、ベスは追加の訪問ケア数か月ぶんの費用をどうにかして工面せざるをえないだろう。それから、ミルクフロートの前に飛び出すとか、新聞を取りにいく途中で階段を転げ落ちることも考えてみた。ベスにはこう言えばいい。新聞を取りにいったのは一面の日付を声に出して読むためだが、そうするようにとロンが言っていたリーフレットはおまえが送ってきたものだと。とすると、ベスのせいのようなものだから、きっと娘はひどく恐縮してなんとか費用を算段するだろう。

　前日にケリーが車で去ってからというもの、フランクはこのことでほとんど頭がいっぱいだった――どうしたら彼女はこれからも通ってくれるのか。彼女が訪問してくれるからこそ、朝に起きる理由があると感じるようになった。グラスは半分埋まっていないとしても、断じてそれ以上空にはなっていない。ゆっくり歩くだけでいるのはもうやめた。何しろギアはもっとあるのだ。また走ったり誰かを殴ったりできそうな気がするし、軸つきトウモロコシを食べながらトランポリンのお城で飛び跳ねることもできるだろう――そして映画館をつくることも。ガムを嚙んだりトゥイックスを食べたりすることだってできそうだ――ひょっとしたら、〈ヨーキー〉や〈トブラローネ〉だっていけるかもしれない。また鏡に映った自分に話しかけたり、サンドイッチのカビを取ったり懐中電灯の明かりでおしっこをする気にはまだまだなれなかった。

〈レモンズ・ケア〉ホットラインの女性はどのくらい費用がかかるかを教えてくれた――追加の訪問一二回は三〇〇ポンド、二四回は六〇〇ポンド、つまり丸一年ぶんなら一二〇〇ポンドだ。さらに会員出資金として一二五ポンドがかかる。

「それから、もちろん」とその女性は言っていた。「レモンズ住み込みサービスもございます。こちらは六か月で五五〇〇ポンド。プラス、通常の会員出資金と諸経費となります」〝住み込み〟という言葉を聞いたとたん、フランクはなんとしても五六二五ポンドを調達しなくてはと考えずにいられなくなった。額はべつに問題ではない。どのみちもっていないのだし。

〈レモンズ・ケア〉に電話をしてからというもの、フランクのテレビはますます番組の合間に直接語りかけてくるように思えた。「借金がある?」とテレビは言った。「すぐに現金が必要ではありませんか?」

「そうだ!」フランクは声を張りあげた。「そうとも!」

「お金の悩みを抱えているのでは?」

「ああ、そのとおり!」フランクはテレビに向かって叫んだ。朝、新聞を拾いあげれば、お金を手に入れる方法を売り込むちらしがこぼれ落ちる。金《きん》を現金で買い取りましょうというのだ。衣類を現金で、携帯電話やCDなどなどを現金で。

そんな考えを振り払おうと、フランクは物置で見つけたペンキでフラットの外の芝地にあるコンクリートの車止め三本を塗ることにした。まずはフルウィンドを襲った小さな犯罪の波以来、倒れたままの車止めを元の位置に戻さないといけない。これが数週間前だったら、腕にギプスがはまっていないにもかかわらず、そんなことに挑戦する力もうぬぼれもなかった。

当時のフランクはクラーク・ケントでしかなかった。

重いものの持ちあげ方について人生の折々で耳にしたことを思い出し、フランクは足を車止めの両側に置いて膝を曲げ、オリンピックで見た重量挙げ選手たちのように背筋を伸ばして前方をまっすぐ見すえた。そして両腕で車止めを抱え、深く息を吸ったところで、アルバート・フラワーズがやってきたのだった。

「ただし、大会はもうすぐです。審査員がこの村を端から端まで歩くわけですよ」

フランクは車止めにしがみついたまま相手を見た。もしかしたら、このフラワーズに融資を頼めばいいのではないか。庭を片づける見返りとしてささやかな額を。賄賂。ゆすりか。〈花ざかりの村〉のトロフィーはアルバート・フラワーズにとってどれくらい価値があるのだろう？　そしてフランクは考えた。この花屋本人にはどれくらい価値があるだろうか。フラワーズが着ている服をチャリティショップのおばあさんたちが死んだ男のスーツでやるように値踏みした。スーツは誂えたものだ。ツイード。シャツはサヴィル・ロウで仕立てたのだろう。靴もすり減ってはいるが高級だ。フランクはアルバート・フラワーズをカツアゲしたかった。

車止めから手を離して立ちあがった。「どれか買っていかないかね？」

「何とおっしゃいました?」フラワーズが訊いた。

フランクは開いた手のひらをさっと振り、芝生の上のがらくたのコレクションを示した。

「古い自転車の車輪でも? タイヤはぺしゃんこでゴムはぼろぼろだし、クロムの表面は多少さびているが、一〇ポンドでどうかな? 頼むよ。この余った壁紙とかカーペットの切れ端だったらいくら出す? ホースは? ゴム長片方は? そうだな、あんただったら、全部で五六二五ポンドこっきりで手を打ってもいい」

「おや。こちらは売っているのですか? たしか条例では認められていないのではないかと——」

「売っているわけじゃない。冗談だよ。さて、こちらも少々忙しくてね。これを持ちあげたら、庭を掃除するとしよう」

フラワーズは重そうな車止めを見て、手伝いを申し出ようかと思ったが、やめておいた。「なるほど。おまかせしましょう」

フランクはさよならを告げた。すでに車止めをまたぐ位置につき、持ちあげる体勢に入っていた。しっかり抱きかかえて手前に引き上げると、車止めは案外あっさりまっすぐに立った。左右に揺らしながら、あるべき場所まで戻していった。ワラジムシたちが車止めの下におさまったのは、フランクが表の門から家に引き返すよりも早かった。

昼食後、フランクは物置で見つけたペンキの缶を開けた。白いペンキはすっかり乾ききっていたので、車止めをヒマワリ色に塗った。ベスの寝室の家具と同じ色だ。つやありの塗料だった。フランクはいまや、シー・レインではほかにない、輝くヒマワリ色の車止めの持ち主になった。ヒマワリだ。アルバート・フラワーズも喜ぶだろう。

THE EXTRA ORDINARY
LIFE OF FRANK DERRICK,
AGE 81

23

『インディ・ジョーンズ／ソファと肘掛け椅子のクッションに埋もれたコインの探索』はシリーズ中最悪の駄作で、興行成績も最低だった。フランクがリビングのクッションの下に見つけたのは八ペンス。さらにスラックスとジャケット全部のポケットを探り、空洞の磁器の置き物を片っ端から揺らしてティーポットのふたを持ちあげ、花瓶を覗いた結果、合計一ポンド七ペンスが集まった。キッチンの引き出しにある電卓に電池が入っていたら、ケリーの時間にして二分五六・八秒ぶんに相当すると計算できただろう。それだけあれば、キーボックスから鍵を取り出して階段をのぼるくらいはできる。

フランクは食器棚と引き出しをあさって金か銀でつくられたものを探し、明かりにかざして純度証明の極印《ホールマーク》は押されているか確かめた。結果、フランクのフラットに名前をつけるとしたら〝黄金郷《エル・ドラード》〟はありえないとわかった。マントルピースの上のそろいの装身具箱ふたつのふたを開けたが、中身は装身具ではなく、シャツのボタン二個とコイン一枚が入っているだけで、そのコインは古すぎて通貨として使えず、おまけに収集価値があるほど古くもなかった。フランクは映画でよくやるように、そのコインを噛んで金かどうか確かめようとした。わかったのは、もっと強力な入れ歯安定剤が必要だということだった。

フランクはリビングの机の前に座り、引き出しを開けた。シーラの古い財布を取り出し、開いてみた。なかには五ポンド紙幣が一枚、それだけあれば髪にブラシをかけてもらう時間の料金を払えるといいたいところだが、これは旧五ポンド札で、流通から排除されて久しく、しかも収集価値があるほど古くもない。フランクは五ポンド札を財布に戻して引き出しにしまい直した。妻のお金を使えないことには、ほっとするところもあった。

フランクはケリーがブラシの毛から抜き取って丸めた髪の塊に目をやった。机の引き出しの底、薄茶色の木材の上に置かれたミミズのふんみたいだった。その髪を拾いあげ、手のひらにのせた。そしてじっと見つめた。魚のかたちをしたセロファンの占いみたいに丸まったりくねくねうねったりして、自分が嫉妬深いか、気まぐれか、ロマンチックかボンクラか教えてくれるかのように。

フランクは髪を机の引き出しに戻した。

〝即席現生《インスタント・スポンドゥリクス》、一〇分で給料《ペイデイ》担保ローン〟と記されたちらしをポケットから取り出した。若い夫婦の写真が載っている。夫は〈インスタント・スポンドゥリクス〉に電話をかけているところだ。妻が見守っている。ふたりとも笑顔だった。夫は笑い声まであげている。お金の悩みを抱えた人たちは、弱っている人や死にかけている人が階段リフトや葬式について感じるよりさらにうれしいらしい。フランクはちらしに記された電話番号にかけた。男が出た。お金を借りたいんだが、とフランクは伝えた。

「おいくらですか？」男が訊いた。

「いくらまで借りられるのかね？」

「五〇〇ポンドです」

「えっ」フランクはもっと借りられるものと思っていた。「その金額をお願いできるかな？　五〇〇〇ポンドを」

男はフランクから細かな情報を聞き取り、長々とした契約条件を牛の競売人ばりの早口で読みあげると、一〇分後に折り返し電話すると言った。

フランクは電話のそばで待った。

フランクは昔からお金のやりくりが得意ではない。

シーラが生きていたころは、いつも彼女が支払いをしていた。銀行の取引明細書を開封して目を通すのも、スーパーマーケットを出るまえにレシートと買い物袋の中身を照らし合わせるのもシーラの役目だった。フランクが請求書を開封するのは、封筒の表に赤字が印刷されるようになってからだったし、銀行の取引明細にいたっては封を切ったこともなかった。レシートは見ることもなくくしゃくしゃに丸めた。店で商品の値段を見たこともなかった。牛乳一パイントやパン一斤の値段については、高等法院の判事よりも疎いくらいだった。

シーラがいなくなると、フランクはたちまち墓穴を掘り、チャリティショップで買った価値のない小物や見ることのできない一六ミリフィルムをその穴に入れていった。そしてその穴に飛び込んだのだ。だから電話が鳴って〈インスタント・スポンドゥリクス〉の男から申請は却下されたと言われたときも、フランクは驚かなかった。電話を切ってニュースを見た。またしても年金生活者／老人病棟／認知症／貧困／強盗特集だった。フランクはテレビを切ると腕立て伏せを七回やり、スクーターに乗って出かけた。

フランクはシー・レインを疾走し、飛ぶように〝爪切りばさみで芝を刈る男〟や〝車を洗いすぎる男〟の前を通過した。〝ごみ拾い〟のそばで車体を横すべりさせ、チョコレートの包みを彼女の先の尖った棒の届かないところへ吹き飛ばした。店の並ぶ一角までの緩やかな下り坂でスピードが増し、小さな車輪のライトが光り、ハンドルの飾り房が長い銀白色の髪とともに翻る。すれちがう誰もが足を止めて振り返り、飛ぶように過ぎ去るフランクを見送った。

「どうした？　八十一歳のスクーター乗りを見たことないのか？」フランクは叫び、笑い声をあげた。

そんなわけがない。

どうしたら両足を地面から離してもスクーターを転倒させずにすむのか、フランクはそのコツがなかなかつかめなかったし、車輪のライトを点灯させるのに必要な時速一マイルに達することもなかった。店までの道のりは、子供のスクーターを抱えた親たちのように、もっぱらスクーターを運んでいった。

フランクはスクーターをチャリティショップのウィンドウに立てかけ、なかに入った。店内には客がふたり、どちらもカウンターで支払いを待っている。フランクは商品を見てまわった。ブタの貯金箱を手に取り、軽く振ってみたが、音はしなかった。嗅ぎ煙草入れの底や婦人用腕時計の裏にホールマークを探した。ほかの客が支払いを済ませて出ていくと、フランクはカウンターに向かった。

「ウィンドウの掲示のことなんだが」とクリスマスカードのパックに小さな値札を貼っている女性に話しかけた。「求人の」

「ジューン」女性が呼びかけた。「こちらの紳士がお手伝いしてくれるそうよ」そしてフランクのほうを向いた。「ジューンが対応しますので」女性はクリスマスカードの値札貼りを再開した。

「ありがとう」フランクは言った。

カーテンの奥の倉庫から甲高い笑い声が聞こえた。このチャリティショップではいろいろなスタッフが働いている。同じ人に二回応対されることはめったにない。それに店の配達バンを運転するチャックル・ブラザーズもどき以外、男性スタッフを見たことがなかった〔チャックル・ブラザーズは英国の人気コメディアン。長寿子供番組*ChuckleVision*では四輪自転車を運転していた〕。ここで働くのは毎日八時間、大きなセインズベリーズ行きのバスで何度も往復するようなものだろう。

「月曜の午前中は働けないいんだが」フランクはカウンターの女性に言った。

「ジューンが対応しますので。ジューン」と女性は呼びかけた。「こちら、働けない日があるって——いつでしたっけ？」

「月曜日」

「月曜日は働けないって」女性は大声で言った。

「の午前中。月曜の午後は働けます」

「の午前中。こちら、午前中は働けないって」

「月曜の午前中。月曜の午前中だけ」

フランクは待った。客がやってきては帰っていく。ジューンは実在するのだろうかと気になってきた。もしや店と倉庫を仕切るカーテンを開けたら、ジューンの骸骨がロッキングチェアに座っているのではないか。

「少しばかり臨時収入をと思ってね」フランクは気まずい沈黙を埋めようとして言った。女性はうなずき、クリスマスカードの値札貼りをつづけた。

フランクは店内を見まわした。あのガラス張りのキャビネットに飾られた東洋の壺のなかにコインは入っていないだろうか。ここで働くことになったら、キャビネットを開けて手を壺に突っ込み、確かめてみよう。

「これはチャリティだって、おわかりですよね?」カウンターの女性が言った。

そう、当たり前だ。チャリティショップ。ボランティア。なんてばかなんだ。チャリティショップの仕事で給料をもらおうとするなんて。

「ジューンはもうすぐ出てきますから」女性が言った。だがフランクはすでにじりじりとドアに向かっているところだった。

「あ、いや、もう行かないと。いま思い出したんだが、このあと……」用事があるふりをしようとしたが、何も思いつかなかった。「また来ます。どうも」フランクは店から出ると、スクーターを持ってとなりのフルウィンド・フード&ワインに行き、何か仕事はないかと尋ねた。

「履歴書を持ってきてもらわないと」レジの男が言った。

「履歴書？　ああ、そうだね、もちろん」フランクは言った。「あとで持ってこよう」そしてスクラッチカードを二枚、買い求めた。

「貯めるには投資しないとねえ」レジの男は、そう言ったのは自分が初めてだとばかりにご満悦な様子だった。フランクは店を出て、スクーターを抱えて家路についた。〝ごみ拾い〟と〝車を洗いすぎる男〟、〝爪切りばさみで芝を刈る男〟の前を通り過ぎた。彼らは老後のプランを考えていた人たちだった。フランクは車をもっていないし、芝生は長すぎてはさみでは刈れないうえに発泡スチロールで覆われているし、散乱するがらくたは大きすぎて尖った棒の先端で仕留められない。ここにいるのは隠退して持ち家に暮らす、住宅ローンを完済した、個人年金プランのある人たちだった。彼らはたぶんどこに、どのように埋葬されるかを知っている――簡素《シンプル》、伝統《クラシーク》、壮麗《スパーブ》、極上《ロワイヤル》。履歴書を書く必要がない。七十過ぎで履歴書を書いたことのある者がどこにいるのか？

　フランクはつべこべいわずに仕事に就いた時代の人間だった。人は学校に行き、学校を出て、就職した。フランクも過去にいろいろな仕事に就いたが、これが天職だと思えるものはひとつもなかった。鋳掛屋《ティンカー》でも、仕立屋《テイラー》でも、兵隊《ソルジャー》でも、船乗り《セイラー》でもない。そんなスモモの数え歌で占う職業のどれにも当てはまらなかった。履歴書にはどう書けばいい？　フルウィンド・フード＆ワインの嫌味な若いレジ係は、もう存在しない会社の嘘くさい職種のリストをどう思うだろう？　ロンドン交通のバスの車掌。ガス局の電話交換手。レディオ・レンタルズのテレビ修理人。どうせなら木星の公証人補佐という職歴を書いてやろうか。

あの嫌味な男とその商売道具のレジもいずれそのリストに加わるだろう。大型スーパーでセルフサービスのレジが一台開設されるたびに、連中は少しずつお払い箱に近づいていく。同じことはチャリティショップの女性たちやフランクを轢いた牛乳屋にも当てはまる。牛乳屋も電気自動車もいずれ絶滅するドードー鳥なのだ。あのギプスをのこぎりで切断し、神について説いた看護師もしかり。きっとどちらの任務も機械やコンピュータがやるようになる。

もう少しで家に着くというころ、若い女性が近づいてきた。フランクが名づけるなら〝五種類の犬を散歩させる娘〟だった。わきに寄って彼女と五種類の犬に道を譲ろうとすると、女性も同じ側に寄った。たちまち犬たちは混乱に陥り、ばらばらの方角に歩いたせいでリードがフランクの両脚とスクーターに巻きついた。犬たちが一斉に吠えだして女性は謝り、犬をなだめてリードをフランクの脚からほぐそうとする。フランクはリボンを巻きつけられた五月柱《メイポール》の気分だった。そしていまは六月。今月の犬はテリアだった。ケリーの訪問も残すところあと三回で、七月を迎える――ロイストンこと、ノミに咬まれた疥癬持ちの雑種の月を。

金曜日、フランクは〈ヤードセール　本日昼12時〉と紙に書いて門に貼りつけた。アルバート・フラワーズから得たアイデアだった。全部を物置小屋に戻すかわりに、売ってしまおうというわけだ。どう見ても売れそうにないものは邪魔にならないように片づけておいた。ツタはまとめて、ぼろぼろのカーペットやベッドサイドテーブル、赤いタータン柄の買い物カート、寝椅子二脚といっしょに物置のわきに置いた。よれよれの段ボール箱はごみ容器に詰め込み、ゴム長は庭を隣家と仕切るフェンス沿いの伸びすぎた茂みに放り込んだ。梯子は物置に立てかけた。それ以外のさびた園芸用具、ゴルフボール、船の絵、テレビのアンテナとリモコンを売り物にする。

折りたたみ式の作業台を立て、脚をロックした際に指が蝶番にはさまった。もともとこれはベスの寝室に壁紙を貼るために買ったものだった。テーブルのどちらの面にもまだのりの跡がある。当時、部屋の寸法を測っていなかったので壁紙を買いすぎた。作業を終えたとき、使いかけのロールが三本残ったが、何年も暗い小屋に保管されていたせいか、模様は新品同様だ。もう一度だけ、このテーブルを使った記憶がある。ベスの誕生日パーティで料理を並べたときのことだ。

小屋にあったものをテーブルの上や横に置くと、フランクは屋内に戻り、ほかに売れるものはないか探してみた。ティーセット、ワイングラス数個、本数冊、卓上ランプ、カーペット掃除機、パン入れ。DVDで買い換えたビデオもすべてより分けた。もう再生装置はないし、同じ映画のDVD版をもっていても、やはりビデオテープを手放すのは忍びない。無料の電球をキッチンの食器棚からごっそり取り出して袋に入れ、庭に持って出た。チャリティ団体から送られてきた未使用のクリスマスカードが一式見つかったので、それもテーブルに置いた。テーブルの上に並べたチャリティコーヒーマグをチャリティボールペンでいっぱいにし、そのわきの紙に「1本10ペンス」と書いた。もし時間の余裕と水差しがあったら、映画で見るヤードセールにつきもののレモネードをつくって売っているところだった。

午前一一時五〇分、フランクは緑色のエプロンをつけた。前ポケットがついているからだった。

猿のスウェットパーカを着たケリーが頭に浮かんだ。そのポケットに小銭を入れ、テーブルの奥の位置につき、押し寄せる人波に備えた。

すぐにフランクは思い知った、フルウィンド・フード&ワインにしろチャリティショップにしろ、自分が店員になっても長続きしない。客はバカばかりだ。一般市民はうっとうしい。このヤードセールで全額払おうとする者はひとりもいなかった。みんなイスタンブールの裏通りのバザールと勘違いしているのだ。

「五〇ペンス？　二〇ペンスでいいでしょう」

「いくらで売ってくれる？　おいおい、全部で一ポンドだろ」

それから質問も飛んでくる。

「クラブはありますか？」

「いいえ」

「ゴルフボールだけ？」

「そう」

「クラブが欲しいんだよなあ。このボールはいくら？」

「ひとつ一〇ペンス」

「五〇ペンスで箱ごともらうよ」

「ビデオテープだけ？　DVDは？」

「ビデオテープだけ」

「うちにはもうビデオデッキがなくてね」

「このランプはつきます?」

「ええ、つくと思いますよ」

「つくと思います? 見せてもらえますか?」

「家のなかでコンセントにつながないと」

「持ち帰って、つかなかったら返品してもいい?」

「そうですねえ」

「これは何?」

「パン入れ」

「差し込み式の電球はないの?」

三時間後、ビデオはなくなり、〝爪切りばさみで芝を刈る男〟が熊手を買っていった——彼は売りに出していたティーセットは自分がチャリティショップに寄付したものだと確信していて、たしかにそのとおりだったのだが、とにかくそのティーセットも買っていった。ヒラリーこと自警団の首領も見回りにきたが、何も買わなかった。ランプを持ち帰った男は、つかなかったからといって返品してきた。

フランクが門の貼り紙をはがして店を閉めたとき、エプロンのポケットには二六ポンド一九ペンスが入っていた。そのうち三ポンドは初めから入れておいたつり銭用の硬貨だった。大成功だったとはいえない。あまり人が来なかった。テレビでスポーツ中継があったか、買い物するには暑すぎたのだろう。水差しにレモネードをつくるべきだった。酸っぱい思い《レモン》は八一年にわたってためこんできた。あとは水差しがあればいい。

24

THE EXTRA ORDINARY
LIFE OF FRANK DERRICK,
AGE 81

フランクぐらいの年格好の男が大きなセインズベリーズ行きのバスに乗り、鞭打ちの刑を受けながらいちばん後ろの席に向かった。ドアが閉まってバスが動きだしたとき、フランクの目には、後ろの窓越しに助けを求めて声のない叫びをあげる男の顔がエドヴァルト・ムンク回顧展のポスターみたいに見えた。

フランクはバスの後ろの車に乗っていた。カーラジオはがなりたてるコマーシャルの五分めに突入している。フランクはＣＭが嫌いだった。とくに、うるさいＣＭが嫌いだった。テレビのリモコンの消音ボタンなら、突撃ライフルの掃除をする海兵隊員みたいに目隠ししてでも見つけられる。どのみち、うるさいテレビＣＭはフランクに向けられたものではなかった。音を下げたところで素晴らしい提案や奇跡の新薬を逃すことはない。フランクの人生に欠けているもの――借金や失禁からの解放とか階段を上り下りするときの介助とか――を訴えようとするＣＭは、もっと穏やかな語り口だ。車のラジオからわめき散らすＣＭはヘアジェルや携帯電話、ポップミュージックにヨーグルトのものだった。でもきょうのフランクは気にならなかった。正直にいうと、ろくに聞いていなかったのだ。頭のなかで繰り返し鳴りつづける歌のせいで。

フロントシートに座る。

ケリーとぼく。

D・R・I・V・I・N・G。

前のバスが離れていくのをフランクが見ていると、ケリーの車のダッシュボードの上でフラダンサーが踊りを再開した。ダンサーの横では〈訪問介護中〉の札が店の〈準備中〉の札のように裏返しになっているが、こうして車でフランクを連れ出すことも厳密にいえば訪問だった。車が角を曲がって午前なかばの低い太陽に向かうかたちになり、フランクはまぶしさに目を細めた。ケリーが腕を伸ばして日除けを下ろしてくれた。

「ありがとう」

日除けの裏に小さな長方形の鏡がついていて、フランクはそこに映った自分をじっくりチェックした。きょうのケリーは小さな眼鏡修理セットを用意してやってきた。彼女はフランクのベルギー人建築家風眼鏡のアームに世界最小のドライバーで新しいねじをはめこんだ。レンズクリーナーをスプレーし、小さなグレイの布でレンズを磨いてくれた。

車がグレイフリック・ハウスの前に差しかかり、フランクは顔を上げてスメリー・ジョンが窓のそばにいないか確かめた。ジョンにはケリーと車に乗っているところを見てもらいたい。でも窓は遠すぎた——犬のふんが詰まった買い物袋が外の木の枝から旗のように下がっているのは見えたけれど。

ケリーがまた角を曲がると、〝二四時間スーパーストア〟の看板が見えた。その看板を過ぎ、少し進んで右に折れたところにダイアモンド・ドッグズ&ラヴ・キャッツの建物がある。ケリーがセインズベリーズへの曲がり角で車を停め、若い家族連れに道を譲った。ふたりの子供の年長のほうが段ボール箱のキャリーボックスを抱えていた。ビルが入っているのではないかとフランクは思った。はたしてビルの新しい家族はどんな家族なのか、ビルにふさわしい人たちなのだろうか？　あの箱のなかにビルがいるのだとしたら、引き取られる先はどうかいい家庭であってほしい。できることなら車から飛び降りて、家族連れを呼び止め、箱のなかを見せてもらいたかった。そうすれば、すぐに見極めがつく。猫の飼い主としての責任を自覚しているのか、猫はクリスマスのためにいるわけじゃないとわかっているのか。まだ六月ではあるにしてもだ。一家が道路を渡り、ケリーが車を大型スーパーの入り口の道に進め、ガソリンスタンドを過ぎて駐車場に入った。駐車場はふたつのフロアにわたっていて、下の階は満車だったため、ケリーは傾斜路を登って上の階に車を駐めた。

ケリーが車を手洗いしようと持ちかけてきた男と話しているわきで、フランクは必死に介助なしで助手席から降りようとし、痛みに音をあげまいとしていた。けさ起きたときから胸の上の部分がうずき、それがまだ消えていない。初めは心臓発作か脳卒中かと思った。そのときすぐに頭をよぎったのは、そのどちらかだったら、回復期に介助が必要になるということだ。眠っているあいだに死にかけて、かえって喜んでいるのか？　両腕をベッドカバーから上げて、「ハロー」と言ってみた。脳卒中についてそれくらいは知っている——腕が上がらなくなるとか呂律がまわらなくなるといったことだ。どうやら脳卒中ではないようだった。ベッドのなかで体を起こしても床に倒れ込むことはなく、心臓発作でもないと判断した。

このところ張り切りすぎたのだろう。この一週間には、重い石の車止めを持ち上げてペンキを塗り、庭の小屋を空っぽにし、スクーターを抱えて店まで往復して、五種類の犬のためにメイポール役を務めた。それからヤードセールを開いた。そしてあの腕立て伏せ七回だ。こんなに忙しかったためしはない。

ケリーが洗車をもちかけてきた男にけっこうですと断り、フランクは彼女のあとから駐車場を歩いていった。自分はスーパーマーケットの駐車場で洗車するには年寄りすぎるだろうか。男の防水ジャケットに書いてある業者名と電話番号を暗記し、あとで電話して仕事の空きはないか訊いてみよう。

「六二三、四五五六」とつぶやきながら洗車業者の電話番号を記憶にとどめようとした。「三二五」。だが、駐車場の下の階に向かう大きな銀色のエレベーターに乗るころには番号を忘れていた。業者のジャケットに書いてあった名前も「なんとかウォッシュ」としかおぼえていなかった。

ケリーが一ポンド硬貨を錠に投入してショッピングカートの列から一台引っ張り出した。それを前後に動かして車輪に問題はないか確かめると、ふたりでドアを抜けてセインズベリーズに入っていった。

『ブレードランナー』。

フランクはそう言いたかった。

まるで『ブレードランナー』だ。

店は広大だった。あまりに広くて、仮に向こう端があったとしても、フランクには見えなかった。広さはサッカーのピッチ何面ぶん、高さは二階建てバス何台ぶんあるのだろう。店の真ん中に動く歩道があって、家具や電化製品、玩具を売っている三階まで通じている。店内はひどく明るく、カラフルな看板がいたるところに掛けられ、商品や値引き、特売情報を紹介している。店内アナウンスの合間に音楽が流れているが、あるいはその逆なのだろうか。宣伝や業務アナウンスのほうが音楽よりもうるさくて長く、ケリーのカーラジオのCMさながらだ。フランクは気にならなかった。新曲ができたからだ。

大きなセインズベリーズで。

ケリーとぼく。

S・H・O・P・P・I・N・G。

「七〇番通路を整理してください」とアナウンスがあった。

通路が七〇もある！　フランクは思った。普段買い物をする店より六九も多い。しかも通路は広く、二階建てバス二台分の広さがあって、フルウィンド・フード&ワインの全体より広い。惣菜売り場や魚売り場がある。肉屋にパン屋、たぶんろうそく屋もあるだろう〔マザーグース「ラバダブダブ（Rub-A-Dub-Dub）」に「肉屋にパン屋にろうそく屋」が登場する〕。店内の薬局では女性が腰掛けに座り、白衣姿の女性に眉毛を抜いてもらっていた。

フランクもけさ眉毛を抜いたところだった。まさか自分がそんなことをするとは思っていなかった。シーラやベスがやっていた記憶さえない。鼻毛を抜いたときよりくしゃみが出た。セインズベリーズの腰掛けの上の女性はくしゃみをしていない。きっと単に一本つまんでうまくいくよう祈る以上の技がいるのだ。

ふたりは店内を歩き、雑誌や煙草、花の前を通過して、三つの通路にわたる青果売り場のひとつめの通路に差しかかった。

「果物は？」ケリーが言った。「リンゴ？　オレンジ？」

「そうだなあ……」

たくさんあって選べない。なかにはフランクが知りもしない果物や野菜もあった。まるで別の惑星を舞台にしたＳＦ映画の小道具みたいだ。フランクは袋に入ったオレンジをカートに入れた。ケリーがすかさずそれを取り出して棚の奥底にあったオレンジと交換した。そしてフランクにラベルを見せた。

「こっちのほうが二日新しいの」

マメやエンドウの缶詰が並ぶ通路でフランクは棚の上に手を伸ばし、スパゲッティの缶詰を取った。

「缶詰スパゲッティ？」ケリーが言った。フルウィンドの小さな店に行ったときと同じ食品を選んだことにがっかりしている。「スペインへ休暇に行ってもフィッシュ・アンド・チップスを食べるの？」

「スペインには行ったことがない」

ケリーはスパゲッティをカートから棚に戻した。「せめて節約しなくちゃ」と、四缶入りのパックを棚から取ってフランクに値段を見せた。それをカートに入れ、棚からもうひとつ四缶パックを取った。

「スパゲッティはそこまで好きじゃないな」フランクは言った。

「ひとつ買うと、もうひとつついてくる」とケリー。

ふたりで巨大な店舗を歩き、ケリーはフランクに特売品やお買い得品を見せてまわった。フランクはふだん食品の値段を見ない。棚から取ってかごに入れるだけだ。それもお金がない理由のひとつだった。

ケリーに言われてフランクはパッケージ裏のラベルを見てからカートに入れるようにした。彼女から栄養成分や脂肪分、交通信号式の健康度評価システムや、それまで聞いたこともなかったいろいろな人工の原材料やビタミンについて教わった。

フランクはカートに加工食品を入れていった。イタリアやインド、中国、そしてどこやらクスクスの産地でつくられたものだった——その産地がどこか知らなかったし、クスクスが何かも知らなかったが、ケリーから試してみるように言われたのだ。カートが埋まっていくにつれ、フランクは自信がついてきた。シリアルは、ベスに歌って聞かせた古いテレビCMのジングルを思い出したものを選び、安くつくという理由で大箱にした。オレオを三箱カートに入れたのは、とくに好きでもないが、代金は二箱分だけでいいからだった。ジャムとトマトケチャップも買って冷蔵庫に入れておき、今度ベスと話をするときに自慢してやろう。

フランクは冷蔵庫に入りきらないくらい大きなピッツァを一枚買った。ケーキとたくさんのティーバッグも買い込んだから、昨晩テレビで誰かがいまにも起こると言っていた核戦争の死の灰も乗り切れる。できれば月曜日にフルウィンドが核兵器で攻撃されたら、ひとりで核の冬が過ぎるのを待たずにすむのだが。

ＤＶＤ売り場に行くと、『ダーティ・ダンシング』がたった二ポンド九九ペンスだった。フランクはカートに入れた。

「もし気に入ったら」とケリーが言った。「つぎは『フットルース』を見たらいいかな」

男がひとり、そばを通りかかった。フランクを見て、ふたりは会釈をやり取りした。

「あの人は？」ケリーが言った。

「ファット・パット」

「ファット・パット？」

「そう」

「お友達？」

「会ったのは一度だけだが」

「親しみをこめてひどい名前をつけるには充分なのかな。せめて親しみはあってほしい」

「スメリー・ジョンという友人もいる」

「冗談ですよね」

「いいや」

「じゃあわたしは？　スメリー・ケリー？」

「いいや。少なくとも、いやなにおいはしないよ」

フランクは背を伸ばしてローレルとハーディのＤＶＤを棚から取った。この一週間、動きまわったせいか、腕に張りを感じた。パットに追いついて袖をまくりあげ、こう言ってやりたかった。「見てくれ。ぴちぴちの肌だ。さあ、蝶を彫ってくれ、太っちょ」

天板の小さな高いテーブルの後ろに立っている女性が、試食用のチーズを差し出していた。フランクは一切れもらってから、もう一切れもらえないかと訊いてみた。

「おなか空きました？」ケリーが言った。「レストランがありますよ」

「時間に遅れないかい、つぎの……」依頼人？　顧客？　患者？　正確にいったら、どれなのだろう？

「もうランチの時間にすればいいんです」

ふたりはレジコーナーでいちばん短そうな列に並んだ。カートのなかのものを取り出して袋に詰め、いっぱいになった袋をまたカートに入れた。レジのディスプレイに表示された金額を見て、フランクは卒倒するかと思った。レジ係の女性からロイヤルティカードはお持ちですかと訊かれた。

「あー、いや」

「おつくりになりますか？」

「ふうむ」

「リーフレットを差し上げますので、あとでお決めください」

フランクはリーフレットを受け取り、折りたたんでポケットに詰め込んだ。こうなったら、とんでもなく忠実《ロイヤル》になってやろう。店側がこっちを見てうんざりするほどに。買い物の支払いはデビットカードで済ませた。カードが却下されなかったということは、口座に年金が振り込まれていた――そしていままた引き落とされる――ということだろう。

スーパーマーケットのレストランでフランクはレジ袋でいっぱいのカートとともにテーブルの席につき、ケリーがカウンターに行った。この店の客の頭には、あの海辺のカフェの客たちが抱いた疑惑はよぎらないだろう。ケリーの制服が、彼女は介護士でフランクはその依頼人だか顧客だか患者であり、彼女はその世話をしているのだと告げていた。たぶん客たちはフランクを少々気の毒に思っている。カモだ、と。

チーズサンドイッチとオレンジソーダを注文したフランクは、ケリーからファット・パットとスメリー・ジョンについて訊かれた。ジョンはにおわないし、仮ににおうとしても、彼女と同じでいやなにおいはしないことをフランクは説明した。そしてジョンはボードゲームと人をからかうことが大好きなんだと彼女に言った。さらにスメリー・ジョンとの出会いについて話したのだが、ケリーは信じられない様子だった。

「『戦艦ポチョムキン』を見たことはあるかな?」フランクは言った。

「いいえ。映画ですか?」

「古いサイレント映画だよ。有名な階段のシーンがある。誰もがおぼえているのが、階段を止めようもなく落ちていく乳母車でね。『アンタッチャブル』にそのオマージュがある。そっちは見たかい?」

「見ていないかな。誰が出てました？」

「いろいろだよ。ケヴィン・コスナー、ショーン・コネリー、ロバート・デ・ニーロ」

「たぶん見てます。映画のことはなかなかおぼえていられなくて」

「ローレルとハーディの映画にも似たシーンがある。運んでいたピアノが階段を転げ落ちていくんだよ」

「ローレルとハーディはあんまり好きじゃないかな。父がしょっちゅう彼らの映画を見ていたんです。何をやってもうまくいかないし、うまくいかないってわかっているからいらいらしちゃって。画面に叫んで同じまちがいを何度も繰り返すのをやめさせたくなる。でもこういう話とスメリー・ジョンとどういう関係が？」

「病院の向こうに海まで下る急な坂があるのは知っているかな？」

「ええ。たぶん」

「そこで彼の命を救ったんだ」

「彼の命を救った？　どうやって？」

「眠っている彼を乗せたまま、車椅子が坂を転がり落ちて、スピードを増していった。通りかかった私がそれを止めたんだよ」

ケリーは何も言わなかった。信じられないと言いたげにフランクを見つめるばかりだった。

「本当だよ。彼は気を失うか何かしたんだ。私は車椅子を止めると、彼を坂の上まで押し戻した。たやすいことじゃなかった。それで彼を家まで送ったんだ」

「ほんとですか?」

「彼の介護付き住宅までね」

「ローレルとハーディの映画の話ってわけじゃないんですよね?」

「本当なんだ。よかったら、彼に会いにいってもいい。こっちから行かないといけないんだ。彼は外に出ないから」

「でも外で会ったんですよね?」

「もうそれはない。もう外には出ないんだ。多発性硬化症でね。車椅子に乗っている。それは言ったか? 住んでいるのは介護付き住宅の二階で、エレベーターがいつも故障しているんだが、それをむしろ楽しんでいるようでね。管理人に階段を上へ下へ運ばせるんだ。それで恨みを晴らしているらしい」

「何の恨みを?」

「その管理人に嫌がらせをされているそうでね。レイシストだから」

「誰が? スメリー・ジョンはレイシストなの?」

「ジョンじゃなくて、管理人が。管理人がレイシストなんだよ」

「ジョンは通報したの?」

「それはどうかな」

「通報しなきゃ」

「それもどうかな」

「がまんする理由なんかない。わたしから言いましょうか？」

「だが、もし本当じゃなかったら？」

「でもお友達は管理人がレイシストだと思っているんですよね？」

「ああ」

「だったら通報すべきです」

「管理人がレイシストだとは言い切れないんだよ」

「でもそうじゃないとも言い切れないでしょう？」

「それは言い切れないが、もっと込み入っているんだ」

「どうして？」

「スメリー・ジョンが黒人だとは言い切れないんだよ」

「ええっ？」ケリーはコーヒーを吹き出しそうになった。「言い切れないんですか？」

「ああ。いや。そうだな。まあ、とりたてて黒人に見えるわけじゃない」

ケリーは唖然とした。

「とりたてて？」

「というか、まったく」

「本人に訊いたことは？」

「ジョンに？　黒人かって？」

「そう」

「何も言ったことはないよ。いまさら急にそんな話を持ち出したら妙に映るだろう。私のこともレイシストだと思うかもしれない、管理人と同じで」

「でもその人はたぶんレイシストじゃない?」

「ああ」

「ジョンは黒人じゃないから?」

「ああ」

「なんて言ったらいいかわからない」ケリーが言った。「それじゃあ、ファット・パットは? 彼の秘密は何?」

「彼は太っているだけだよ」

ケリーは車でフランクを家まで送り、買ったものを二階に運んで片づけるのを手伝ってくれた。彼女の帰り際に、フランクは時計を見た。二時間以上いっしょに過ごしていた。これからはもう、週に一時間ではぜんぜん足りない。

25

THE EXTRA ORDINARY LIFE OF FRANK DERRICK, AGE 81

フランクは『ダーティ・ダンシング』を楽しめなかった。見ようとしているときにあれこれ邪魔が入ったのも災いした。まず、オープニングタイトルが終わらないうちに電話が鳴った。フランクはDVDを一時停止して電話に出た。

「もしもし。ミスター・ワトソンはいらっしゃいますか?」

「あいにくだが、番号がちがっているようです」

電話の相手がフランクの電話番号を読みあげた。

「それはうちの番号だ」フランクは言った。「しかし名前はちがう」

「おかしいですね。こちらで控えているのはその番号なのです」

「お名前を伺ってもよろしいかな?」

「わたしはアンジェラと申しまして、〈レモンズ・ケア〉の者です」

ミスター・ワトソンというのは、フランクがアメリカ人を装って〈レモンズ・ケア〉に電話し、架空の父親の費用を問い合わせたときに使った名前だった。まさか向こうからかけてくるとは考えていなかった。

「こちらにそういう名前の者はおりません。番号がちがっているのでしょう」

「すみません」アンジェラが言った。「お騒がせして失礼しました」

フランクはさよならを告げて電話を切った。きっとそのうち、もしかしたらすぐにアンジェラは同じ番号にかけ直すだろう。そして回線の向こうからアメリカ人の声が聞こえることを期待する。フランクはその場合、ミスター・ワトソンとして電話に出ることを考えてみた。そして、もう興味はなくなったとか、先立つものがないとか、病人の父親、つまりミスター・ワトソン・シニアは容態が急変して不幸にも他界したとか答えてみようか。

フランクはＤＶＤプレーヤーのポーズボタンを押してまた映画を見はじめたが、気もそぞろだった。始終、電話のほうを見ては、鳴りだすのを待ちかまえた。「ハロー」と誰にともなく声に出して言い、アメリカなまりを練習した。「やあどうも。こちらはミスター・ワトソン。どういうご用件ですか？」と。ミスター・ワトソンはどんなアメリカなまりだったかは思い出せなかった。そんなことを考えるうち、映画の筋も見失っていた。

三〇分ばかりするとまた電話が鳴った。フランクは今回はＤＶＤをかけたまま音を消すだけにした。

「やあ、どうも」フランクは言った。

「ミセス・シャープスでいらっしゃいますか？」男の声が言った。

「いや。番号がちがっているようです」

「そちらは家主の方ですか？」

「いや。そちらは？」

「ファイナンス&借入金融《デット・ファイナンス》ファイナンスの者です」

「けっこうだ。興味はない」

「保険を不正に売りつけられたことはありますか？」

「いや。もうけっこうだ」

「お名前はジャニスかね？」フランクは言った。

男はフランクが会話に参加していないかのように話をつづけた。

「はい？」

「なんでもない」

「不注意から高い保険商品を売りつけられたことがあると」

「いや、ないよ」

「住宅ローンを申し込まれたときに――」

「住宅ローンは抱えていない」

フランクはテレビに目を向け、話の筋についていこうとした。映画を最初から見直さなくてすむように。

「家主さんとお話しさせていただけますか？」

「ここには家主はいないよ」

電話口の男はしゃべりつづけた。数字やパーセンテージを挙げ、太字で語りだしていま話していることがいかに重要かを強調し、さらに傍点つきで、ああしろこうしろと言い立てた。と、話がとぎれ、フランクは間を埋めにかかった。

「何をおっしゃっているのかわかりませんね」

「そちらは家主さんですか?」

「いや」

「家主さんとお話しさせていただけますか?」

「ここでは無理だね」

「いつだったら家主さんのご都合はよろしいのでしょう?」

「さあねえ。ここには住んでいないから」

「お名前をお聞かせいただけますか?」

「断る」

男はまた保険についてしゃべりだした。『ダーティ・ダンシング』では激しい雨が降っていて、パトリック・スウェイジが何やら勢いづいている様子だった。音を消してあるからどうして勢いづいたのかはわからない。スウェイジが白い木の車止めを蹴りだした。木でできているだけとは運がいい、とフランクは思った。スウェイジが車止めを地面から引き抜き、それで車の窓を叩き割った。ぜひつぎのシーンにはアルバート・フラワーズが登場し、そのことについてスウェイジに問いただしてもらいたいところだ。

「いや、けっこうだ」フランクは電話の男に言った。「本当に興味がないんだよ。ごきげんよう」男がまだ話しているのをよそに電話を切った。男はきっとフランクの電話番号を書きとめておき、いつの日か、フランクに電話を切られたり、ふざけたことを言われたり、鼻先でドアを閉められたほかのコールセンターの従業員や押し売りたちと連れ立ってやってくるだろう。そしてフランクを棍棒で殴り、負けたら弁護料無料が売り文句の賠償請求にサインさせるのだ。

フランクはDVDを一時停止してお茶を淹れにいった。映画のなかで何が起きているのかよくわからなかったが、また最初から見直したくはない。七か国語の著作権表示と海賊版への警告だけでも一〇分かかったのだ。ここから最後まで見て、願わくはケリーに話せる意見をまとめるだけの情報を集めたい。

そろそろ映画が終わるというころに、きしるような音が聞こえた。フランクはDVDのせいだと思い、気にしないように努めた。ところが、きしる音は鳴りつづけた。DVDが発しているのではない。背後で鳴っているのだ。フランクは振り返った。窓のところに男がいた。アート・ガーファンクルの髪形をしている。フランクが最初に気づいたのはそこだった。ふたつめは、男がその窓を掃除していたことだ。フランクは窓掃除を雇っていなかった。そんな余裕はない。窓は汚れたままにしておき、たまに窓から精いっぱい遠くまで身を乗り出し、精いっぱい届く範囲でガラスを拭く。窓はすっかりきれいにはならない。だがすっかり汚くもならなかった。楽観主義者か悲観主義者かで、フランクの家の窓に対する考え方はちがってくる。

だが断じて窓掃除は雇っていない。

フランクが見ると、縮れ毛の男は会釈をしてガラスを拭きつづけた。窓を開けてシチュエーションコメディみたいに梯子から払い落としてやろうか、とフランクは考えた。

「何か用かね?」フランクは言った。

「えっ?」男が言った。

「何か用かね?」

アート・ガーファンクルが窓拭きをやめ、縮れ毛の房を上げて耳に手をあてがい、声を張りあげるかわりに口の動きでこう伝えた。「聞こえない」

またぞろ沸騰するケトル越しの会話はごめんと、フランクは肘掛け椅子から立ちあがって窓のそばまで行った。窓は錠がかかっていたが、フランクは鍵の置き場所がわからなかった。

「ちょっと待ってくれ」フランクは言った。

窓の掃除人はまた耳に手をあてて口を動かした、「えっ?」

「鍵を見つけないと」フランクはそう言い、窓の錠を開ける動作をやってみせた。それから浴室に行って窓の鍵を見つけた。リビングに取って返し、男が拭いているとなりの窓を開けた。

「窓掃除をご希望かと思って」と男が言った。「この通りの家は全部やってるんです。たまには梯子を使えるのもいいもので」

「頼んだおぼえはないが」フランクは言った。

「返事がなかったんすよ。玄関で」男はフランクの後ろのテレビを見た。「うちの奥さんが大好きな映画だ」

フランクは振り返った。パトリック・スウェイジに頭上に持ちあげられたジェニファー・グレイが着地するところだった。フランクはこの映画でいちばんの名場面を見逃したのだ。

もしまた『ダーティ・ダンシング』を見ることがあるとしたら、まさにこの場面がこの映画の印象の大部分を占めることになるだろう——ジェニファー・グレイを地面に降ろすパトリック・スウェイジではなく、窓を掃除するアート・ガーファンクルが。見れば必ずプロットと無関係なことを思い出す映画はほかにもあった。その映画を見た日や場所ということもあるが、もっと多いのは初めて見たときに起きたことで、再見するたびそれを思い出さずにいられない。監督にもコントロールできない要素がストーリーに加わるわけだ。

数年前、『ブレージングサドル』を見ていたときのこと。おならをするカウボーイたちのシーンの途中で病院から電話がかかってきて、至急駆けつけるように言われた。フランクはもう『ブレージングサドル』を見ることができない。電話が鳴って妻が息を引き取ろうとしていると知らされるのを待ちかまえてしまうのだ。もっと悲しい、もっとはっきりシーラの死に結びつく映画——『フィラデルフィア』や『ある愛の詩』——は、見ることができるが、キャンプファイヤーのまわりに座って屁を放つカウボーイたちを見るほど悲しいと思ったことはない。

この先、『ダーティ・ダンシング』の記憶で何より鮮明に残るのは、カヌーをかつぐようにジェニファー・グレイを頭上にリフトするパトリック・スウェイジではなく——その場面は見てさえいない——リビングの窓のところにいるアート・ガーファンクルになる。

「なぜうちの窓を掃除しているんだね?」フランクは尋ねた。

「かなり汚れてるから」

「自分でやるよ」もしこれが信号待ちの車に座っていて、頼んでもいないのに男がフロントガラスを洗いだしたのなら、少なくとも前例はあることだと納得はいく。でもこれはそうじゃない。

「ベルを鳴らしたんすがね」窓の掃除人が言った。「作動してないんじゃないかな」

「作動はしない」

数日前のこと、フランクが玄関に応対に出ると、笑顔の青年が首から鎖で下げているラミネート加工されたカードを持ちあげてみせた。おかげで青年の名前がトニーだとわかったが、それを別にすれば、ラミネート加工されたカードには何の意味もない。いつからラミネート加工されたカードが安全を保証するものになったのか？　電話で自分の写真を撮ってカードに貼りつけ、その上に名前を書くくらい誰だってできる。印刷も家でできることだ。ラミネート機は高価なものでもない。図書館にも一台ある。

トニーは人差し指を立て、そのままよく注意して聞いてくださいとフランクに言った。トニーはそれからフランクの家のドアベルを押した。

「ほらね？」トニーが言った。

「何が？」フランクは言った。

トニーがまたベルを押した。さっきよりも長く指をあてていた。顔をしかめて首を振った。

「よく聞こえませんよね？」トニーが言った。

そしてフランクにドアベルを売りつけようとしたのだ。

トニーを追い払うと、フランクはドアベルの電源を切った。どのみち実際に会いたい相手がベルを鳴らすことはない。スメリー・ジョンはグレイフリック・ハウスから出ないし、郵便配達はドアをノックする——つまりあの映画はどちらのバージョンも事実に即していない。そしてケリーは自分の鍵が入っているキーボックスの暗証番号を知っている。そろそろ窓に鎧戸をつけて壁によじ登り防止ペンキを塗らないといけないのだろう。連中はどんどん進化する、とフランクは思った。必ず手立てを見つけるのだ。

「終わったよ」窓の掃除人が言った。てっきりガラス拭きのことかと思ったが、男は汚れた黄色いセーム革を持った手でリビングの奥を示した。振り向くと、『ダーティ・ダンシング』のエンドクレジットがテレビ画面を流れていく。フランクは開いた窓から下の地面を見た。この歳で転落したら死ぬだろうが、あの茂みをねらって落ちれば、クッションになって両脚か片腕を折るだけですむかもしれない。訪問ケアをあと二、三回増やすにはそれで充分だ。うまく角度をつけて飛び出せば、アート・ガーファンクルも道連れにできるだろう。

『ダーティ・ダンシング』のDVDケースの裏面にはこう書いてあった——「本編：約96分」。フランクは最後まで行き着くのに約一九七分かかった。『ダーティ・ダンシング』は楽しめなかった。でもケリーには楽しめたと言うことにしよう。

26

THE EXTRA ORDINARY LIFE OF FRANK DERRICK, AGE 81

フランクは赤いタータン柄の買い物カートからクモの巣を払い落とした。クモを芝生に振り落としてから二階にカートを運び、濡らした雑巾で拭くと、フラットにある売れそうなものを片っ端から詰め込んでいった。マントルピースの置き物もいくつか片づけた――フクロウたちとブタたちと小さな壺をひとつ。キリン一ダースは新聞紙に包んでカートのかごに入れた。小さな銀のスプーンふたつも、キッチンの引き出しからカートに移した。三〇分ほどかけて、ＤＶＤのコレクションから手放すことに耐えられそうな作品を選んだ。これはビデオテープを処分するよりもつらい。一度見たきりで、おそらく二度と見ない作品のケース裏を目にすると、その場で作業を止めてすぐに見たくなる。試しに何のＤＶＤか見ないまま無作為に一〇枚選んでみたが、結局また全部かごから取り出した。いちばん好きな映画を処分することになるのが怖かった。

かごがいっぱいになると、フランクはカートを一段ずつ落としながら階段を下り、バス停まで押していった。車輪がきしんでうるさいので、シー・レインの突き当たりにたどり着き、交通量が増えて音がかき消されるのはありがたかった。

バスがやってくると、運転手が車体を下げてくれ、フランクは重いカートを押して乗せることができた。乗客のおばあさんたちが首を振りながら、いぶかっているのが感じられた。どうしてバスを低くさせるのか。体に障害があるようには見えない。運転手はわたしらの買い物カートのためにバスを低くしてはくれなかった。もしかしてあの男のカートは中身が入っているのかもしれない。中身の詰まった買い物カートをスーパーマーケットへ持っていくのはどんな人間？　無精者もいいところだ。

フランクがカートを押してバスの後部へ進んでいくと、車輪があるおばあさんの買い物カートの車輪に引っかかった。タータンの戦いである。老婦人のかごの緑と青のタータン対フランクのかごのタータン――フランクの写真アルバムの表紙やビルの猫用バスケットと同じ赤いタータンだ。フランクはこの柄の氏族を知らなかったし、どこかの氏族のものかどうかさえ知らなかった。たぶん、ただの格子柄なのだろう。フランクはわびを入れ、からんだ車輪を離した。そして席に着き、後ろの窓から外を眺めた。また別のエドヴァルト・ムンク回顧展の新しいポスターのように。

バスが病院の前で客を乗せるために停まると、フランクはすかさず下車することにした。運転手はスーパーマーケットの手前で降りることにむっとしたのか、車体を下げてくれなかった。フランクは音をたててカートを舗道に下ろし、ともかく運転手に礼を言った。

カートを転がして病院の外側をまわり、工業団地を抜けてあの猥雑なハイ・ストリートに入った。ケバブ屋やチキン屋の前を、ニワトリの部位や捨てられたケバブサラダを踏み分けるようにして進んだ。セックスショップのウィンドウに新しい展示品があった。三体のマネキンに四体目が加えられている。全身黒のラバーずくめだ。腰に硬いプラスチックの人造ペニスらしきものを巻きつけている。フランクはどっと老いを感じた。

質屋は閉まっているようだった。〈CASH 4 STUFF〉のネオンのスイッチが切られている。フランクは汚れた窓からのぞいてみた。はっきりした人の気配は店内になく、ふたつの看板が瞬いているだけだった。ひとつは〈小切手〉で、もうひとつは〈換金〉だ。小切手帳を持ってくればよかった、とフランクは思った。小切手を現金に換えてもらえるなら、そのほうがずっと手っ取り早い。もちろん、不渡りになるのだけれど。

試しに店のドアをいじると、開くと同時に盛大なブザーが鳴りだし、重い買い物カートを引きずりこんでドアを閉めるまでやまなかった。ブザーが止まると店内はひどく静かで、フランクはきしむ車輪の音をやたらと響かせながらカートをカウンターへ転がしていった。

四方の壁に沿ってガラスのキャビネットが並び、そのなかにステレオやDVDプレーヤー、ビデオゲーム機、コンピュータ、エレキギターが陳列されていた。ドラムセットが三つ売りに出されている。よくあることだ。ずっとドラムセットを待ちつづけ、お金がなくなったとたん、三セットが一気に現れる。フランクはカウンターに歩いていった。はたして、自分が持ってきたもの《スタッフ》と引き換えに現金《キャッシュ》をいくらもらえるだろうか。充分な額になったら、余った金でドラムセットをひとつ買うとしよう。

カウンターの奥の女が雑誌を読むのをやめた。

「はい?」

「こんにちは。売りたいものがあるんだが」

「どんなのがあるの？」

フランクは買い物カートから取り出したものをカウンターに並べはじめた。

「だめ」と女が言った。フランクは壺をカウンターに置いた。「だめ」と女が言った。「だめ」と彼女は何度も繰り返した。それ以上の手間はかけない。だめと言うだけだった。フランクがかごから何を取り出しても、「だめ」の一点張りだ。フランクは新聞紙の包みを引っ張り出し、カウンターの上で開けはじめた。置き物のキリンの一体目を見て、女はだめと言いかけたが、キリンがもっとある――コレクションと言ってもいい――のがわかると口ごもった。「だめ」と彼女は一二体目のキリンが出てきたあとに言った。フランクは、店のすみにある実物大のヒョウを別にすると、この店にある磁器の動物は自分が持ってきたものだけだと気づいた。来る店をまちがえたのだ。

女はフランクの腕時計にも多少、興味を示した。手に取って重さを確かめ、秒針の動きをしばらく見つめた。よしとは言わなかったが、腕時計をカウンターのわきに置いた。女は銀――少なくとも色はそうだ――の小箱と、小さなスプーンの一本にも同じことをした。これは「保留」の山にちがいないとフランクは判断した。いまその山には五つの品物がある。あとはどれも「だめ」の山だった。

「そうねえ」女が言った。「一〇ね」

「二〇？」

「全部まとめて。もういいでしょ。二〇ポンド。二五。それでママの買い物かごから出してカウンターに置いたものを全部、またかごに戻して持ち帰る手間が省ける」

二五ポンドか。フランクは頭に思い描いた。ケリーが最後の訪問日に、ドラムの伴奏なしで去っていく姿を。この店を出てバスの下敷きになりたかった。でもバスが大きなセインズベリーズから戻ってくるまでまだ三〇分もある。

「DVDが何枚かあるんだが」とフランクはDVDをカートから取り出しはじめた。女は鼻にしわを寄せ、いらだたしそうに息をついた。

「いまどきどれもダウンロードできるから」女が言った。

フランクはDVDの小さな山を五つカウンターに積みあげた。

「ネットのストリーミングもあるし。もう誰もDVDなんか欲しがらない。うちで引き取るとしたら一〇ポンドだね」

「一枚？」

「全部で。それでわざわざ持ち帰らなくてすむ」

フランクは自分のDVDを見つめた。ここにある映画を全部、いま見たくてたまらない。こうしてカウンターに並べるまで、どの作品もいますぐ見たいことに気づかなかった。ここにあるのは時代を超えたお気に入り映画なのだ。

「名作も何枚かある」とフランクは言った。

「そうね。でも言ったでしょ、いまどきどれもダウンロードできる。そのうち、また別のものが出てくるだろうし。眼鏡に仕込んだ映画チャンネルとか。脳へのビデオ移植とか。ここにあるのはレトロですらない。レトロだったら興味をもつかもしれないけどね。これは古いだけ。時代遅れ。五〇年後にまた来てくれたら、少しは価値が出るかもね。二〇ポンド。それと、ほかのものが二五。家までカートで運ぶ手間が省けるよ。四五ポンド。IDは持ってる?」

「ID?」

「IDを見せてもらわないと。万一、これが全部盗品だったときのために。公共料金の請求書と何か写真つきのものを」と言ってから女はつけ加えた。「お客さんの写真だよ」相手は年寄りで、だからまぬけだと考えているのだ。女はそういったことを説明している壁の注意書きを指差した。「そういう法律でね。運転免許証かパスポートを」

私は八十一歳だ、とフランクは思った。どうして運転免許証やパスポートを持ってる?

「バスのパスならある」年金受給者用のバス無料乗車証をポケットから取り出した。大きなセインズベリーズ行きのバスはもともと運賃がかからない。このパスを実際に使うのはこれが初めてになる。

「これがお客さん?」女が写真を見て言った。

フランクは自分でも心もとなさげにパスの写真を見た。

「ああ。もっと若いころの」

女の顔つきが言っていた。いや、若くないから。あんたはそのころも年寄りだった。いまはもっと年寄りってだけ。

「それと公共料金の請求書」女が言った。

「何かしら取ってこよう」フランクは言った。少なくとも家にある二枚の請求書ははっきり思い浮かべることができた。未開封で未払い、赤い封筒入りで、リビングの肘掛け椅子のわきに積んだ新聞の山のどこかにある。

「そうねえ」と女が言った。「じゃあ四〇ポンドで。DVDと腕時計とスプーンその他、それで公共料金の請求書については目をつぶる」

フランクは食い物にされるとわかっていたが、それには慣れていたから、名ばかりの値段交渉につづき、この映画コレクションの歴史的重要性について短い講釈を垂れたあと、二五ポンドと金属探知機を手に店を出た。

フルウィンド・フード&ワインの男の言うとおりだ。

貯めるには投資しなきゃならない。


グレイフリック・ハウスへの長い道のりをたどり、フランクは住宅団地を避けようとハイ・ストリートから早めに脇道に入ったが、気づくと別の住宅団地か、同じ住宅団地の別の一角に出ていた。むしろこっちのほうが恐怖を感じさせた。男たちが数人、枯れ木のまわりにたむろしている。ピットブルが枝をくわえてぶら下がっていて、そこに飛びついて咬みつくよう別の犬をけしかけているのだ。彼らは犬たちに石を投げて笑いだした。二匹の犬としては、最終的にセインズベリーズの裏の倉庫か、うちのリビングの壁のカレンダーに行き着くだけでも万々歳だろう。フランクは男たちの注意を引かずに通りすぎようとした。

むかしのほうがずっとよかったし、犯罪も貧困もいまのほうがずっとひどいと愚痴をこぼす人がいると、フランクはいつも反論してきた。いまもむかしもひどいのは変わらない、と言ったものだ。世間の人たちはチャールズ・ディケンズを読んだことがないのか？（フランクはチャールズ・ディケンズを読んだことがないが、映画化作品は何本も見た）。でもこの団地を歩くうちに考えが変わった。いまほどひどい時代はない。一九四〇年にオランダ籍の大洋航路船で魚雷に攻撃されるのは、こんなところで育つことに比べたらピクニックだ。

この団地を素早く静かに通り抜けるのはたやすいことではなかった。赤いタータン柄の買い物カートからは金属探知機が突き出ていて、車輪のきしむ音がサイレンのように鳴り響くのだ。上着の内ポケットの二五ポンドが瞬く回転灯みたいに感じられる。フランクはそのポケットに手を当てた。それは想像上の銃を収めてあるポケットでもあった。


フランクはグレイフリック・ハウスで来客名簿に記名し、エレベーターで二階に上がった。エレベーターの扉がぐずぐずとこすれる音をたてて開き、フランクは外に出た。廊下は何やらジョンが吸っているドラッグの強いにおいがした。フランクはジョンの部屋のドアをノックした。

「入ってくれ」ジョンの言葉は深い吐息のように発せられた。その台詞といっしょに息を止め、誰かがドアをノックして吐き出せるようになるのを待っていたのだろうか。

フランクはおもむろにドアを開けた。半分期待していたのは、ジョンが娼婦を大勢はべらせたベッドにシルクのシーツをかけて寝そべり、昔風の中国男がつぎのアヘンを用意している姿だった。そのかわり、ジョンはメタルフレームの肘掛け椅子に座って昼間のテレビを見ていた。ただし、マリファナを吸っている。ドラッグをやっている人間と同じ部屋にいるのは初めてだった。フランクはこの部屋にひとつだけあるほかの椅子、つまりジョンの車椅子に腰をおろした。テレビでは遺書を書かずに亡くなった人たちの遠い親戚が探し出され、思わぬ遺産を与えられようとしている。ジョンがマリファナ煙草をフランクに差し出した。

「いやいや、けっこうだよ。ありがとう、ジョン。それをはじめるにはいささか年寄りすぎる気がしてね」

テレビでは、またいとこが亡くなったとわかって財産が五〇〇〇ポンド増えた女性が、複雑な気持ちに苦しんでいる。

「買い物してきたのか?」とジョンが手振りで買い物カートを示した。

「逆だよ。いくつか売ろうとしていたんだ」フランクはテレビに目をやった。自分もいとこがひとりまだ生きていて、五〇〇〇ポンドの遺産が転がりこんできたらよかったのに。「やっぱり、やってみるよ」

「やってみるって何を?」

「そいつを」フランクはジョンの手を指差した。

ジョンが大麻煙草《ジョイント》を持ちあげた。「これを?」

フランクはうなずいた。

ジョンがマリファナをフランクに渡した。

「どうやるんだい？」

「吸ったことはあるか？」

「巻き煙草なら」

「煙草だと思えばいい」

フランクはためらいがちにジョイントを吸った。

「吸ったまま息を止めるんだ」ジョンが言った。

フランクはもう一服した。今度は深く吸いこんだ。もし立っていたら倒れていただろう。めまいが治まるのを待った。体が熱くなり、シャツの襟を引っ張ってゆるめようとした。

「なんでものを売るんだ？」ジョンが言った。

「お金がいるんだよ。映画も何本か売った。大きなまちがいを犯したのかもしれないな。孤独を感じたことはあるかい、ジョン？」

「ああ」

フランクはジョンの返答の速さに驚いた。一秒と考える時間を要しなかった。きっと長いあいだ人からそう訊かれるのを待っていたにちがいない。フランクはマリファナをジョンに返した。自分はこれで麻薬中毒者になったのだろうか。

「そっちも余分な金はないだろう？」フランクは言った。

ジョンは短く大笑いして答えた。

「こっちは貧乏でしびんも持ってない」

「言ってくれればよかったのに。さっき花瓶を売ったところでね」

スメリー・ジョンは思いつくままフランクが手っ取り早く金持ちになる方法を挙げ、フランクは〈キャッシュ4スタッフ〉で女にキリンやフクロウを却下されたときのそっけないやり方でそれを却下した。

「ヌードモデルは?」

「だめ」

「男娼は?」

「だめ」

「臓器を売ればいい」

「だめ」

「いまも精子は買ってくれるのかな?」

「誰が?」

「さあね。血液業者か」

「だったら血を買うんじゃないかな」

「じゃあ精子業者。バンクか。精子バンク」

「もう消費期限切れかもしれないな」

その考えにふたりして怖気をふるった。

ジョンが椅子から体を起こし、壁の手すりを伝って食器棚まで移動した。食器棚を開けて手紙と封筒の入った段ボール箱をあさりはじめる。一枚の絵はがきを見つけてフランクに渡した。フランクが絵葉書を見ると、そこでは若きパンク――スメリー・ジョン――時代のジョンが、警官と赤い電話ボックスの横でカメラに向かってせせら笑っていた。

「その長髪をつんつんに立てるんだ、フランシス、でもって観光客向けにポーズをとればいい。イングランド最高齢のパンクロッカーだ」

「それはそっちの肩書きだろう」

絵はがきのジョンの髪はグリーンで、一フィートくらい逆立っていた。銀の鋲を打った革ジャケットを着て、ドリンク缶のプルリングが耳たぶからぶら下がっている。フランクは絵はがきといまのジョンを見て、ふたりの男を比べてみた。イアリングとスパイクヘアはなくなり、いまのジョンはフランクの父親と同じくらいのはげ頭だし、背中に〈piss off〉（失せろ）とペイントされた鋲打ち革ジャケットも着ていない。それでも同じ人物だとわかる。気づくとフランクは絵はがきのジョンと現在のジョンの肌の色を比べていた。加齢と色あせた絵はがきのインクを考慮すれば、ほとんど変化がない。豊富な家庭用塗料の色見本チャートでも二マス程度だ。絵はがきをジョンの顔のところに持っていくのは思いとどまった。

肘掛け椅子に戻る途中で、ジョンがフランクの買い物カートから突き出た金属探知機に目をとめた。

「立ってくれ」と言い、指を鳴らして緊急時だと合図した。フランクが車椅子から立ちあがると、代わってジョンが定位置についた。

「年寄りは金を落としてばかりだからな、フランシス。ゆったりしたズボン」――トリルビーをかぶり――「深々とした肘掛け椅子。行くぞ。グレアムの脚に金属のピンが埋まってる」

下降するエレベーターのなかでジョンは金属探知機を買い物カートから抜き出した。

「ほら」とフランクに探知機を差し出した。「おれのプリンス・アルバートで試してみな」

「遠慮しておくよ」

ジョンが探知機のスイッチを入れた。エレベーターの金属の床や壁、天井が繰り返し探知されて音が鳴り響く。こんな密閉された空間では耳が聞こえなくなりそうだ。フランクが指で両耳をふさぐと、やがてジョンが探知機のスイッチを切った。ふたりとも笑いだしていた。フランクはマリファナのせいだと決めてかかり、帰りに寄り道してチョコレートバーを買おうと考えた。いまの入れ歯では無理なはずだが、ドラッグでいかれた頭は食べられると告げている。

ジョンが金属探知機をひざにのせてエレベーターから降り、受付のエリアに入っていくと、グレアムは入居者の家族と話をしていた。フランクとジョンに背中を向けた恰好だった。その背後を通りながらスメリー・ジョンが金属探知機のスイッチを入れると、探知機はけたたましく鳴りだした。まるで『シエラ・マドレの宝』〔映画*The Treasure of the Sierra Madre*。邦題は『黄金』〕を管理人の脚のなかに見つけたように。フランクは本気で管理人が不憫になってきた。

ふたりは廊下をラウンジに向かった。脈打つ金属探知機をひざの上に車椅子を駆るジョンと、車輪がきしんでカーペットにくっつく婦人用買い物カートを押していくフランク。後ろからスローモーションでとらえたら、いい画が撮れただろう。そしてこれが月の第一日曜日だったら、いつものようにアリスが昔のミュージックホールの流行歌をグレイフリック・ハウスのピアノで弾きにきていて、ふたりがカウボーイよろしくラウンジのドアから飛び込むと同時に演奏をやめるシーンが見られたはずだ。

27

THE EXTRA ORDINARY LIFE OF FRANK DERRICK, AGE 81

庭に広げたものを全部物置小屋に戻すのは、休暇の終わりにスーツケースに荷物を詰めるようなものだった。どういうわけか、とても全部は入りそうにない。大量のツタを処分し、熊手を売り、たくさんのものをごみ容器に入れたというのにである。おまけに、いまやヤードセール用にフラットから運んできたものまで物置に詰め込まなくてはならないのだった。

フランクがそんな全部を物置に戻していると、アルバート・フラワーズがまたやってきて、全部を物置に戻すことについてとやかく言われた。車止めの色についても問いただされた。

「ヒマワリ色だよ」フランクは言った。

「白のほうが由緒ある色でしょうな」

「白はなかったんだ」

「芝生にもけっこうペンキがついていますね」

「缶の説明書きに〝垂れにくい〟とあったが、それほどでもなかった」

「芝生を刈ったらいいでしょうな」

「うちには芝刈り機がないんだ」

「優秀な庭師をご紹介しましょう」

「いまは資金不足でね」

「きわめて手ごろな料金ですよ」

「きわめて資金不足なんだ」

そんなやり取りがしばらくつづいた。

「まあ、庭を少々整理していただけたら助かるんですがね」

「いまやっている。やっていたら、そっちが質問するから中断したんだがね」

といった具合に。


フラワーズが帰り、物置への詰め直しが終わると、フランクは六本の新しい電池を金属探知機に入れた。音が鳴り、柄のいちばん上にあるディスプレイが何やら点灯した。いったい地中からどんなものが見つかるだろう。フルウィンド＝オン＝シーで見つかった最古の遺物は青銅器時代のもの——激しい風《フルウィンド》がもっとあって、海が少なかったころのものだ。もしかしたら青銅が見つかるかもしれない。古代ローマの公衆浴場跡がけっこう近くにある。ローマ人はいつも金貨をばらまいていた。きっとゆったりしたズボンを穿いたローマのＯＡＰ（老齢年金受給者）たちが入浴前に何枚か落としたにちがいない。

フランクは金属探知機がどのくらい強力かわかっていなかった。〈キャッシュ４スタッフ〉の壁にかかっているのを目にしたときよりも、高価な玩具という感じはする。グレイフリック・ハウスの肘掛け椅子やグレアムの不自由な脚にはうまく反応したが、一〇〇〇年前から庭の下に埋まっているものを見つけられるだろうか？　この庭の土や底土の下に何があるのかと、フランクは胸を躍らせずにはいられなかった。たとえ一九五〇年代にこのフラットを建築中の業者が落としたコイン数枚しかなかったとしてもだ。

この金属探知機はどうして質屋に持ち込まれることになったのか、とフランクは思いをめぐらせた。まえの持ち主はこの探知機でざくざくと莫大な財産を掘り当てたため、欲張ってはいけないと考え、質に入れてほかの人間にも挑戦させようとしたのだろうか？　それとも、金属をうまく探知できず、宝を見つけるにはこれを売り払うしかなかったのだろうか？

いったん小屋のそばまで戻り、まずは一回、地面の上でさっと動かしてみた。金属探知機は一定の音を発し、何もないことを伝えた。フランクは探知機を揺らしながら芝生を移動していった。

これでもう退屈だと訴えることはなくなるだろう。

村じゅうの車止めを蹴り倒して標識の道路名を書き換えたとしたら、それは愚かな破壊行為でしかない。フランクはこんなに忙しい時期があったかどうか思い出せなかった。ダイレクトメールを開ける暇さえ、もうずっとないのだ。通りがかりに庭の正面を垣間見た者がいたら、フランクもついに趣味を見つけたかと思っただろう。ヒラリーが隣人たちを見張るという余生の過ごし方を見つけ、〃はさみで芝を刈る男〃や〃車を洗いすぎる男〃や〃ごみ拾い〃が晩年を満たしてくれるものを見つけたように。アルバート・フラワーズにも〈花ざかりの村〉の大会があるし（きょうの終わりにはフランクがフルウィンドの負けを確定させるだろうが）、チャリティショップの女性たちにもある。フランクにもとうとう趣味ができたようだった。こんなに忙しく、しかもこんなに隠退生活を満喫したことはない。

金属探知機が甲高いアラーム音を発した。地面の上で探知機を後ろに動かしていくと、また鳴った。フランクは探知機を前後に揺らしながら幅をだんだん狭めていき、音の発生源を見つけた。探知機を地面に置き、まずは鋭い包丁で、つづいてスープスプーンで掘ってみた。二、三センチほど下で見つかったのは、ヘアピンだった。

金属を探して一時間もすると、腕が痛くてたまらなくなった。あたりが暗くなってきていた。庭は穴と掘り起こされた芝生の塊に覆われている。これまでに見つかったのは、ヘアピン二本、電池一個、バインダークリップ一個、わが家の玄関には合わない玄関鍵、折れたドリル刃、古い眼鏡の左アームからはずれた小さなねじ、合計五ペンスの小銭、そして丸い銀色の〈ＢＩＬＬ〉と彫られたネームタグ。

ツキがめぐってきそうな気がして、フランクは家に入って履歴書を書いた。自らバス車掌からバス運転手に死後昇進させ、〝シソーラスを頼りに〟電話交換手を通信ファシリテーターに変えた。〈趣味と関心〉の欄には「ものまね（マイケル・ケイン、ジェイムズ・スチュアート、トミー・クーパーおよび首相）」と記入した。いっしょに働いたら楽しそうだと思われたほうが、仕事をもらいやすいかもしれない。

翌朝、図書館のコンピュータで履歴書を打ち込み、その際、経歴のリストに「海上疎開生存者」と書き加えた。これで雇用者の興味を刺激して質問さえ引き出せれば、そこから冒険と英雄的行為の物語――チャーチルとヒトラーのものまねつき――に突入し、その結果、仕事にありつけるかもしれない。

　この履歴書を五部印刷し、一部を司書に渡して図書館を出た――とたんにＤＶＤのアルファベット順整理術について書かなかったことが悔やまれた。

　フランクはフルウィンド・フード＆ワインで少し買い物をした。値段とパッケージの成分表示を確認したが、あのときケリーの話をあまりよく聞いていなかったのか、それぞれの表示の意味が本当にわかったとはいえない。カウンターでスクラッチカードを二枚、そして映画のタイトルに含まれる数を選んで宝くじを一枚買った――『コンドルの三日間』〔原題 *Three Days of the Condor*。邦題『コンドル』〕『荒野の七人』『テン』『十二人の怒れる男』『キャッチ22』そして『'42年の夏』〔原題 *Summer of '42*。邦題『おもいでの夏』〕。

「投資しなきゃね」とレジの男に言って履歴書を渡した。

　チャリティショップでは強盗の計画を立てた。

　フランクは頭のなかで、共犯者――これには共犯者が欠かせない――にポリエステルの天井板の隙間から吊り下げてもらい、店の中央にあるガラスのキャビネットを開けて東洋の壺を盗むところを思い浮かべた。朝になっておばあさんたちが店を開けるが、キャビネットが空っぽになっていることには何時間どころか何日も気づかない。そのうち、そもそも壺があったかどうかもあやしくなり、正気《マーブル》を失っていると思い込んでアメリカ人ロンのリーフレットを調べるのだ。

　誰もチャリティショップに強盗が入るとは思うまい。

　手を上着の銃ポケットに突っ込んでカウンターに歩み寄り、静かにレジの現金を要求するのもいい。おばあさんたちは犯人の人相を警察に伝えるだろう。いかにもおじいさんという感じでした、と彼女たちは言う。みんな同じに見えるんです。ただ、と彼女たちはためらいがちにつづける、犯人にはなんとなく見おぼえがありました。そして警察が去ったあと、『SF／ボディ・スナッチャー』の結末のドナルド・サザーランドのように、口を縦に開いて、おもちゃの棚のかわいい《マイリトル》ポニーを指差すのだ。

フランクはしばらく店内を見てまわってから、ブローチをポケットに入れて店をあとにした。もし一線があるとしたら、それはチャリティショップの敷居に張られていて、それをフランクは越えたのだった。

28

〈キャッシュ4スタッフ〉までのバスの旅では、いつにもまして緊張を強いられた。タータン柄の買い物カートと子供用スクーターの両方をバスにのせ、後ろの座席まで運ぶのもひと苦労だったし、しかもスクーターに目を丸くされたり、誰かの上に落としたりしてもいけない。フランクは〈バッカルーー!〉のラバになった気分だった。

〈キャッシュ4スタッフ〉の女は万引きしたブローチに関心を示さなかったし、スクーターに五ポンドの値をつけたのも、フランクが店内で走らせライトを点灯させてからのことだった。

「それで全部?」女が言った。

フランクは買い物カートの奥から一六ミリフィルムのコレクションを引っ張り出した。またも胸が悪くなった。スツール脚立に乗って屋根裏のスペースに頭を突っ込んだとき、思い出したのは、『ショーシャンクの空に』でモーガン・フリーマンがペンナイフを開き、首を吊ることを考えて名前と「ここにあり」という言葉を天井の下の板に刻むかと思えた場面だった。自分はここにいたことをどうしたら知ってもらえるだろう? ペンナイフさえ持っていないのに。

フランクは屋根裏の奥に腕を伸ばし、重い箱をゆっくりと引き寄せると、フィルムの箱を数本ずつ取り出した。脚立を上り下りしてはホールに置いていく。カーペットに腰を下ろしてフィルムの箱を見た。平らで四角い段ボール製もあれば、丸い銀色の缶もある。現実的にいって、この先、ここにある映画を観たり人に観せたりすることはあるのだろうか？　映写機だって持っていないのだ。

フランクはフィルムを〈キャッシュ4スタッフ〉のカウンターに積みあげた。女は横を向いてコンピュータに何かを打ち込みはじめた。

「それを買った人は何で再生すればいい？」女が訊いた。

「一六ミリ映写機だね」

「それは持ってる？」

フランクは店を見まわした。当然映写機一台くらい売っているだろうと。DVDプレーヤーが積みあげられ、映画を再生できるビデオゲーム機が四種類か五種類あったが、映写機はなかった。

「私は持っていない。ないよ」

「ふうん」女はそう言い、コンピュータを見つづけた。

「コレクターズアイテムなんだ」フランクは言った。「レトロだよ」と、このまえDVDについて言われたことを思い出して言い足した。

女がコンピュータから振り返った。フィルムの缶をひとつ開けにかかった。

「気をつけて」とフランクは言い、かすかに気持ちの乱れを抑えてつづけた。「ほぐれやすいから」

女が缶を開けた。「本当にフィルムが入っていて、ただの空き缶じゃないって確認するだけだから」と缶を閉めた。

「ガスの請求書をもってきた」フランクは女にバスの無料乗車証と赤い印字のガスの請求書を見せた。

「このままだとガスを止められるね」女が言った。「それでいろいろ売ろうとしているわけ？」

フランクはそうだと答えた。本当のことを言ったら、自分の恥ずかしい部分が明るみになりかねない。

ある午後、グレイフリック・ハウスのラウンジで戦艦ゲームをやっていたとき、スメリー・ジョンがどの入居者に認知症の疑いがあって、どんな症状があるかを説明したことがあった。フランクとしては妻を奪い去った病を笑うのは気が引けたし、シーラに〝カップが何か思い出せない女〟とか〝夫に毒殺されると思っている女〟といった名前をつけて呑気におもしろがるなんて考えたくもなかったが、ともかくジョンに合わせてラウンジにいる人たちにネイティブアメリカンの名前をつけていった。〝有名人の名前をまちがえる者〟〝斜めに歩く者〟〝ないものが見える者〟〝体の清潔さに無頓着な者〟〝不平屋〟〝夜の徘徊者〟〝注意散漫〟。そしてもうひとり、スメリー・ジョンが言うには人前で脱ぐのが好きな、性的な抑制を失った男がいた。身内の若い女性や巡回してくる医療従事者や看護師みんなを虜にしていると思っているらしい。フランクもその手の認知症ではないのか？　自分のことを夜の帝王ピーター・ストリングフェローとでも思っていないか？

〈キャッシュ4スタッフ〉を出たとき、買い物カートは空っぽで、七五ポンドと万引きしたブローチがポケットに入っていた。フランクはスメリー・ジョンに会いにいくと、シュレーディンガーの買い物カートがどうのとばかげた冗談を飛ばし、ジョンがトイレに行ったすきに薬を半分失敬した。

29

THE EXTRA ORDINARY LIFE OF FRANK DERRICK, AGE 81

ケリーの一一回めの訪問は完璧だった。彼女が一〇分前にレモンメレンゲパイとともにやってくると、フランクはすぐに、きょうは仕事をしなくていいと伝えた。そして彼女と並んでソファに座り、ふたりでパイを食べながら『雨に唄えば』を観た。

〝約103分〟のあいだ電話は鳴らなかった。フランクに保険やドアベルを売りつける者はいなかった。来世について語ろうとドアをノックする者はなく、頼んでもいない見積もりを出してくる屋根職人もいない。不意にコクニーのアート・ガーファンクルが窓に現れてジーン・ケリーが雨に唄う場面をぶち壊しにすることもなかった。これから先、この映画を観るときは、いつもこのときのことが頭に浮かぶだろう。ケリーといっしょに座ってレモンメレンゲパイを食べたこと。それがフランクのディレクターズカットになる。

「私もむかしはあれができたんだよ」フランクはドナルド・オコーナーが壁を駆けあがって宙返りから着地する場面で言った。

ケリーがにっこりした。「ほんとに？」

「知っているかな、ドナルド・オコーナーがこの場面の撮影後に三日間入院したのは？」

「わお」とケリー。

「ミルクフロートに轢かれたみたいだと言ったそうだよ」

「ミルクフロートに？　そんなこと、想像できます？」

「まあね。ハリウッドだから」

ここで映画を一時停止し、ケリーがふたりぶんのお茶を淹れてから、フランクは自前のＤＶＤコメンタリーをつづけた。

「ジーン・ケリーはこれをワンテイクで撮ったんだ」と映画のタイトル曲を歌って踊るシーンで言った。「その日、街は水不足だった。脚本は歌に合わせて書かれたものでね。この映画はジュークボックス・ミュージカルのはしりでもあった。ジュークボックス・ミュージカルがどんなものかはよくわからないが、テレビでそう言われるのを聞いたおぼえがある」

「どうしてそんなに知っているの？」

「暇な時間ならいくらでもある――」フランクは片足を上げ、痛そうに顔をしかめてみせた。「サッカーでけがをしてからというもの」

映画の終盤、ジーン・ケリーが観客に向かってデビー・レイノルズが演じた人物こそ本物のスターだと告げ、彼女が泣きだしたところで、フランクは言った。「彼女はタマネギを目にこすらないといけなかったんだよ」

映画が終わるとケリーはカップと皿を洗い、残った三角形のレモンメレンゲパイを冷蔵庫のまだ開封していないオレオとイチゴジャム、トマトソースのとなりに入れた。

帰り際にケリーは言った。「ちゃんと自分で面倒を見てくださいね。わたしはもうじきお世話をしにこられなくなるから」

THE EXTRA ORDINARY LIFE OF FRANK DERRICK, AGE 81

30

火曜日の朝、フルウィンドには暗い雲が立ち込め、雨が降りそうな空模様だった。フランクは降ってくれるよう願った。店まで歩きながらジーン・ケリーになりきり、水たまりで飛び跳ねたり街灯の柱を抱えこんだりしたい。チャリティショップの外の水漏れする雨樋の下に立ち、高らかに歌ってやろう。モーリーン――フルウィンドの警察補助員――に止められて帰れと言われるまで。

またツキがめぐってきた気がしていた。宝くじの数字のうち、ふたつが的中し、店へ当選金を受け取りにいく支度をしていたら、一ポンド硬貨が青い上着のほつれた裏地に見つかったのだ。

黒い折りたたみ傘をポケットに、フランクは店へと出発した。あいにく雨は降らず、暗い雲が漂うばかりだったが、風が強くて傘を開こうものなら裏返しになって布が骨からはじき飛ばされそうだった。日によっては、フルウィンドがまさしくこのウェストサセックスの村のネイティブアメリカン名になる。もしもジーン・ケリーがフルウィンドの雨に唄えば、映画の半分でチャーチ・ロードを飛ばされていく中折れ帽《トリルビー》を追いかけることになっただろう。

フランクはフルウィンド・フード＆ワインに入っていった。宝くじ券を渡すとカウンターの男が機械にかけた。機械が作動し、乾いた回転音とともに数字を確認して、フランクの賞金を判定した。

フランクとスメリー・ジョンは宝くじが当たったらどうするか話すことがよくあった。ジョンの予定はこうだった。浪費《スペンド》！　スペンド！　スペンド！　まずスピードボートとヘリコプターを買う。そしてカリブ海の島に住み、おつむの弱い美女たちをはべらせ、シャンパンを靴に注いで飲むのだ。

「大当たり」とカウンターの男が言い、レジを開けてフランクに賞金をよこした。『キャッチ22』と『荒野の七人』が稼いでくれた額は二ポンド四〇ペンス。こんなはした金だと、何も当たらないより気分が悪い。受け取るのも気恥ずかしく、これでケリーの時間がさらに何分買えるのか計算する気にもなれなかった。フランクは店を出るとすぐにスメリー・ジョンとの約束を破り、当選金で巨大なアール・デコ調の映画館が庭にあるビヴァリーヒルズの大邸宅を手に入れるのではなく、となりのチャリティショップに行って全額を小さな磁器のフクロウにつぎ込んだ。

家に帰る途中、フランクは舗道に小銭が落ちていないかと探していて危うく電話ボックスにぶつかりかけた。電話ボックスのなかも現金の忘れ物はないか調べてみた。そんなことをするのは子供のころ以来だった。はたして来週以降にまたケリーと会うことはあるのだろうか。来週はケリー・クリスマスの一二日目（ジャニスとの恐怖の時間を含めなければ一一日目）だ。フランクは歌を口ずさみはじめた。「クリスマスの一日目……」するとこのクリスマスソングが頭から離れなくなり、歌詞を思い出そうとするうち丸一日が過ぎていった。泳ぐ白鳥は何羽だったか、九人いるのは何だったか、その九人は何をしていたか、そして、あの五つの金の指輪がいまここにあったら、どれだけ役立ったことか。

フランクは買い物カートを力ずくでツタから引き離すはめになった。ツタはほんの二、三日で、物置小屋のなかにあるものを奪回しはじめていたのだ。

カートの車輪に油を差した。これできしる音が静かになったのは確かだが、朝のこの時間にはヘリウムを吸った雷鳴のように轟く。カートをゆっくり押してみた。だからといって車輪の騒音が小さくなるわけではないが、少なくとも回数は減った。道路の両脇にある芝地を通ることで音をさらに小さくしようとしたが、ときおり芝地がとぎれてカートが道路に出ると音は大きくなる。フランクはあごに力を入れ、血流で耳をふさごうとした。自分に車輪の音が聞こえなければ、なんらかの理由でほかの人たちにとっても静かになるとばかりに。

いちばん暗い色の服を着て、いちばんやわらかい靴を履いていた。靴墨を顔に塗ることも考えたが、スメリー・ジョンから車に轢かれたときに備えてきれいなパンツを穿いていたかなどとからかわれたのを思い出した。車に轢かれて病院に担ぎこまれるとしたら、顔に靴墨を塗っているのは汚れたパンツを履いているよりまずい。とくにスメリー・ジョンに見られたら。

午前三時にシー・レインで車に轢かれるおそれがあったというわけではない。車は一台も通らなかった。街灯もついていなかった。自宅の玄関ドアの外の防犯灯が消えると、フランクは暗闇へと放り出された。空は子供がクレヨンで描いた空のように黒い。星を貼りつけた黒い紙だ。シーラの案内係用ライトになるはずだった赤い懐中電灯のスイッチを入れた。何も起こらない。懐中電灯を振ると、ほの暗い黄色のぼんやりした明かりがついた。ポップコーンのにおいがしたような気がした。

道を一〇メートルほど進んだところで立ち止まり、位置を確認した。懐中電灯で目の前の門を照らすと――〝3煙突《スリー・チムニーズ》〟と門の看板に書いてある。この平屋に三本の煙突があったか思い出そうとした。なぜ平屋にそんなにたくさんの煙突がいるのだろう？　懐中電灯をその家の屋根に向けて確かめるのは避けたい。下の寝室で人が起きたら困る。

不意にすぐそばで物音がした。フランクは動けなくなった。懐中電灯のスイッチを切った。音が止まった。フランクは息を止めた。また音がした。道路の少し先から聞こえてくる。何かがこすれるような音だ。懐中電灯のスイッチをゆっくりオンの位置に戻した。鈍い明かりがつくと、こすれる音がふたたびやんだ。フランクはまた固まった。鼻の穴の奥で笛のような音がした。すっきりさせようと鼻をすすったら、フルウィンドじゅうの人たちを起こしてしまうかもしれない。またがさがさと音が鳴りだした。フランクはゆっくりと腕を上げ、懐中電灯をその方角に向けた。キツネが一匹、フランクを見つめ返していた。見たことのある目つきだった。犬猫ホームのスイングドアを抜けていくビルの顔に見えた審判と失望のうつろな眼差し。DVDを〈キャッシュ4スタッフ〉のカウンターに置いたときにケースの表から俳優たちが向けていたあの目つきだ。

「盗むわけじゃないぞ」とフランクはキツネに言いたかった。「家の外に放置されたプラスチックのチャリティ袋からものをもらうのは、盗みじゃない。袋に印刷されたチャリティ名もどうせインチキだろう。そんなチャリティなんかないんだ。チャリティ袋が詐欺なことくらい、誰だって知ってる。誰だって。それにたとえ、今回にかぎってチャリティが本物だったとしても、いまからきみがディナーをあさろうとしているその袋みたいに、ごみ袋として使われなかった袋は全部、二、三時間もするとバンに乗った男に回収されるんだ。男はそれを倉庫まで運び、そこで袋の中身が仕分けされて積みあげられていく。衣類と靴、リネンと布地、カーテン、寝具、DVDとCD、本、おもちゃ、装身具、腕時計、金と銀、などなど。

そのあと全部がもう一度仕分けされる。今度は品質と転売価値が基準だ。小麦ともみ殻が仕分けされる。DVDとビデオカセットも。一部のものはリサイクルにまわされたり、ごみ処理場に直送されたりする。ほかは全部バンに積み直されてチャリティショップへ運ばれるんだ。おばあさんたちは何時間もかけてインターネットや通信販売カタログを調べて、品物が新品だった場合の値段を判断しないといけない。その情報をもとに、値札に記入して全部の品物に貼りつけ、客が店に入ってきて買うのを待つことになる。袋の製造費と印刷費、バンの運転手の給料と燃料費、値札シールその他いろんな経費を差っ引いたあと、残った収入はそのチャリティで意図された受益者のために使われる。この場合、それは高齢者。つまり私だ」

そういうわけだ、〝ゆかいなバジル〟。これは中間業者を省いているにすぎない。どう悪く転がったって、宝くじの数字を家に届けられたチャリティペンで書き込むとか、ネスカフェをフェアトレードのマグで飲むようなものだ。

キツネは首を振ってため息をつき、不服そうに振り返って吹っ飛んでいった。道路の先へチキンの骨をくわえたまま走り、フランクが見ている前で速やかに暗闇へと消えた。残飯のおかわりを、チキンの付け合わせのチップスか、デザート、ひょっとしたらエスプレッソを求めて。あるいは、ベッドにいるはずのじいさんに映画館の懐中電灯で顔を照らされずに、安心して食べられる場所を求めて。

フランクはこれまで数々の映画で、大犯罪を成功させたヒーローやヒロインが何百枚ものドル札やポンド紙幣を空中に放り、その札が紙吹雪のように舞い落ちるのを見てきた。もしフランクがチャリティ袋強盗の戦利品を宙に放りあげたら、落ちてきた香水の大瓶でけがをしただろう。そして旅行用の置き時計に命を奪われたかもしれない。

フランクの不審な死を捜査する警察は、こう言ったはずだ。「正確な死亡時刻が午前三時三五分であるのはわかる。それにしても、このいい香りは何だ?」

フランクは戦利品をリビングのカーペットの上に並べた。フルウィンドの住民は同情するのに疲れているにちがいない。これなら小屋にあるもののほうがましだ。フランクは壊れた置き時計を見て、本当はいま何時なんだろうと思った。ロサンゼルスは何時だろう。ベスに電話するのにちょうどいい時間ではないのか。

机の引き出しから住所録を取り出して娘の番号にかけた。

「もしもし?」

「ベスか? 元気かね?」

「いま何時？」

娘との会話はいつもこんなふうに、時間の確認からはじまる気がした。

「ああ、どうだろう。かなり遅い。いや、かなり早いのか。なんとも言えないな」

ベスはフランクの声がどこかおかしいと感じた。

「大丈夫、お父さん？」

「ああ、まあな。万事順調だ。そっちはどうだ？　ローラとジミーは？」

「ふたりとも元気よ、お父さん」

この時間のリビングはひどく静かなのか、ひとり話す声が人通りのない外の道路できしる買い物カートの車輪のように響き、フランクは電話に向かって叫んでいる心地がした。リモコンを手に取り、静寂をかき消そうとテレビのスイッチを入れた。ちょうど『アンティークス・ロードショー』が終わろうとしていた。夜のこの時間ではありえないほど音が大きい。

「ああ、やめて！」ベスが言った。「その曲！」と笑いだした。「その番組、まだやってるの？　朝になったら学校に行かなきゃいけない気がしてきた」

フランクも笑いだし、テレビの音声を例の目隠ししたアメリカ海兵隊員方式で消した。

「私の場合は『ラスト・オブ・ザ・サマー・ワイン』だったよ。あの曲を聞いたとたん、頭のなかは、また仕事の一週間がはじまることでいっぱいになった」

「少なくとももうその心配はない」

「老後の楽しみだな」

「最近はどうしていたの？　楽しいことはあった？」

「まあ、あれこれとね。スーパーマーケットに行ったよ」

「へえ」ベスは言ったそばから、わざとらしいあてこすりを後悔した。

「普通のスーパーじゃない。大きなスーパーだ。フロアがふたつあってね。そっちと比べたらちっぽけなんだろう。町の雑貨屋みたいに」

「このところスーパーマーケットの大きさはどっこいどっこいじゃないかな」

「海辺にも行った」

「泳ぎに？」

「いや。今回はちがう。もう何年も泳ぎにはいってない」

「変わっていた？」

「そんなには。相変わらずの砂と石、どこまでも広がる海水。カフェにペンキが塗られていたよ。海辺の小屋の値段は信じられないだろうが」

「やっとまじめに老後を過ごすようになったみたいでよかった。テレビばっかり見てるんだから。もっと外に出なきゃ。むかしビーチで凧を飛ばしたのはおぼえてる？」

「もちろんだとも。まだあのときの傷痕がある」フランクは片方の手を眺めた。指をひっくり返してみた。もう片方の手でも同じことをした。ベスが放してしまった凧をつかまえようとして、糸で指を切ったときの傷痕が見つからない。

「あの凧は落ちてきたのかな」ベスが言った。

「まだ上がったままだろうな。どこかに。いまも泳いでいるのか?」

「あんまり、というのが正直なところ。ローラに教えていたころは泳いだけれど。いまのあの娘は魚みたいに泳ぐの。ママみたいに。何マイルも沖まで泳いだときの。わたしはあれが好きになれなかった。ママはどこに行くのって訊くと、フランスってお父さんは答えるの。フランスパンを買いにいくんだって言うから、どうやって濡れないようにするのってわたしは尋ねる。お父さんがなんて答えたかは思い出せない」

「頭の上にのせるんだよ」

もし窓掃除人にじゃまされずに『ダーティ・ダンシング』のあの場面を見ていたら、パトリック・スウェイジがジェニファー・グレイをバゲットみたいに頭上に持ちあげる姿がフランクの頭をよぎっただろう。

「きょうは何をするの?」ベスが訊いた。

「いつもと同じことを」

「すぐだから、待ってね」ベスが誰かに声をかけた。「もう行かなくちゃ、お父さん。そのうち電話する」

「ローラによろしく伝えてくれ。ジミーにも」

「わかった。愛してる」

フランクは電話を切った。『アンティークス・ロードショー』のつぎの回がはじまっていた。男が鑑定家を見つめ、口をあんぐり開けていた。そのあと、たぶん「そんなに?」と言ったのだろう。そして、これは絶対に売りません、長年の家宝なのですから、と鑑定家に嘘をついた。フランクはカーペットの上にある近所のチャリティ袋からの盗品を眺めた。まるでぱっとしない。たぶんシー・レインを反対の方向へ歩けばよかったのだろう。海と立派な家をめざせば。フランクはDVDをかけ、肘掛け椅子に座ったまま眠りに落ちた。目が覚めると商店街に出かけた。チャリティショップで小さな皿と指輪をくすね、店の真ん中の高そうな東洋の壺が入っているキャビネットのロックが開いていないか試してみた。それからとなりのフルウィンド・フード&ワインに行き、防犯ミラーに映るカウンターの男が目をそらしたすきに、電池二本とキャンディの袋をポケットに入れて店を出た。

そのあとフランクはもう一度、庭じゅうで宝探しをして一日をつぶした。見つかったのは五ペンスと画鋲ひとつだった。暗くなってシー・レインを通る車がなくなると、新しい電池を入れた案内係用の懐中電灯をアノラックのポケットに突っ込み、再度、買い物カートとともに出発した。今回はシー・レインを逆方向へ歩いた。黄金郷《エル・ドラード》と桃源郷《ザナドゥ》をめざして。

かごがいっぱいになり、さらに歩きつづけるうちに海辺に出た。もはや疲れ果てて、夢遊状態で歩いているのと変わらなかった。フランクはベンチに腰をおろした。潮はほぼ引ききっている。水際はケリーと来たときよりずっと遠い。座ったまま水平線に浮かぶ朝日を眺めた。ベスの凧はどこだろうか。両手に糸の切り傷はないかもう一度確かめた。腹が空いている。アイスクリームが頭に浮かんだ。ベーコンと卵も。海辺のカフェはあと三時間は開店しない。

泣きたい気持ちに駆られたが、泣けなかった。泣かなくてはいけないような気がした。無理やり人生の悲しい時期を思い起こしてみた。頭に浮かんだのは病院のベッドに臥したシーラ、もうフランクが誰なのかもわからないのに、自分を殺そうとしていると思い込んでいる妻。そういえば、病院が奇跡的に彼女の命を救ったことが二、三回あったが、退院時にはきまって運び込まれたときより少し具合が悪くなっていた。海を眺め、シーラが泳いでいるうちに見えなくなったときのことを思い出した。ベスの足を生まれて初めて水につけてやったとき、娘がもがいて脚をくねらせ、キッチンのスツール脚立よろしく体のなかに折りたためるとばかりに引きあげようとしたのを思い出した。それからまもなく、娘は海が大好きになり、どうしても水から上がろうとしなかったことも。キャンプファイヤーのまわりに座っておならをするカウボーイたちのことを考えた。『雨に唄えば』で目にタマネギをこすりつけたデビー・レイノルズのことを思った。ずっとベンチに座りつづけ、メソッド演技法の俳優のように自分を泣かせようとしたが、涙は一滴も出てこなかった。その日最初の飛行機が上空を飛ぶころ、フランクは家に帰った。

31

THE EXTRA ORDINARY LIFE OF FRANK DERRICK, AGE 81

フランクは寝過ごした。入院中を別にすると、午前一一時すぎまでベッドにいたのは、おぼえているかぎりこれが初めてだった。テレビの常套句でいえば、観測史上初である。

万引きをし、隣人たちから盗みを働いたせいでフランクは疲れきっていた。二〇か三〇の飛行機と猛烈な雷雨、数知れないセールス電話の音にも気づかず眠りつづけた。

遅くなったのは承知していたが、どのくらい遅いのかは定かでなかった。手を伸ばして腕時計を取ろうとして、現金欲《キャッシュ》しさに売り払ったのを思い出した。自分の足取りをさかのぼり、前日の曜日を知る手がかりにたどり着かないかぎり、新しい一日が何曜日かよくわからない。自由な気分が味わえるのは確かだった。

フランクはベッドに横になったまま、昨夜のテレビで何をやっていたかを思い返していった。スヌーカー、園芸番組、戦争映画、素人撮影の災難ビデオ番組、『アンティークス・ロードショー』。

「しまった！」

フランクは火事があったみたいにベッドから飛び起きた。首の筋をちがえた。足首をひねりかけた。こんなに急に動くには年寄りすぎるのだ。手足がしびれてちくちくしている。その感覚が消えるまで足踏みした。カーテンを開けると、その勢いでレールからはずれそうになった。白いプラスチックのカーテンフックがひとつ、部屋の向こうにはじけ飛んだ。

「しまった！」

外は明るかった。車がシー・レインを行き来している。大きなセインズベリーズへの無料バスが通過した。もし窓が開いていて風向きがちょうどよかったら、バスが赤い自転車を追い越したときに、おばあさんたちがけたけたした笑い声とひやかしの指笛を郵便配達員に浴びせるのがフランクにも聞こえただろう。

「まさか！」

その日は月曜日で、フランクはケリーに会いそこなったのだ。

ケリーに会えるのはこれが最後なのに、寝過ごしてしまったとは。もちろん、彼女は壁に取りつけたボックスに自分の鍵を持っているが、フランクは寝るまえに玄関にチェーンをかけておいた。ケリーはドアを開けられなかっただろう。そこでドアと枠の隙間から名前を呼んだはずだ。「フランク？　こんにちは？」つづいて、フランクが電源を切ったとも知らずにドアベルを鳴らす。つぎは電話だ。電話の音は聞こえたはずじゃないか？　ところが、フランクはぐっすり眠り込んでいた。盗みは心身を消耗させる。気づかずに寝ていたとしてもおかしくない。

フランクはリビングに入っていった。ひどい散らかりようだった。タータン柄の買い物カートが真ん中にあって、フルウィンドからのチャリティ寄付用の品々に囲まれている。〈キャッシュ4スタッフ〉での間引きを免れたＤＶＤがカーペットじゅうに散らばっている。暖炉の上の時計を見た。一一時二五分。キッチンの時計によると一一時二九分で、DVDプレーヤーでは8の列が点滅していた。

フランクは服を着たままベッドに入っていた。いやベッドに入ったわけですらなかった。ちょっと横になるだけのつもりが、いつのまにか熟睡してしまったのだろう。夢を見たかどうかも思い出せなかった。もしかしたら、これが夢ではないのか。自分がジュディ・ガーランドだったら、ここはもうカンザスじゃない〔映画『オズの魔法使』では、ジュディ・ガーランド扮するドロシーが竜巻に襲われたあとに、「ここはもうカンザスじゃないみたい」と言う〕。フランクは真紅のスリッパを履き、階段を下りていった。新聞がドアマットの上にあった。新聞少年はいつも郵便受けの途中までしか押し込まない。きっとケリーが新聞をさらに押して郵便受けを貫通させたのだとフランクは推理した。そうすることで郵便受けの隙間から階段の下で意識を失って倒れていないか確かめ、名前を呼んだのだろう。「ミスター・デリク？」

フランクは庭の通り道を歩いた。一瞬、芝生にあいたいくつもの穴は何だろうと不思議に思った。ポケットに手を突っ込むと、五ペンスぶんの小銭、ヘアピン、ビルのネームタグ、チャリティショップで盗んだブローチにふれた。毛玉や綿くずに深く埋もれたポケットの奥には、眼鏡の小さなねじがあった。

表門の外の芝地に立ち、道路の左右を見渡してケリーの青い車を探した。芝生は濡れていたが、雷雨があったとは知らず、ずいぶん露が降りたのだなとしか思わなかった。ケリーの車はどこにも見えず、フランクは道路を店の方角に歩きはじめた。眼鏡をはずして目をこすった。まだ目が覚めきっていない。走ったほうがいいような気がした。走り方をおぼえているだろうか。徐々に早足にしてギアを上げていくとしても、まともに走らないうちに脚がもつれて転んでしまうかもしれない。

〝車を洗いすぎる男〟が車を洗っていた。こんにちはと声をかけてきた。フランクは答えなかったが、作り笑いは浮かべた。チャリティ袋泥棒の第二夜に、この男の車の側面に傷をつけたおぼろげな記憶があった。フランクはポケットに車を引っかいた武器を探った——ヘアピンかコイン、ブローチかビルのネームタグ……鍵、鍵がない。フラットに忘れてきたのだ。自分を締め出してしまった。もし誕生日を思い出せず、キーボックスを開けられなかったらどうする？

道路を一〇メートルほど進んだところで車が向かってくるのが見えた。ケリーの車と同じ青だった。フランクは手を振りたかったが、本当に彼女か自信がなかった。これでスー族名が〝見知らぬ者に手を振る男〟になったらたまらない。車が近づき、車内にはふたりいるのがわかった。運転しているのはケリーで、助手席に、フランクの席に男が座っている。と、ケリーが不意に車で道を横切り、フランクのほうに向かってきた。彼女に轢かれる、とフランクは思った。わざとなのか、それとも偶然なのか——彼女は腕利きのドライバーではない。もしここで轢かれたら、彼女はフランクの回復期間に訪問ケアを担当する資格を失うのだろうか？

フランクは道路沿いの芝地を後ずさりし、〈3チムニーズ〉の前の柵に寄りかかりそうになった。その平屋住宅を振り返ると、たしかに三本の煙突があるとわかり、フランクはもう一度考えた。どうして平屋建てに煙突が三本要るのだろう？　もしかしたら門の看板に合わせてこの家を建てたのかもしれない。もし疲れていなかったら突き止めているところだが、たぶん暖炉も三つあるのだろう。

ケリーが車を芝地のへりに乗りあげて停め、窓を開けた。フランクは近づいていき、かがんでのぞきこんだ。

「チェーンがかかっていて」とケリーが言った。「それでなかにいるってわかったんです。電話しました。でも応答がなかった。大丈夫なんですか?」

「寝過ごしてしまった」フランクは言った。ケリーの心配そうな顔から自分はひどい身なりなのだとわかった。三か月前、不潔闘争《ダーティプロテスト》のあとで初めて対面したときと同じ男。汗にまみれて息を切らしている。目の下にはくまができている。髪は乱れ放題だ。ひげも何日か剃っていないし、鼻毛がはみ出ている。〝デニス・ヒーリー〔英労働党の政治家〕のものまね〟をまた履歴書に記入しなくてはならない。

助手席の男はフランクの〝ドリアン・グレイの肖像〟だった。男は若い。ケリーと同年代で、たぶんやや年上。さっぱりした短髪は将校か警官といった風で、むらのない無精ひげはエアブラシで吹きつけられたみたいだった。たぶん妖精《フェアリー》たちのしわざだろう。

「あ、すみません」ケリーが言った。「こちらはショーン」そしてショーンに向かって、「こちらがミスター・デリク」

「フランクだ」とフランクは言った。「ミスター・デリクはゆかいなバジルのツッコミ役だから」ケリーもショーンもフランクが何の話をしているのかわからなかった。それにフランクの話し方もおかしかった。入れ歯をする余裕がなかったからだ。ケリーが研修を受けたのなら、フランクに脳卒中の疑いを抱いただろう。そして顔や体にほかの症状はないか確かめるはずだ。「ゆかいなバジル」とフランクは言った。「あのキツネにはいつも人間の相棒がいた。ミスター・ロイ、ミスター・ロドニー、ミスター・デリク。私のは綴りがちがう。〝油井やぐら〔derrick。もともとは絞首刑執行人の名〕〟と同じだよ」

「いっしょに家に入って話しませんか？」ケリーがフランクに言った。自殺志願者を窓の台から降りるよう説得するときの穏やかな口調だった。〝いっしょに家に〟と言ったが、そこには誰が含まれるのか、とフランクは思った。

ケリーがショーンのほうを向き、ふたりで話しだした。フランクはふたりの唇の動きから言葉を読み取ろうとした。ところがすぐに唇が見えなくなる。ケリーが身を乗り出してショーンにキスをしたからだった。彼女はドアを開けて車から降りようとした。

「ショーンは車で仕事場に戻りますから」と車から出かかったところでフランクに言った。「あとでわたしがバスで車を取りにいきます」

ショーンが這うようにして運転席に移動した。

「お会いできてよかった、ミスター・デリク」とショーンは言い、ケリーに向かって、「じゃあとで」。ケリーが車のドアを閉めた。ショーンはバックでUターンをして走り去った。

ショーンがいなくなると、ケリーはフランクに向き直った。「モグラを飼っているの？」

「えっ？」

「なかに入りましょう」ふたりはフランクのフラットへと引き返していった。「誰かがお庭を掘り返したのね」ケリーが言った。「あれを見たあと、ドアが開かなかったから、ちょっと心配になりました。でも警察や消防には連絡したくなかった。ただ眠っているとかバスルームにいるだけだったらいけないでしょう。ちょうどショーンを近くの仕事場まで送ったところだったから、彼にチェーンをはずしてもらおうと迎えに戻ったの。工具を持っているのは知っていたし。最高のアイデアじゃなかったかもしれない。玄関ドアを取りはずすことは〈レモンズ〉の手引書に載っていないと思うし」

「寝過ごしてしまったんだ」フランクはもう一度言った。

ふたりは門を抜けて庭に入った。いったいいくつ穴を掘ったのか、フランクは自分でも把握していなかった。事の次第をケリーにどう説明したらいいのかもわからない。事実を話すだけではだめだ。モグラは濡れ衣を着せるのにうってつけに思えたが、代わりにフランクは、庭いじりをしていたんだが、あまり得意じゃなくてね、と言った。そしてケリーに指を見せた。

「どう見ても園芸《グリーン》好きじゃない」とフランクは言った。ふたりは玄関ドアまで来た。「鍵を忘れてしまった」

ケリーがキーボックスから鍵を取り出してドアを開けた。フランクはなかに入った。新聞と郵便物を拾いあげた。ケリーが後ろから階段をついてくる。リビングの床の散らかりよう――盗んだチャリティ袋やら買い物カートやら――を思い浮かべ、どう釈明しようかと考えた。モグラのせいにはできない。できるだろうか？

階段を上りきり、鏡に映った姿が目に入ると、こんな老いぼれ浮浪者の似顔絵をいつ掛けたんだ、とフランクは思った。

こんなはずじゃなかった。

けさは早く起きるつもりだった。それかまったくベッドには入らず、じっくり時間をかけて身ぎれいにし、ケリーの最後の訪問に備えようと考えていた。浴槽になみなみと湯を張り、入浴剤のCMソングを歌いながらたっぷり泡立てよう。何枚も刃のついたかみそりでひげを剃り、顔がひりひりするまでアフターシェーブローションをかけようと。

いちばんうるさい柄のシャツを着て、耳毛や鼻毛、眉毛を引き抜く。するとくしゃみが出て、はずみで鏡に頭突きしただろう。念入りな身じたくが済んだら、テレビCMのジングルを思い出すという理由で買ったシリアルを一杯、そのジングルを口ずさみながら食べる。それから新聞を読み、リビングで片づけものをしながら朝食どきのテレビを見たあと、窓辺の定位置につく。そして後ろを向いて髪をくしゃくしゃにし、ジミー・スチュアートになりきって彼女の到着を待つはずだった。

ところが寝過ごして、どれもできなかったのだ。

階段のいちばん上で鏡をのぞいたとき、にらみ返してくる子供のいたずら書きにフランクはほとんど心当たりがなかった。その顔はまるでガラスの汚れだった。「彼氏は何の仕事をしているんだね？」フランクはケリーに尋ねた。

「屋根職人です」

そうだろうとも。

ケリーからリビングの散らかりようについて訊かれ、フランクは掃除をしていて、全部チャリティに寄付するつもりだと答えた。プラスチックの袋を配っている男を追いかけて、もっと袋をくれと頼むはめになったよ、と。マントルピースの置き物がなくなっていることについて訊かれると、フランクは空き部屋に片づけたと答えた。ベスの部屋を空き部屋と呼んだのは初めてだった。

ケリーが片づけに取りかかり、盗品をチャリティ袋に戻しはじめた。これで彼女は共犯者だ。

ケリーがハンドバッグを手に取った。

「これ、ワニ皮だったんでしょうね」と言って彼女はバッグの臭さに鼻にしわを寄せ、伸ばした腕の指先からプラスチックのチャリティ袋に入れた。「あっ、フランク。ごめんなさい。失礼なことするつもりはなかったんです。シーラのものでした？」

「ああ」とフランクは言い、こうつづけた。「たしかにワニ皮だろうね」ああと答えるだけでは、信用されないかもしれないので。

三つのチャリティ袋がいっぱいになると、ケリーは片手にふたつ、もう片方の手にひとつを持った。ちょうど、フランクを轢いて彼女がここにやってくるきっかけをつくった牛乳配達人のように。

「外に出してきますね」彼女が言った。

「あとで私がやるよ」

だがケリーはもうホールに出て袋を下の階に運んでいた。仕事を片づける。それがケリーだった。その彼女ともうじき会えなくなる。フランクは窓に近づき、彼女が袋を門の外の芝地に置くのを見守った。外に出たついでに彼女は大きなごみ容器をきちんと並べた。道路から舞ってきた紙切れを拾い、容器のひとつに入れた。

このとき彼女がリサイクル用の容器をのぞいたら、ほぼ満杯なのがわかっただろう。フランクはリサイクルの日にその容器を道路べりに出すのを忘れるか、その手間を省いてばかりだった。仕事を片づけない。それがフランクだった。ごみ容器を空にするのを怠り、請求書の支払いをせず、芝生は刈る必要があるし、庭はめちゃくちゃで、映画館は建っていない。

これまで家に訪ねてきた屋根職人たち。彼らの言うとおりだった。屋根の瓦はたしかにずれている。修理が必要だった。債務管理のセールス電話も見当違いの番号にかかってきたのではない。フランクの負債は管理が必要だった。スペイン語のカセットを再生するテープデッキの電池を買ったとしても、「やあ《オラ》、私の名前は《ミ・ノンブレ・エス》フランク・デリク」よりたいして先に進むことはない。ドラムセットは結局、叩かずじまいだろう。

もし牛乳配達人に轢かれなかったら、冷蔵庫にある食品は消費期限をさらに過ぎていき、ひっくり返った車止めは塗装されずに倒れたままで、やがて伸びた草に覆われるだろう。フランクは座ってテレビを眺めるばかり、パジャマの上から服を着て、家にあふれるＤＶＤとチャリティショップのがらくたは、棚に放置されてほこりをかぶる。それがフランクだった。放置されてほこりをかぶる。仕事を片づけない。

ケリーがチャリティ袋を外に運び、ごみ容器をきちんと並べるのをフランクは見守っていた。彼女が伸びすぎた草の先を何本かちぎってごみ容器に入れた。そのあと誰かと話しはじめた。アルバート・フラワーズだ。フラワーズが何か言い、ケリーがいったん庭を見てから向き直った。フラワーズは芝生にできた穴について尋ねているにちがいない。フランクはふたりが話すのを観察した。唇の動きを読み取ろうとした。ケリーはどうやらモグラ《モール》、あるいは穴蔵《ホール》と言っている。フランクはケリーがショーンのときみたいにアルバート・フラワーズにキスすることがないよう祈った。彼女がうなずいてフラットを見あげた。フランクはあわてて窓から引っ込んだ。もう一度見たときには、ふたりはいなくなっていた。

「フランク！」ケリーが階段の途中から呼びかけてきた。「アルバートが会いにきましたよ」

フランクはケリー以外の足音が階段を上ってくるのを耳にした。

ケリーがアルバートを招き入れたのだ。

吸血鬼を誘い込むように。

フランクは部屋を見まわし、十字架のかたちをつくれるふたつのものを探した。あのスプーンセットさえ売っていなければ。心臓を突き刺してアルバート・フラワーズを絶命させるだけの銀が含まれていただろうに。

ケリーとアルバート・フラワーズがリビングに入ってきた。フランクにはわかったが、フラワーズはたちまち部屋にあるものすべてに白けた気分になった。床にはさびたタータン柄の買い物カートと空っぽのチャリティ袋。カーペットじゅうに散らばったＤＶＤと殺風景なマントルピース。フラワーズはＤＶＤプレーヤーの点滅する数字を心に留め、単純なデジタルディスプレイの時刻設定もできないとは、ぽんこつ老人もいいところだと考えたはずだ。フランクはフラワーズからきたる〈花《リビングルーム・イン・ブルーム》ざかりのリビング〉コンテストについて講釈を聞かされるのを想像した。

フラワーズの透けて見える嫌悪感の裏には喜びがあった。他人の家のなかを見て、自分の家には遠く及ばないと知った喜びである。フラワーズはケリーが持ってきてくれたいちばん新しい花束を見た。臭う水の入った花瓶の縁に垂れ下がっている。しおれた花々。この部屋にあるしおれた花々《フラワーズ》がこれだけでなければいいのに、とフランクは思った。

「あとはおふたりにおまかせしますね」とケリーが言った。

彼女が食器洗いやフラットの片づけに向かうと、アルバート・フラワーズが庭の穴や芝生の上の発泡スチロールについてねちねちと話しはじめた。車止めの色と、その下から覆いかぶさるように伸びてきた芝生についてまた質問した。お抱えの庭師に芝刈りと車止めの塗り直しをするよう喜んで手配すると言ってきた。

「とてもお得な業者ですよ」

「けっこうだ、ありがとう」

「ふうむ」とフラワーズ。「どうでしょう、あくまで一時的な解決策としてですが、せめて門を閉めておいてもらえたらたいへん助かるのですがね。コンテストが終わるまでですよ、もちろん」

ケリーは浴室でタオルをたたんだり、フランクの義歯用グラスの水を換えたりしていた。それからトイレに入ってトイレットペーパーを交換し、高級ホテルの客室係のように先端を三角折りにした。彼女は歌を口ずさんでいた。その歌が聞こえるよう、フランクはアルバート・フラワーズに黙れと言ってやりたかった。

「門の前に一時的に何か設置するのはどうですかね。視界をさえぎるために」フラワーズが言った。

「えっ？　ああ。そうだな」フランクは時計を見た。ケリーはじきに帰らなくてはならない。まさかこんなことになるとは。まず寝過ごして、つぎはショーン、そして今度はこの大ばか者だ。思い描いていたケリーの最後の訪問はこうじゃない。こんなことは台本に書いてなかった。

ケリーが戸口を通り過ぎてキッチンに入っていった。まだ歌っている。

「では、うちの庭師に道路べりのことを話してみましょうか？　それと車止めのことも？」フラワーズが訊いた。

「道路べり？」

「それと車止め」

「そうだな。ああ」フランクはこんなに上の空になったことはなかった。

「お茶はいかがです？」ケリーがキッチンから声をかけた。名前こそ呼ばなかったが、アルバート・フラワーズに話しかけたのはまちがいない。

フラワーズが腕時計に目をやった。見るからに高そうな時計だった。〈キャッシュ4スタッフ〉の女が迷わず〝よし〟の山に積みあげるたぐいの時計だ。フランクはその時計をフラワーズの手首から、手と結婚指輪もろとももぎ取りたかった。売ればケリーの訪問をもう一二か月確保する資金になるだろう。

「ちょうど暇をつぶす必要がありましてね」フラワーズが言った。つぶす《キル》、とフランクは思った。フラワーズがケリーに呼びかけた。「ありがとう。お茶を一杯いただけたら素晴らしい」フラワーズに微笑みかけられ、フランクはこの男を殴って歯を口からはじき飛ばしてやりたくなった。そして金の詰め物を売り、残りで自分用に新しい入れ歯をつくるのだ。アルバート・フラワーズをリビングのカーペットの上で首吊りと内臓えぐりと四つ裂きの刑に処したい。ヒマワリ色の車止めの下に埋めてやる。

ケリーがお茶を淹れ、三人ともリビングで腰を下ろした。彼女は訪問時間の終わりまでずっとアルバート・フラワーズと世間話をしていた。フランクはほとんど口をきかなかった。会話に参加して長引かせたくなかったからだ。なぜ彼女はフラワーズと話すんだ？　ベスはケリーの時間に対して大金を払っている。そんな余裕などないのにだ。ジミーの契約は失敗に終わった。ベスはジミーが苦労して稼いだお金がアルバート・フラワーズとの世間話で使い果たされるのを許せないだろう。この男は花屋のオーナーだ。高価なジャケットと靴を身に着けている。上等な腕時計もある。自前で訪問ケアを呼ぶくらいできるはずだ。なぜさっさと帰らない？　帰れ、アルバート・フラワーズ、帰ってくれ。

フラワーズがようやく暇乞いをするまで二〇分かかった。フラワーズは手を差し出してフランクに握手を求めた。フランクはフラワーズの手を握った。できれば握りつぶしてやりたかった。

ベスが幼かったころ、朝、起こしにいくのはフランクの役目だった。娘に「げんこつをつくって」と言うと、ベスはベッドに寝転んだまま拳を握ろうとするが、まだ体が起きてなくてちゃんとは握れない。いまのフランクの握力は一日じゅうそのくらいだった。起き抜けの幼い女の子程度の力しかない。それでもありったけの力で手を握りしめたら、さすがにアルバート・フラワーズも誰かに手をつかまれていると気づくだろう。

フランクはフラワーズをホールまで送った。

「ナースさんにお礼をお伝え願いますよ」とフラワーズがホールを見あげた。「素敵なフラットですな。フルウィンドで階段とは。いやはや」フランクはフラワーズをその階段から突き落としてやりたかった。「そのうちあのチャリティ袋も移動せねばなりません」とフラワーズが言った。

「集めている人もいるんだよ」

「ええ、いかにも。あのチャリティのなかには、まったくチャリティでないものもあるとご存じですかな?」フラワーズは声をひそめ、そのレイシズムがただの思いつきではないことを暴露した。「東ヨーロッパ人。そうですとも。ごきげんよう」そしてついに、やっとのことでフラワーズは立ち去った。

フランクはリビングに入っていった。ケリーがアノラックを着てバッグの口を閉じているところだった。

「これで自由の身ですよ」と言って彼女は束ねた書類を開いた。「あとはサインをするだけ」書類をフランクに渡し、ペンをよこした。フランクはペンを見た。ケリーの車と同じ青だった。側面に同じ〈レモンズ・ケア〉のロゴがついている。ペン先にかすかに噛んだ痕が残っていた。

「行かないでほしい」フランクは言った。のどが締めつけられるようだった。

「えっ？」

「行かないで。行かないでくれ」

ケリーは腕時計を見た。

「でも――」

「あまり具合がよくないんだ」

「お元気ですよ、フランク。半分の歳の人たちより調子がいいくらい」

「まだだめだ。具合がよくない。いまはまだ」

一瞬ののち、フランクは浜辺ではどうしても出てこなかった涙が、潮のように満ちてくるのを感じた。

「私のことを心配《ケア》してると言っていただろう」フランクは言った。

「気にかけていますよ。もちろん」ケリーはバッグを詰めなおし、帰ろうとしていることをあらためてはっきりさせた。

「もう心配してくれないのかい？」

「フランク。わたしは介護人《ケアラー》なんです。それがわたしの仕事。わたしはケアをする。あなたを、そう。そしてほかの紳士のみなさんを……」

「ほかの連中のことは知りたくない」

「ああ、フランク」

こんなぶざまなとき、なんとも大きな挫折のただなかにあってさえ、フランクは気づくと、こんなことをしたいと考えていた。後ろを向いて髪をくしゃくしゃにし、ベレー帽をかぶって肩をくねくね動かし、こう言うのだ、「うーっ、ベティ」〔七〇年代の伝説的コメディドラマ*Some Mothers Do 'Ave 'Em*の主人公、マイケル・クロフォード扮するフランク・スペンサーのものまね。ベティは主人公の妻の名〕

「もう行かなきゃ」ケリーが言った。

「どうして?」

ケリーが腕時計を見た。

「遅刻してる」

「私はどうすればいい?」

「フランク。ばかなこと言わないで」

「どうすればいいんだ?」

「どういうこと?」

「きみがいなかったら?」

「わたしがいなかったら?」

「ああ」

ケリーはため息をついた。「まえはどうしていたの?」

「まえ?」フランクは首を振った。「何も」

「ううん、そんなことない。映画は? あなたは映画を愛している」

フランクはすっかり減ってしまったDVDコレクションを見やった。そういえば、どの映画を〈キャッシュ4スタッフ〉に売り渡したのだったか。あの大切にしていた一六ミリフィルムのコレクションもだ。あれは全部なくなった。いまごろ何千ポンドも払った日本の蒐集家のもとに向かっているのだろう。

フランクの心を読んだかのように、ケリーが言った。「あなたの映画館。映画館はどうなんです?」

「ただの物置小屋だよ」フランクは言った。「ごみだらけの物置だ」

ケリーが腰をおろした。ソファの肘掛けに腰をのせたのは、まだ帰らないけれど、ずっといるわけでもないということだった。彼女は何も言わなかった。フランクに胸の内を口にする余地を残す。この場の主導権をフランクに渡す。ケリー、年金生活者にささやく者。

「きょうはもっとちがった感じにするつもりだった」とフランクは言った。「関わる人間を少なめにして。それなのに――」時間を確認したいとばかりに何もつけていない手首を見た。ため息をついた。「もう二度と会うことはないだろうね」

「いいえ、きっとそうはならない」ケリーが言った。「狭い世界だから。村はもっと狭いし。だから、大丈夫ですよね、フランク?」これもケリーの得意な修辞疑問文だった。つまり、指示だ。

「それに、一日じゅうここに座っていてほしくないし。いいですね?」

フランクはうなずいた。

「外には大きな広い世界があります」

「狭いと言ったばかりだよ」

「言いましたね。うーん、そうだ、広いにしても狭いにしても、世界は自分の思《オイスター》うままですよ、ミスター・デリク、おぼえてます？」

フランクはどうにか半笑いを浮かべた。

「あのアイスクリームみたいに」と彼は言った。

「それにあなたに会わなかったら、きっと知らないままだったこともある。もう二度とアイスクリームをまえのやり方では食べません」

ふたりが黙りこみ、ずいぶん時間がたったように思えたころ、ケリーが手振りでＤＶＤプレーヤーのほうを示した。「あれは気に入りました？　訊くのを忘れていて」

フランクが見ると、『ダーティ・ダンシング』の空のＤＶＤケースが開いたままＤＶＤプレーヤーのとなりに置かれていた。内容は一コマも思い出せない。

「よかったよ」と彼は言った。

「さ、そろそろ本当に行かなきゃ」とケリーが立ちあがった。「これは気にしなくていいです」サインをしていない書類の束をバッグに入れて、「こちらで処理しておきますね。ペンは取っておいてください。何もくれなかったなんて言わないように。さあ、もう行きます。車を取りにいかないと。いったいどこにいるのかって、ショーンがあやしむだろうし」

フランクはＤＶＤの棚のところに行った。

「これを貸してあげよう」と『トップ・ハット』のＤＶＤをケリーに差し出した。「フレッド・

アステアとジンジャー・ロジャーズの映画だよ」

「返しにこられないから」とケリー。また来させようとしても、そう簡単には引っかからない。

「送ってくれればいい」フランクは言った。

「でも本当に……」

「取っておいてくれ。何百回も見たんだよ。二枚持っているしね」

ケリーは礼を言い、DVDを受け取ってバッグに入れた。

「それじゃあ、さようなら、フランク。牛乳屋さんに轢かれようとしないでくださいね」

そして彼女は去っていった。

フランクは窓辺に立ち、ケリーが庭の通り道を歩いていくのを見守った。彼女が門を開けた。ここで振り返って見上げてくれたら、とフランクは思った。彼女は外に出て門を閉めた。振り返ることも見上げることもなかった。これは映画ではない。

フランクはシー・レインを歩いていく彼女を見送った。ほかのジミー・スチュアート気取りたちも見張っているだろう。ヒラリーは事件簿にこう記入するはずだ――「車はなし」。

ベルギー人建築家風眼鏡と窓の角度と道路のカーブが許すかぎり、フランクはずっとケリーを見ていた。二階の窓からは、玄関扉の上に吊り花かごや煙突やスー族名が浮かぶ平屋の詮索好きな隣人たちよりも、彼女の姿がよく見えるし、見えている時間も長い。どの住民よりも一階上に住んでいるのがフランクはうれしかった。ケリーは道路のカーブに沿って歩いていき、やがてとうとう見えなくなった。フランクは道路べりの芝地に置かれたチャリティ袋に目をやった。またあれを家のなかに運びこまなくてはならない。通りかかった人が袋のふくらみを見て、わが家にあったものだと気づかないうちに。

32

THE EXTRA ORDINARY LIFE OF FRANK DERRICK, AGE 81

つづく数日のあいだに〈レモンズ・ケア〉から四回電話がかかってきた。ミスター・ワトソンと話したいということだった。フランクはまず、番号がちがうようですと答えた。つぎに、ミスター・ワトソンはおりませんと答えた。三回目の電話では、ロンこと正気男《マーブルズ・マン》の精を呼び出し、残念ながら父は他界しましたと告げた。電話口の女性は、思いやりといたわりにあふれていたが、翌日またかけてきてミスター・ワトソンはいらっしゃいますかと尋ねた。フランクは番号がちがうようですと答えた。そして電話を切った。そのうちまたかけてくるだろう。〈レモンズ・ケア〉はもはやフランクの電話番号をシステムに登録した一業者にすぎなかった。

フランクはテレビを観てばかりで、食事は粗末で回数も減り、ベッドから起き出すのは、客室乗務員が朝食のトレイを片づけ、空になったプラスチックのコーヒーカップを回収してずいぶんたったころだった。もう自分では朝食の後片付けをすることもない。

ケリーの最後の訪問につづく最初の月曜日、フランクは彼女が来ないことを失念し、早起きして洗顔とひげ剃りを済ませ、うるさい柄のシャツを着て窓辺に座り、彼女の到着を待ったと思われるかもしれない。フランクはケリーが来ないことを忘れなかった。彼としても、できれば忘れたかったのだが。

　タータンチェックの買い物カートはまだリビングにあったし、隣人たちから盗んだ寄付品入りのチャリティ袋はホールに置いたままだった。フランクはもう二度と家を出なかったとしてもおかしくなかった。だが、あるとき地元のフリーペーパーにこんな広告が載っていた。**〈でっかいぞ！　おっきいぞ！　ボードゲーム・イン・ザ・パーク！〉　バッカルー！　ラバ並みに大きなラバ！　はじき玉がサッカーボール大のカープランク！　家並みに高いジェンガ！　マウストラップその他もろもろ！**

　これこそ、フランクに欠けていた刺激だった。スメリー・ジョンに会いにいき、公園に連れ出して巨大な〈カープランク！〉や〈四目並べ《コネクト・フォー》〉でびっくりさせてやろう。公園はグレイフリック・ハウスから一マイル先にある。バスに乗っていこう。運転手はジョンの車椅子を乗せるために車体を低くせざるをえないが、乗客も文句は言えない。バスは初めて男性客をふたり以上乗せることになる。おばあさんたちはチッペンデールズ〔男性ストリップのグループ〕や『フル・モンティ』の出演者が乗った気になるだろう。

　フランクとスメリー・ジョンは公園前で下車しようとベルを鳴らす。運転手はふたたび車体を低くして降ろしてくれるだろう。ふだんフランクが終点のまえに途中下車しようとするときとはちがって、舌打ちをしてぼやくことはない。車椅子に乗った黒人男性を相手にそれはないはずだ。

　フランクとスメリー・ジョンは公園に行き、大きなネズミをトラップにかける。四目並べをやって、ジェンガのでっかいブロックをシー・レインの大半の建物より高く積みあげ、それがまた総崩れになるのを見たスメリー・ジョンが「ジェンガ！」といつにも増して盛大に叫ぶのだ。

フランクは服を着てチャリティ袋をタータンチェックの買い物カートに詰め込んだ。そしてケリーが浜辺へのドライブでびっくりさせてくれたときのことを思い起こした。こっちがいきなり現れ、実物大ボードゲーム大会の広告を見せたら、ジョンの顔にはどんな表情が浮かぶだろう。ジョンにとって、これは海へと坂を転がり落ちていくのをフランクが止めて以来の外出になる。

フランクは図書館まで歩き、買い物カートを外に停めた。館内に入り、オランダの航路船のデッキに佇む自分の写真が載っている本を借りた。図書館で本を借り出すのは久しぶりだった。戦時中に何をしたのか、スメリー・ジョンにきちんと話すとしよう。

チャリティショップに入ると、フランクはプラスチックの袋をカートから取り出し、中身を店に寄付することにした。店の奥の床に袋の中身を空けていると、女性店員が、見おぼえのあるものがある気がするけれど、まえにこの店で売ったものじゃないかと言い出した。フランクはその店員に買い物カートもどうですかと訊いてみた。いらないと店員は答えた。

チャリティショップから出ようとしたところで、セックス・ピストルズのCDが売りに出されているのが目にとまった。フランクはそのCDを買い、買い物カートのジッパー付き前ポケットに図書館の本といっしょに入れた。そして店を出てバス停まで歩いた。

バスに乗ると、まわりの年配のご婦人たちよりずっと若い女性の後ろに座った。女性は小さな子供を連れていて、その子が座席に立ってフランクを見つめていた。フランクはどこを見たらいいのかわからなかった。公共の乗り物や店の列ではきまって子供に見つめられる。照れくさくて落ち着かない気分になり、おぞましい秘密を隠した男のように赤面したり汗をかいたりしないか心配になるのが常だった。

フランクは後ろを向いて窓の外を眺め、向き直るまでに見つめるのをやめていてくれるよう祈った。子供はずっと見つめていた。フランクがいつ視線を戻しても、かならずその子が見つめている。どうやらフランクの長い白髪に特別惹かれているらしい。フランクが降りようとしてバスの前部に歩いていくと、見つめていた子供が言った、「ファーザー・クリスマスだ」

ファーザー・クリスマスが六月にやること。それはひげを剃り落とし、暗くなったら袋からおもちゃを盗みに出かけていくことだった。

グレイフリック・ハウスの受付には誰もいなかった。フランクは来館名簿に署名し、エレベーターで二階に上がった。スメリー・ジョンの部屋のドアをノックしたが、返事はなかった。ドアの取っ手を試してみた。いつもと同じで鍵はかかっていなかった。グレイフリック・ハウスには部屋に鍵をかける者などいない。ここには泥棒はいないのだ。フランクはポケットにあるジョンの薬に手をふれた。

ドアを開けてなかに入った。空っぽの車椅子が窓のそばにあった。まるでスメリー・ジョンもジェイムズ・スチュアートのものまねをしていたかのように。ジョンのものまねはフランクより優れているだろう。ジョンは小道具を持っているからだ。フランクは声帯模写ができるが、スメリー・ジョンには車椅子がある。ただし、フランクのほうが視界は広い。ジョンが裏窓から監視できるのは、一本の木のてっぺんと犬のふんでいっぱいの買い物袋だけだ。

フランクは窓際に立ち、ジョンがトイレから出てくるのを待った。彼が出てくるまでに薬を返す時間はあるだろうかと考えたが、現場を取り押さえられたらまずい。もう少し様子を見るとしよう。

五分ほどたったころ、フランクはジョンの名前を呼んでみた。返事がない。トイレのドアをノックした。それでも返事はなかった。フランクはゆっくりドアを開けていった。便座が高くなっていて、その両側にフォームパッド付きの肘掛けがある。壁の両側にも手すりがついていて、非常通報コードがあり、フランクは見るなりそれを引っ張って明かりのスイッチと勘違いしたふりをしたくなった。スメリー・ジョンがいた形跡はまったくない。

下りのエレベーターに乗って一階に戻った。扉が開くと、〝斜めに歩く者〟と〝ないものが見える者〟〝有名人の名前をまちがえる者〟が正面玄関から入ってきたところだった。みんな結婚式か葬式にふさわしい服装をしている。〝体の衛生に無頓着な者〟までが髪を櫛で整え、ネクタイをつけていた。

フランクはまたひとり入居者が亡くなったのだと思った。一年で三人の死者。ジョンを中心に潜入ドキュメンタリー番組をつくってもらえばいい。フランクがラウンジにジョンを探しにいこうとしたところで、管理人のグレアムが帰ってきた。

「こんにちは」フランクは言った。「ジョンを探していたんだが」そこでフランクはジョンの姓を知らないことに気づいた。パンクネームは知っているし、ぴったりのスー族名もいくつか思い浮かぶのに、ジョンの姓は知らない。

「親族の方ですか?」グレアムが言った。

何本もの映画を見てきたフランクは、それが何を意味するか承知していた。

スメリー・ジョンが死んだ。

フランクは言葉を失った。ただ首を振った。

「べつにかまいませんよ」とグレアム。「残念ながら、彼はお亡くなりになりました、ちょうど一週間を過ぎたところで」

フランクはまだ言うべき言葉が見つからなかった。

「彼は多発性硬化症を患っていました」グレアムが言った。

「しかしこのまえ会ったばかりなんだ。命にかかわるものではないと思っていた」

「ときにそれは落ちるというより、地面にぶつかることなのです」これは教区司祭が葬儀で語った言葉で、グレアムはその知恵を伝えているのだった。

「どんなふうに? どんなふうにジョンは死んでいったのです?」

「私も正確なところはよくわかりません。彼は感染症にかかりました。嚥下が困難だったようです。肺炎にかかり、やがて臓器不全に陥った。彼らは多少、若くして亡くなりがちのようですが」

「彼ら?」フランクは言った。「彼らとはどういう意味だ?」ジョンにきみの言うとおりだったと伝えたかった。ケリーにも電話をかけて伝えたい。グレアムはレイシストだ。

「多発性硬化症患者のことです」グレアムが言った。

「おお」

「お立ち寄りになるつもりだったのでしょう？　これからみなさんとラウンジで軽く一杯やるのですが」

フランクは映画で彼の役が言うはずの答えを返した。「いや。けっこうです。そろそろ失礼しますので」本当は飲みたかったとしてもだ。それも軽く一杯どころではない。フランクはとことん飲みたかった。本気で酔っぱらいたかった。

「彼はたいした人物でした」グレアムが言った。「寂しくなります」手を差し出してきたので、フランクは握手をした。グレアムが退出のサインをお願いしますと言った。そしていとまを告げ、入居者たちを追ってラウンジに向かった。

フランクが訪問者名簿にサインをしていると、グレアムの管理人室の棚に、小さな緑色のプラスチックの人形らしきものが見えた。シーソー台から浴槽にダイブする男のポーズをとっている。飛び込んだはずみでケージを揺り落とし、マウスをトラップにかけるのだ。


どこに行けばいいのか、何をすればいいのか、フランクはわからなかった。世界全体が崩れようとしている――ジェンガ！　カープランク！　バッカヤロー！　家には帰りたくない、いまはまだ。だから反対の方角に歩いた。もしかしたら、いまからでも公園に行き、スメリー・ジョンを偲んで特大のゲームに興じるべきかもしれない。声をかぎりにゲームの名前を叫ぶのだ。

そのつもりはなかったのだが、フランクはいつのまにか住宅団地を進み、格闘ごっこをしているふたりの少年に向かって歩いていた。その格闘ごっこはじつに激しく、ふたりの笑い声がなかったら本物の格闘と区別がつかなかった。大西洋のまっただなか、夜に魚雷の攻撃を受けた船に乗っていたとしたら、このふたりはどうしただろうか？　フランクは思いをめぐらせた。一部の、どちらかというと型にはまった同世代の連中が言うとおり、現代の若者たちに必要なのは戦争なのかもしれない。

少年たちが取っ組み合いをやめてフランクに注意を向けた。フランクはポケットに手を突っ込んだ。想像上の銃と本物の現金が入っている例のポケットで、きょうはジョンの薬も入れてある。少年たちはそのにおいに気づくだろう。

少年たちをひとりずつ脇に抱え、この恐ろしい場所からできるだけ遠くに連れていきたい、とフランクは思った。ふたりにとって手遅れになるまえに。せめて立ち止まって話をするべきじゃないか。何か有益なことか洞察に満ちた言葉をかけよう。長年の経験をもとに伝える価値のある話ができるはずだ。それともアイスクリームふたつとチョコレートバーでも持って戻ってくるべきだろうか。アイスクリーム屋がここに立ち寄るとも思えない。たぶんここはチャイルドキャッチャーにとっても立入禁止区域だろう。

話しかけたとして、彼らは耳を貸してくれるだろうか？　ケリーのように、物知りと思ってくれる可能性はある。あの年代のほかの連中は、年寄りなんて尿漏れを抑えられないまぬけばっかりだ、ばかにされて笑いものになり、優しく言いくるめられてカモにされる、テレビのコメディアンに残された最後の餌食と考えているが、このふたりはちがうかもしれない。立ち止まって、この老賢人に耳を傾けるのではないか。最後には人生をいい方向に変えてくれたと感謝し、フランクが彼らの髪をくしゃくしゃにしてやったあと、どうぞご無事でと手を振って見送ってくれるだろう。

この賢人という筋書きが失敗したら、スメリー・ジョンの薬をできるだけ遠くに投げ、少年たちが棒切れの行方を追う犬のように薬を追いかけているすきに逃走すればいい。だがフランクが少年たちのいるところを突っ切って歩いていくと、彼らは地面につばを吐いて笑いだした。それも一理ある、とフランクは思った。

住宅団地のはずれでフランクはふたりの男を見かけた。どちらもたすき掛けしたスリングで赤ん坊を胸に抱いていた。まわりはごみと怒りとつばと犬のふんだらけなのに、これは思いも寄らず心温まる光景だ。どこまでもタフな男ふたりが、このときばかりは女性的な一面を発揮し、子守りをして母親たちを当たり前のように休ませている。なんだかんだいって、あの少年たちにも希望と未来はあるのだろう。そばを通りかかったとき、ふたりの男がスリングで抱いているのは赤ん坊ではなく、怒った小犬だとわかった。

フランクは歩きつづけてハイ・ストリートに出た。ニワトリの臓物やレタスが散らばる道を進み、ドアを抜けて〈キャッシュ4スタッフ〉に入っていった。ただ、店までのステップを上がろうと買い物カートを持ちあげるまでは忘れていた。図書館の本とセックス・ピストルズのCDを別にすると、このカートはすっからかんで、売るものは残っていない。

「買い物カートを買ってもらえるかな?」フランクはカウンターの奥の女に言った。

「だめ」

33

THE EXTRA ORDINARY LIFE OF FRANK DERRICK, AGE 81

フランクの最新の老後プランは、日曜版の付録に載っていた広告や記事に見つけたものではない。なにしろ新聞代が未払いで、いまや新聞少年が郵便受けに突っ込むのは、新聞販売店からの支払期日を過ぎていることを伝える手書きの催促状だけなのである。

フランクは電話の受話器をはずし、その後、壁のコンセントから電源プラグを抜いた。受話器から警告音と「電話を切ってください」と繰り返す女性の声が流れはじめたからだが、警告音の出どころを見つけるのに二〇分もかかった。ほかにもいろいろな機器のプラグを抜き、スツール脚立に乗って火災報知器を分解した。この一〇日間でもっとも生産的な一〇分間だった。

食事はしていた。だが、食後に洗い物はせず、鍋に残る前日のスパゲッティの干からびたトマトソースの上に新しい缶詰のスパゲッティをあけていた。トーストを焼くときは、パンの端から青カビをたくさん切り取るものだから、小さくなったパンがトースターのなかで行方不明になり、つぎにトースターを使うときに古いパンの切れ端が焼ける。最近の活動としては、トースターを掃除しようとしてひっくり返し、キッチンにトーストのかすをばらまいたこともあった。二日たっても、そのかすはまだ残っていた——キッチンの床に、水切り台の溝に、フランクの長い白髪に。

スメリー・ジョンの死を知ってから一週間後、フランクはＤＶＤのコレクションをアルファベット順に観ることをはじめた。『ブレージングサドル（*Blazing Saddles*）』にたどり着くと、おならのシーンで涙が出てきて、『聖トリニアンズ女学院で大騒ぎ（*Blue Murder at St Trinian's*）』〔一九五七年の英国のコメディ映画。日本未公開〕のオープニングクレジットまで止まらなかった。

何本かのＤＶＤは、お金のことを考えていたときのテレビＣＭと同じように語りかけてくるように思えた。たとえば、『ホーム・アローン（*Home Alone*）』と『グッバイガール（*The Goodbye Girl*）』。『逢びき（*Brief Encounter*）』と『地球の静止する日（*The Day the Earth Stood Still*）』。フランクはたいして気にとめなかった。

『キャバレー（*Cabaret*）』での、部屋でひとり座っていてもなんにもならないというライザ・ミネリのアドバイスも、四作品を持っている『キャリー・オン（*Carry On*）』シリーズのタイトルにある単純な励ましのメッセージも無視した。『暁の出撃（*The Dam Busters*）』はスメリー・ジョンに敬意を表して途中でやめたし、『ハーヴェイ（*Harvey*）』を観ているときはジェイムズ・スチュアートのものまねをやってみたが、声をうまく操れなかった。『ミニミニ大作戦（*The Italian Job*）』を観ながらのマイケル・ケインのまねもしかり。『ジョーズ（*Jaws*）』の終わり近く、サメがロバート・ショーを飲みこんでまもなく、フランクは泳ぎにいくことに決めた。

浜辺までは歩くと長い道のりだった。大型スーパーマーケットからの下りのバスに乗ることもできたが、フランクはあのいかれたおばあさん連中と顔を合わせる気にはなれなかった。

海へとつづく路地を歩いた。高い石垣が外の世界の音を遮断している。少なくとも、貝殻を耳に当てているか厚紙の筒のような響きに変えているのはまちがいない。ここにとどまることができたら、きっと幸せになれる。申し分のない死に場所だ。「彼は路地で安らかに旅立った」と人は言うだろう。路地のなかほどまで来ると、フランクは足を踏み鳴らし、短い金属的なこだまに聞き入った。

路地から出て低い壁まで歩き、海を見た。潮はすっかり満ちている。砂はまったく見えない。あるのは石、そして水だけ。階段を上って壁を越え、石の丘のてっぺんに立った。犬が潮と度胸比べをしているのを眺めていると、飼い主が呼びかけ、テニスボールを投げて追いかけさせた。

フランクは海のほうへ下りていった。水際まで五メートルほどの突堤のそばで立ち止まって服を脱ぎ、石の上の、さびたオレンジドリンクの缶のわきに重ねて置いた。眼鏡をはずし、服の上にのせ、海のなかへ歩きだした。

海草を踏んだ感触に水の冷たさを忘れた。フランクは海草が大嫌いだった。こんなことなら靴を履いていればよかった。大きなセインズベリーズにケリーと行ったとき、ぱりぱりした海草を見せられた。彼女はすごくおいしいと言ったが、そんなことがあるとはとうてい信じられなかった。足元の海草はぱりぱりしていない。やわらかくてぬるぬるしている。生きていて、水中に引きずり込まれ、ツタが庭の小屋の梯子にやったようにがんじがらめにされそうだった。水が立泳ぎできるくらいの深さになると、フランクは足を浮かせ、まずはひとかきした。

早くも腕があとで痛くなるとわかった。ここでやめて、服を着て家に帰ったとしてもだ。二回、三回と水をかき、フランクは泳ぎはじめた。波が寄せて口に水が入り、六かき分くらい岸へと押し戻された。せきをして塩からい水を吐き出した。

どこまで泳げるだろう、とフランクは思った。いちばん手前にあるオレンジ色のプラスチックの浮標《ブイ》までだろうか？　一〇〇年前、海が内陸に迫り、乾いた土地を取り込んだときに水にのみ込まれた教会までは？　むかしシーラが泳いでいたあたりまで行けないものだろうか。妻の記憶が薄れはじめたとき、フランクはシーラが泳ぎはじめた場所を忘れてしまうのではないかと心配になった。そして自分はフランス人だと思い込んで泳ぎつづけ、沖合で漁船に救助されても、ジェイソン・ボーンのように、自分が何者かわからなくなるのではないか。いや、自分が何者どころか、何なのかも忘れ、石かカニかひと切れの海草なのだと思いこみ、泳ぐのをやめて海底に沈んでしまうのではないかと。

フランクは前に進むのをやめ、立泳ぎをしながら息を整えた。振り返って、潮のせいでどれだけ横に流されたかを確かめてみた。鮮やかに彩られた浜辺小屋《ビーチハット》の屋根と、警察車両の上部のようにカフェの屋根に白いペンキで大きく記されたＣＡＦＥの文字が見えた。なぜ屋根にあんなに大きく書いたのか、それは誰のためなのか、フランクにはわからなかった。

フランクは泳ぎを再開した。遠くに船が見える。このまま泳いでいたら、そのうち潮の流れで大きくコースをはずれ、オランダの航路船が魚雷に攻撃された場所に行き着くかもしれない。そこで岸まで泳いで戻れば、新しい土地で新しい人生をはじめられるのかもしれない。アイルランドかスカンディナヴィアで。さらに前進をつづけ、あのオランダ船が向かっていたカナダまで行き、カナダ人として育ったらどんな人生になっていたか見てみるのもいいだろう。

フランクは泳ぎつづけた。図書館の地図をたどる指か、ベスのもとに向かうeメールのように。いまLAは何時だろう？　あそこまで泳いだ者はいるのだろうか？　時差があるから、向こうに着くのはこっちを発つまえになるのだろうか？　このまま水が尽きるまで進みつづけるのもいい。『フォレスト・ガンプ』で走っていたトム・ハンクスのように。

フランクはすでに疲れていた。この体に泳いで戻る力は残っているのか、疑問に思えてきた。二日ほどまえにDVDマラソンの一環でイーサン・ホークが『ガタカ』でまさしくそれをするのを見た。でも泳いで戻る理由はあるのだろうか？　なんとかまた石の丘を上り、壁を越えて路地を引き返したとして、何が待っていてくれるのか？　これでは『ショーシャンクの空に』の終盤のモーガン・フリーマン、『素晴らしき哉、人生！』で雪のなか橋から見下ろすジェイムズ・スチュアート、『さらば青春の光』でスクーターをビーチ岬に走らせるフィル・ダニエルズだ。フランクは〝信仰の一歩〟をインディアナ・ジョーンズとして空中に踏み出そうとする、あるいは『逃亡者』でダムの滝へと踏み出そうとするハリソン・フォードだった。ジェニファー・グレイとの最後のダーティ・ダンスのために戻ってくるパトリック・スウェイジだった。フルウィンドに泳いで戻るフランク・デリクだった。

たいして遠くまで泳いだわけではなかったが（シーラがいたらわずかな距離だと笑っただろう）、泳いで戻るときはひどく長く感じられた。岸にたどり着いたときには疲れきり、足元にまたぬるぬるした海草があることに気づかなかった。海草――アルバート・フラワーズならこの海草はホンダワラの仲間だと教えてくれただろう――を踏んだとき、気泡がプチプチのようにはじける音も聞こえなかった。岸まであと数フィートというところで波に脚の後ろを直撃され、立っているのもやっとになった。へなへなと石の上に崩れ落ちると、フランクは震えながら息をあえがせ、入れ歯が歯茎から浮いて音を立てんばかりだった。

五分後、立ちあがって浜辺を服の置き場所まで歩いて戻り、眼鏡をかけて服を身に着けた。シーラのビーチタオル芸に挑戦したいところだったが、タオルは持ってきていない。きれいなパンツもだ。この考えにスメリー・ジョンは草葉の陰できっと笑い転げるだろう。そう思うとフランクの顔はほころび、スメリー・ジョンが笑いながら車椅子の肘掛けをばしばしたたいて、グレイフリック・ハウスのラウンジにいる入居者みんなのひんしゅくを買うところが頭に浮かんだ。

いま何時だろう。フランクは急に忙しくなった気がした。やるべきことがたくさんあるかのように。行くべき場所があって、会うべき人がいる。それが何なのか、誰なのか、どこなのかはわからなかったが、目的があるとはっきり感じていた。

スラックスを濡れた水着の上から穿いた。残りの服も身に着けて立ちあがった。スラックスのポケットに手を入れ、五ペンスぶんの小銭とヘアピン、盗んだブローチにふれた。ポケットの中身を全部取り出し、海に近づいた。小銭で水切りをしようと投げてみたが、あえなく水中に消えた。つぎの波が寄せてくるのを待ち、穏やかな水面を探し、そしてブローチを投げた。ブローチは『暁の出撃』の反跳爆弾のように六、七回、水面を跳ねて飛んでいった。

フランクは長い濡れた髪を後ろにまとめてヘアピンでとめ、ビルのネームタグを見た。手のなかで裏返し、しばらくベスの凧の糸でできた傷痕のとなりにのせておき、それからポケットに戻した。靴と靴下を拾いあげ、わきに下げて、裸足で石の丘を上っていった。まるで絨毯が敷かれているか、足が靴でできているかのように。

大きなセインズベリーズ行きのバスもこの時間帯は空いている。フランクは今後の参考にそれを銘記した。バスに乗って終点まで行った。運転手がドアを開けると、フランクはスーパーマーケットの入り口を素通りして裏の倉庫棟に向かった。

あいつはまだここにいるのだろうか。あれからもうずいぶんになる。女性が両開きの扉からやってきてプラスチックのかごをカウンターに置くと、フランクは考えた。この世に残された唯一の友達は許してくれるだろうか、そもそも、こっちのことをちゃんとおぼえているのか。だいたい、どうしたらフランクにそれがわかる？　雑誌の切り抜きのようなあのポーカーフェイスから何かを読み取れるのだろうか？

だが女性がプラスチックのかごの扉を開き、ビルを見たフランクにはわかった。これでようやく二度目とはいえ、その表情から読み取ることができたのだ。

寂しかったぜ、ボンクラじいさん。

フランクはリビングの窓辺に座っていた。ちょうど通りすがりの男を〝通りすがりの男〟と名づけたところだった。リビングには新しいカレンダーがあり、そこには新しい迷い犬たちがいる。今月の犬は品種がわからないし、フランクがものまねできる第二次世界大戦中の誰にも似ていない。犬の名前はオリーだった。きっと相方のスタンは車に轢かれたのだろう、とフランクは推測した〔スタンとオリー（オリヴァー）は喜劇俳優ローレルとハーディのファーストネーム〕。

マントルピースにはいまや二五体のキリンがいた。たぶん野生での生息数より多いし、インターネットで宣伝する段になったらコレクションと銘打つのにも充分だ。

ケリーの最後の訪問のあと、フランクは彼女に会ったことが一度ある。

三か月前のことだ。大きなセインズベリーズで彼女がショーンといるのを見かけた。手をつないで、ベビー服や玩具を見ていた。ふたりともとても幸せそうだった。フランクがシャーロック・ホームズ映画を観て学んだことから考えると、おそらくケリーは妊娠している。

「ミスター・デリク」彼女はフランクに気づいてそう言ってから、自分で訂正した。「フランク。フランクをおぼえてる？」とショーンに振った。ショーンがこんにちはと言った。「また来たんですね」ケリーがフランクに言った。

「フルウィンドではクスクスを売っていないんだよ」フランクは言った。

ケリーがショッピングカートのなかのクスクスを見て微笑んだ。スパゲッティ六缶も見たにちがいない。

「ひとつ買うと、ひとつ無料」フランクは言った。

彼女はまた微笑んだ。あのとびきりまっすぐな前髪はなくなり、〈レモンズ・ケア〉のウェブサイトの写真に近くなっている。ふたりは少し話をした。彼女がフランクに映画館は建てたのか尋ねた。

「まだだよ。でも古い〈出口〉の看板をインターネットで見つけた。これで少なくとも、お客はどこから帰ればいいかわかる」

「あとはどこから入ればいいかわかるものを見つけるだけですね」ケリーが言った。

彼らは一分かそこら立ち話をしたあと、さよならを言って広いスーパーマーケットの別々の方角に向かったが、ビスケット売り場でもう一度、さらにレジでもまた鉢合わせした。

「こんなふうに会うのはやめないといけないね」と言いながらフランクは買った物の支払いを済ませ、もう一度、さよならを告げた。

スメリー・ジョンが黒人だったのか、白人だったのか、どちらでもなかったのかはわからずじまいだった。フランクはべつに頓着しなかった。そのうち変なことを言い出すぞと予言してさんざんベスをからかったとはいえ、グレイフリックの管理人グレアムと同じで、フランクはレイシストではない。

ドアベルが鳴った。最近、中古のドアベルがチャリティショップで売られているのを見かけて、電源につなぎ直しておいたのだ。フランクはステレオのところに行ってセックス・ピストルズのCDの音量を落とし、階段を下りていった。その日の郵便物を拾いあげた。きょうはいつにもましてダイレクトメールが多い。どういうわけか階段リフト業者もチャリティ団体もきょうが誕生日だと知っていて、この機会に購入や寄付を乞う手紙を親展扱いで送ってよこしていた。

ベスからのカードが届いていた。カードの内側に、誕生日をいっしょに過ごせなくて申し訳なく思っていること、感謝祭のころか「年末年始《ザ・ホリデイズ》」のあとに行けるよう願っていることが書いてあった。娘はもうすっかりアメリカ人だ、とフランクは思った。

村の公報の最新号は早くも今年の〈花ざかりの村〉大会を大々的にとりあげていた。フルウィンドは昨年、五位に終わった。フランクはフラットの外の車止めを一本ずつ、食用青りんご色、モロッコ風ピンク、淡緑青色《ダックエッグブルー》と、法外な値段の浜辺の小屋に似せて別々の色に塗ったが、役には立たなかったのだろう。彼は新聞を手に取った。日付を声に出して読んだりはしない。自分の誕生日の日付くらい知っている。

玄関ドアのガラス越しに人影が見えた。ひょっとして屋根職人、それともキリストか雨樋の話をしたい者だろうか？　フランクは視線をビルに落とした。

「私は八十二歳だ」フランクはそう言い、ドアのチェーンをはずした。「さあ、かかってこい、そこまで強いという自信があるのなら」

謝辞

グリーン&ヒートンのニコラ・バー、ナターシャ・ハーディングをはじめとするパン・マクミランのみなさん、ホリーとジャッキー、母と姉に素晴らしき普通の感謝を。ニール・ウィザロウとマーク・オリントン、初期の原稿を読んで本業（テレビ視聴業）に戻れと言わずにいてくれてありがとう。そしてクリスタルパレスのブックセラー・クロウのジョナサンとジャスティン、ティム・コネリー、レス・カーターとクリス・T-Tに感謝を。

著者とのQ&A

J・B・モリソン

❶ 牛乳配達車《ミルクフロート》に轢かれたことのある人を知っていますか?

いまのところはまだ。ミルクフロートを見たら、まえより安全な距離をとるようにはしている。いまでは、ひょっとすると——笑えるくらいに——危険な乗り物になるとわかっているから。

❷ なぜ主人公を八十一歳に決めたのですか?

当時、八十一歳になる母とよくいっしょに過ごしていた。フランクのように、母はサセックスの小さな村にある二階のフラットで一人暮らしをしていたんだ。屋根にこれといって異常はないのに修理するよう業者がしきりに言ってきた。ダイレクトメールもたくさん届くし、迷惑な電話セールスもかかってくる。そういうことについて何かしらの方法で書いてみたいと思っていた。

❸ フランクのキャラクターは誰か知っている人がもとになっているのですか?

そういうわけじゃない。きっと無意識のうちに母を少々、そして僕自身も多少は入れているだろう。でもだいたいにおいて、フランクは僕の空想の産物だ。

❹ 年をとったらフランクのようになると想像できますか?

可能性は高いね。すでに彼のようになっていないとしたら。それもこの本を書きはじめた理由のひとつだった。年金生活者になるのはそう遠い先のことじゃないと気づいてこう考えたんだ。自分はどんな年金生活者になるだろう? 相変わらずラウドなロックミュージックを演奏して髪を伸ばしているのだろうか?

❺ 八十一歳になったとき、どんな音楽を聴いているのでしょうか?

いま聴いているのと同じ音楽をいろいろ聴いていると思う。それは十八のころに聴いていた音楽でもある。この本を書くにあたって真っ先にそんなことを考えた。フランクが八十一歳だからって、好みの音楽を変えなくてもいいんじゃないか。それとも、新しい音楽を見つけることも許されないのか。この本に出てくる介護付き住宅施設の場合、入居者の多くは十代のころにビートルズやローリング・ストーンズのファンだったとしてもおかしくない若さだ。むしろローリング・ストーンズより若い入居者もいる。ちょうどいい実例を挙げると、僕の母のひいきのシンガーはボブ・マーリーとR・ケリーだ。

❻ ケリー・クリスマスの着想は誰から得たのでしょう?

ケリーは完全に架空の人物だ。ただ僕の娘と同じ年ごろだから、まったく信憑性に欠けるということはないと願っている。

❼この本のテーマを言葉にするとしたらどうなりますか？

友情と孤独。死ぬことへの恐れ。老人についての本ではなくて、たまたま老人である男についての本だと思う。四十歳のフランク・デリクはたぶん八十一歳のフランク・デリクとたいしてちがわない。

❽この本でお気に入りの場面はありますか？

物語の終盤にフランクが泳ぎに行くところ、それからケリーとビーチに出かける章全体かな。エピローグも気に入っている。映画のエピローグでちゅうぶらりんの話に決着をつけ、登場人物がどうなったかを見る者に教えてくれるのがむかしから大好きだ。「ジェフは大学に戻らなかった、ジミーはヴェトナム戦争で親友を救おうとして命を落とした」とかね。それともちろん、ビル関連のところは全部。ビルのことを書くのがいちばん楽しかった。彼は何をするわけでもないのだけれど。

❾あなたの小説から読者には何を得てほしいと思いますか？

楽しんで、おもしろいと感じて、何かのきっかけにしてもらえたらうれしい。親やおじいさん、おばあさんに電話をかけて、どうしているか訊きたくなるかもしれないね。

❿好きな本はありますか、あるいは好きな作家はいますか？

アメリカの作家、北米の作家が大勢いる。チャック・パラニューク、カート・ヴォネガット、デイヴ・エガーズ、ダグラス・クープランド、コーマック・マッカーシー、ブレイディ・ユドール。

⓫どういういきさつで作家になったのですか？

運がよかったんだ。ポップミュージックの世界でけっこう長いキャリアがあって、そのことについて自伝的な話を書いた。その本を出版したときは本当に心が震えて、それでもっと書きたいと思った。夢のような仕事のあとに、またひとつ夢の仕事ができるなんて幸運としかいいようがない。

⓬作家になっていちばん楽しいと感じるのはどんなときですか？

執筆のフロー状態に入って、書くスピードが追いつかなくなるとき。僕の書き方ではたびたびあることじゃない。そうなるのはたいてい長いダイアログの最中で、ふたりの登場人物の会話がはずんでくると、まるで実際に会話が行われていて僕は彼らの言うことをただ書きとめているみたいになる。それと、何かひらめいて、たちまち物語全体に納得がいくようになるのもたまらなく好きだ。

⓭ふだんはどんな一日をおくっているのか教えてください。

僕の場合、とてもじゃないが、朝五時に起きて犬の散歩にいき、子供を学校まで送って、自分でコーヒー豆を挽き、それからランチまでに一〇〇〇ワード書くなんてことはできない。犬を飼ったことがなくて娘は二十七歳だから、やりようもないしね。とくに決まりごとや日課はなくて、ただ目が覚めたら起きて、ＢＢＣブレックファストでニュースが何度も流れるのを見てからツイッターをやる。たとえば、これを書いているはずの時間にツイッターでＱアウォーズ〔英音楽誌『Ｑ』主催の毎年恒例のイベント〕に出席しているふりをしたりね。火曜日の午前中には泳ぎにいく。水のなかにいると、最高の執筆アイデアが浮かんできやすい。ちょっと不便ではあるけれど。

番外編　この小説が日本で出版されることについてどう思われますか？　それから日本の読者へのメッセージをいただけますか？

日本で出版されるなんて、ものすごくわくわくしてうれしく思うし、本の完成を楽しみにしている。シンガーとしての前世では、ずっと自分のレコードの日本盤が大好きだった。この本のことではそれ以上にわくわくしている。

それから、フランク・デリクは地元の店やスーパーより遠くにはめったに出かけない男だ。今回の日本語版は彼が世界を旅する新しい機会だと考えたい。同じやり方でフランクはヨーロッパに行ったけれど、別の大陸や島に行くのは彼にとってさらに大きな、想像もつかない冒険だ。ぜひ読者のみなさんに楽しんでいただきたい。

訳者あとがき

フランク・デリクさん（81）は英国南部のどこにでもありそうな町フルウィンド＝オン＝シーで暮らす、どこにでもいそうな老人だ。先日、のろのろ運転の牛乳配達車《ミルクフロート》に轢かれて腕と足を骨折した。もともと近所のチャリティショップで無駄な買い物をしたり、迷惑な訪問販売やセールス電話に手を焼いたりするほかは、映画のＤＶＤを観てばかりの毎日。たまに図書館のコンピュータを使ってアメリカにいる娘にメールを書くものの、話し相手といったら、同居しているビルという名の猫と、介護付き住宅の入居者で英国最高齢のパンクロッカー、スメリー・ジョンしかいない。体が思うように動かなくなったいま、ますます退屈になる日々をどう過ごしたらいいのか？

そこにさわやかな一陣の風が吹き込んでくる。ケリー・クリスマスといううら若いケアワーカーだ。明朗快活でジョークに笑ってくれるケリーは、フランクの普通すぎる生活を少しずつ変えていく。家の外には広い世界があり、冒険は、どんなにささやかなものであれ、あらゆる年齢の人に訪れると思い出させてくれるのだ。ケリーとの交流を通じて元気を取り戻し、フランクはかつて抱いていた夢をめざして動きだす。だが週に一度のケリーの訪問も、終わりのときが近づいてきて……

そんなフランクのごく平凡な生活を著者はユーモアと愛情たっぷりに描いていく。老いと若さ、出会いと別れ、孤独と友情、笑いと悲しみ。さまざまな要素をシンプルな筋立てに織り込みながら、著者は深刻ぶらずに軽妙さを忘れず、フランクは修羅場を迎えてもジョークを考えずにいられない。

フランクは無類の映画好きで、ジェイムズ・スチュワートやマイケル・ケインのものまねが得意だ。おびただしい数の映画への言及は、きっと映画ファンに楽しんでいただけることだろう。イギリスのテレビ番組や有名人、あるいはマザーグースに引っかけたギャグも数多く、イギリス英語とアメリカ英語のちがいをネタにしたりと、イギリスびいきにはこたえられない小説になっている。

もちろん、独居老人、介護、認知症、高齢者をねらう詐欺まがいの業者など、ここには急速に高齢化が進む日本の社会にも共通する老後の問題も見て取れる。それはある程度長く生きていれば誰もが通る道であるし、高齢者ならずとも他人事として片づけられるものではないだろう。著者も巻末のQ&Aで、これは「老人についての本というより、たまたま老人である男についての本」、「四十歳のフランク・デリクはたぶん八十一歳のフランク・デリクとたいしてちがわない」と語っている。フランク自身、年を取るということになじめず、自分は老人だという実感に乏しい。だから、はたから見たら年甲斐もないことに精を出し、あらぬ妄想をめぐらせたりする。でもそれがどうした？　老人だからといって遠慮することはない。年齢という枠で人をくくろうとする周囲に対して、「年寄りなめんなよ」とフランクは言いたいのではないか（ボブ・マーリーやセックス・ピストルズが好きなスメリー・ジョンも、わが意を得たりとスタンディングオベーションすることだろう)。飄々としている反面、必死にあがいてもいるフランクを見たら、年齢を問わず誰もがつい応援したくなるはずだ。そこに映し出されるのは、あなたの親かもしれないし、あなた自身なのかもしれない。

著者J・B・モリソンについて、詳しくは巻末のプロフィールに譲るが、一九九〇年代に活躍したパンクポップデュオ、カーターUSM(カーター・ジ・アンストッパブル・セックス・マシーン)のシンガー、ジム・ボブといえば、ピンとくる方もいると思う。ミュージシャンの傍ら、執筆活動をつづける彼が二〇一四年、J・B・モリソン名義で発表したのが、八十一歳の母親と過ごした経験をもとに書きあげた本書『フランク・デリク81歳　素晴らしき普通の人生(*The Extra Ordinary Life of Frank Derrick, Age 81*)』だ。

二〇一五年には続篇の*Frank Derrick's Holiday of A Lifetime*も刊行され、そこではフランクが窮地に陥った娘ベスの一家を救うべくロサンゼルスに乗り込んでいく(猫のビルはどうするのだろう?)。その功績を称えられたのか、フランクは栄えある二〇一五年度ベストオールダーピープル・イン・メディア・アウォーズ(チャリティ団体インディペンデント・エイジと高齢者向けSNSグランズネットの共催)の〝書籍、映画、テレビ・ラジオドラマのキャラクター部門〟で、名優イアン・マッケランが演じた『Mr.ホームズ　名探偵最後の事件』のシャーロック・ホームズらを抑えて堂々一位に輝いた。フランクのささやかな冒険は、まだまだつづく。

二〇一六年九月

著者

J・B・モリソン　J. B. Morrison

ミュージシャン、作家。ロンドンにて、舞台監督のフランクと、歌手のジェニーのあいだに生まれる。1980年代末よりパンクポップバンド、カーターUSM（カーター・ジ・アンストッパブル・セックス・マシーン）のシンガー、ジム・ボブとして活躍、シングル14枚がトップ40入りを果たし、アルバム1枚がチャートの1位に輝いた。来日公演も行っている。同バンドでの10年間を描いた自叙伝に*Goodnight Jim Bob*（2012）がある。小説は*Storage Stories*（2010）、*Driving Jarvis Ham*（2012）につづき、本作が3作目。映画の脚本も書いている。

著者サイト: http://www.jim-bob.co.uk/

Twitterアカウント: @mrjimBob

訳者

近藤隆文　こんどう・たかふみ

翻訳者。一橋大学社会学部卒。主な訳書にクリストファー・マクドゥーガル『BORN TO RUN　走るために生まれた』、ジョナサン・サフラン・フォア『ものすごくうるさくて、ありえないほど近い』、ゲイリー・シュタインガート『スーパー・サッド・トゥルー・ラブ・ストーリー』（以上、NHK出版）、ピーター・エイムズ・カーリン『ブルース・スプリングスティーン』（アスペクト）、コリン・クラウチ『ポスト・デモクラシー』（青灯社）など。

校正：福田光一

組版：佐藤裕久

フランク・デリク81歳　素晴らしき普通の人生

2016年10月30日　第1刷発行

著者　J・B・モリソン
訳者　近藤隆文

発行者　林 良二
発行所　株式会社 三賢社
〒113-0021　東京都文京区本駒込4-27-2
電話　03-3824-6422
FAX　03-3824-6410
URL　http://www.sankenbook.co.jp

印刷・製本　中央精版印刷株式会社

Printed in Japan
ISBN978-4-908655-03-6 C0097